Dagmar Röhrlich

Die Spur des Menschen

Schriftenreihe Band 799

Dagmar Röhrlich

# Die Spur des Menschen

## Oder was die Erde alles aushalten muss

bpb:
Bundeszentrale für politische Bildung

Dagmar Röhrlich, geboren 1956, studierte Geologie und Geophysik. Sie arbeitet als freie Wissenschaftsjournalistin in Köln.

Für Zoë

Mix
Produktgruppe aus vorbildlich bewirtschafteten Wäldern und anderen kontrollierten Herkünften
www.fsc.org Zert.-Nr. GFA-COC-001278
© 1996 Forest Stewardship Council



Bonn 2009
Lizenzausgabe für die Bundeszentrale für politische Bildung
Adenauerallee 86, 53113 Bonn



Umschlaggestaltung: Michael Rechl, Kassel
Umschlagmotiv: © Mathias Dietze / Finest Images / dieKleinert

Typografie und Gestaltung: Renate Stefan, Berlin
Druck und Bindung: CPI – Ebner & Spiegel, Ulm

ISBN 978-3-89331-979-4

www.bpb.de

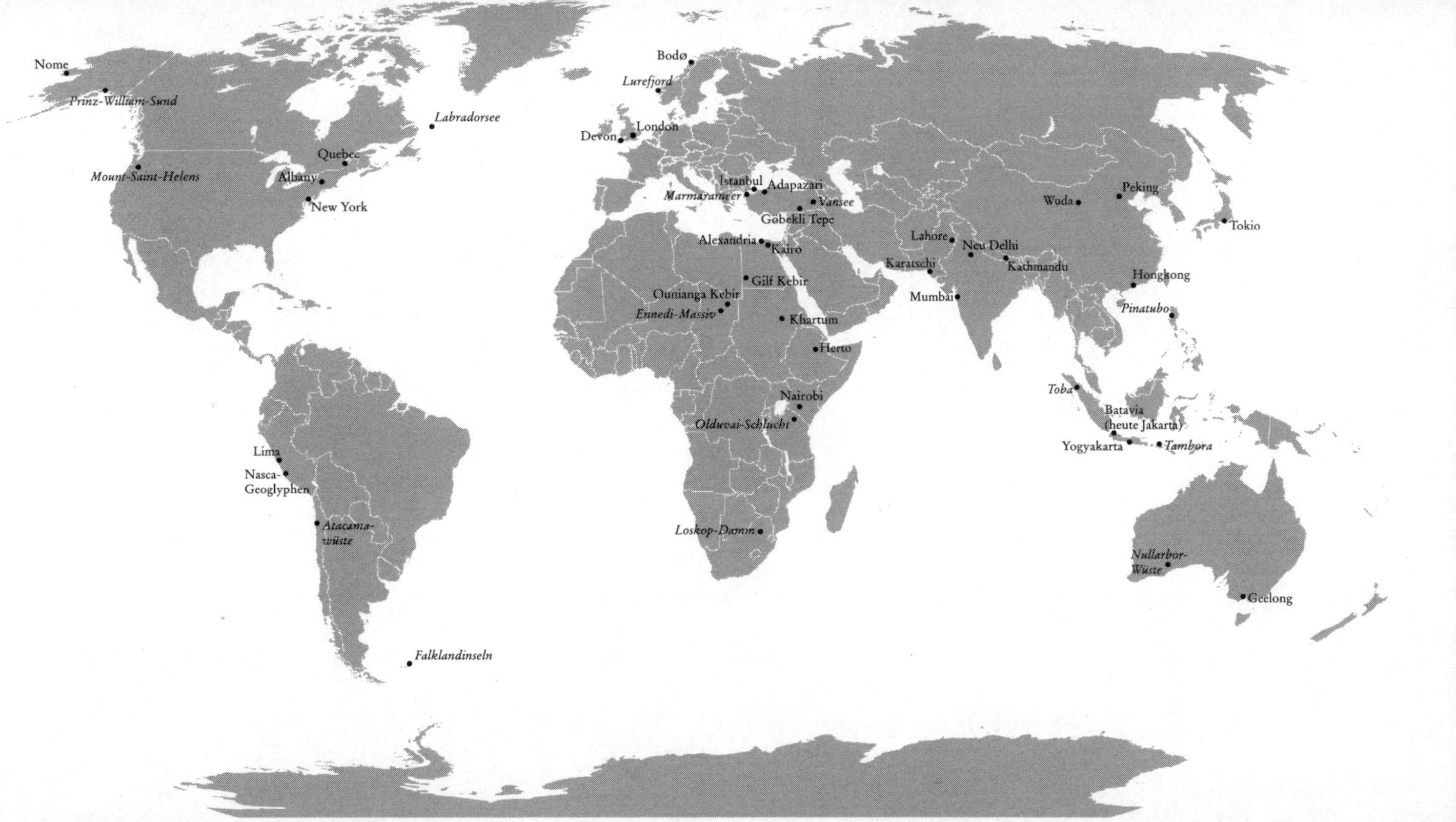

Nome
Prinz-William-Sund
Labradorsee
Mount-Saint-Helens
Quebec
Albany
New York
Lima
Nasca-
Geoglyphen
Atacama-
wüste
Falklandinseln
Bodø
Lurefjord
London
Devon
Istanbul
Adapazari
Marmarameer
Vansee
Göbekli Tepe
Alexandria
Kairo
Gilf Kebir
Ounianga Kebir
Ennedi-Massiv
Khartum
Herto
Nairobi
Olduvai-Schlucht
Loskop-Damm
Lahore
Neu Delhi
Kathmandu
Karatschi
Mumbai
Wuda
Peking
Tokio
Hongkong
Pinatubo
Toba
Batavia
(heute Jakarta)
Yogyakarta
Tambora
Nullarbor-
Wüste
Geelong

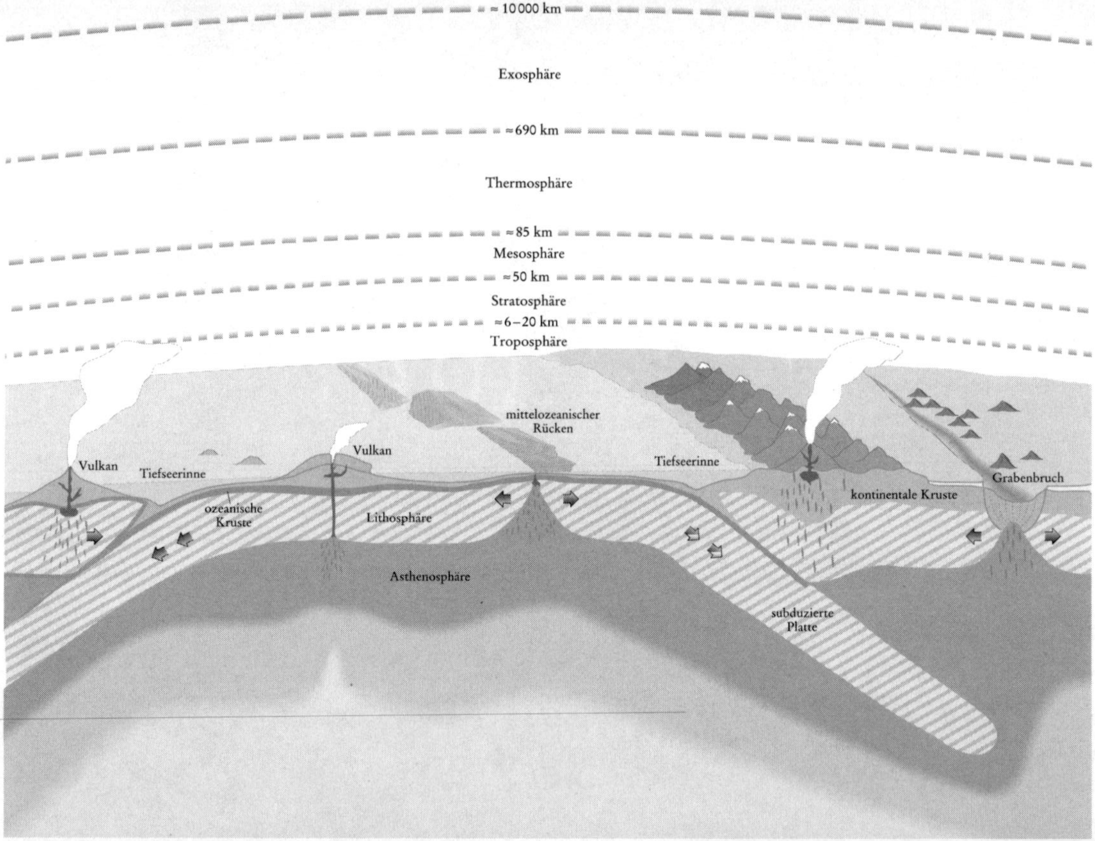
≈ 10 000 km
Exosphäre
≈ 690 km
Thermosphäre
≈ 85 km
Mesosphäre
≈ 50 km
Stratosphäre
≈ 6–20 km
Troposphäre
Vulkan
Tiefseerinne
ozeanische Kruste
Vulkan
Lithosphäre
mittelozeanischer Rücken
Asthenosphäre
Tiefseerinne
subduzierte Platte
kontinentale Kruste
Grabenbruch

# INHALT

# WIR HABEN NUR EINE ERDE

Der Lkw der Bergbaugesellschaft stoppt. Eine Gruppe von Brandschutzinspektoren springt heraus, schaut sich um. Plötzlich sammeln die Männer ein paar Steine, schleudern sie auf den Boden: Die Brocken durchschlagen die Straße – ein Höllenschlund tut sich auf – eine Höhle, die Wände glühen rot, Flammen lodern auf – ein Kohleflözbrand direkt unter der Oberfläche. Die Straße liegt nur wie ein dünnes Tuch darüber. Einer der Inspektoren springt erschreckt zur Seite – seine Schuhsohlen schmelzen. Die Männer ziehen sich zurück: Hier ist es gefährlich. Im vergangenen Jahr ist ein Messtrupp in so eine Brandkammer eingebrochen – die fünf Techniker hatten keine Chance.

In den nordchinesischen Kohlerevieren der Provinz Wuda brennen Flöze. Mehr als 1000 °C sind diese Feuer heiß, so heiß wie schmelzendes Gold. Wuda ist kein Einzelfall. 750 unterirdische Brände fressen sich durch Chinas Steinkohle. Forscher schätzen, dass sie Jahr für Jahr so viel Kohlendioxid in die Luft freisetzen wie der gesamte Autoverkehr der USA. Und nicht nur in China brennen Flöze, es sind Tausende rund um den Globus: in Indien, in Australien, Russland, in Polen, der Ukraine, in Südafrika, Sambia, Mosambik, Botswana, in Indonesien, Venezuela und vor allem in den USA.

Manche Flöze haben sich ohne Zutun des Menschen entzündet, meist jedoch sind wir schuld, in China beispielsweise durch den »Krabbelbergbau« – ein Erbe der kommunistischen Kulturrevolution im vergangenen Jahrhundert, als jedes Dorf sein eigenes Stahlwerk oder seine eigene Kohlengrube haben sollte. Diese Selbstversorgergruben sind gefährlich: wegen der Unglücke und der Kohleflözbrände. Die Abbaue sind nahe an der Oberfläche, und die Arbeiter lassen den Staub einfach liegen, decken die Flöze nicht ab. Dann sind Feuer vorprogrammiert: Sobald Sauerstoff dazukommt, entzündet sich Kohlenstaub bei 22 °C – in Wuda steigen die Sommertemperaturen auf mehr als 45 °C. Den Krabbelbergbau verbieten geht nicht, dann würde in China die Versorgung zusammenbrechen. Haben sich die Flöze erst einmal entzündet, können sie Hunderte oder Tausende von Jahren schwelen. Sie verwandeln ganze Landstriche in Mondlandschaften. Die Oberfläche bricht ein, der Qualm tötet die Pflanzen, und wo Gas ausströmt, blüht der Schwefel aus der Kohle gelb aus, Glaubersalze und gefährliche Gifte wie Dioxin ruinieren die Böden. Das Gas macht den Menschen das Atmen schwer, und das Land ist für lange Zeit verloren.

Flözbrände sind eine Katastrophe – aber nur eine der kleineren Herausforderungen, denen sich die Menschheit im 21. Jahrhundert gegenübersieht. Trotzdem fällt uns die Lösung schwer: Selbst in den USA hat man nach Ausgaben von 20 Millionen Dollar aufgegeben, einen Flözbrand in Centurion, Pennsylvania, zu löschen. Aber was sind 20 Millionen gegen die Kosten, die der Klimawandel verursachen wird? Und was sind Flözbrände gegen Probleme wie Überbevölkerung, Umweltverschmutzung, Überfischung, Artensterben, Abholzung der Wälder, Versiegelung der Landschaft mit Häusern und Straßen, die Endlichkeit unserer Lebensgrundlagen …

Wir machen derzeit reichlich Schulden bei Mutter Erde. Die UN-Organisation für Umwelt und Entwicklung UNEP hat berechnet, dass die Weltbevölkerung schon rund ein Drittel mehr braucht, als der Planet produziert. Wenn wir weiterhin so verschwenderisch mit den natürlichen Ressourcen umgehen, werden wir spätestens 2035 eine zweite Erde brauchen, um unseren Bedarf an Nahrung, Kleidung, Energie und Fläche zu decken. Heute leben weite Teile der Weltbevölkerung über ihre Verhältnisse, wenn man das als Maßstab nimmt, was die Erde innerhalb eines Jahres wieder nachproduzieren kann.

Spätestens seit 200, 300 Jahren ist Sand im Getriebe. Seit damals verändert der Mensch das System Erde schnell und tiefgreifend: mit der Industrialisierung und weil wir immer schneller immer mehr werden. Wir sind auf Wachstum getrimmt. Allein im Zeitraum zwischen 1950 und dem Jahr 2000 hat sich die Weltbevölkerung verdreifacht. Jetzt sind wir rund sechseinhalb Milliarden Menschen, und wir werden in jeder Sekunde mehr – obwohl alle drei Sekunden auf der Erde ein Mensch verhungert, weil er nicht an unserem Überfluss teilhat.

Begonnen hat alles in Afrika, vor Jahrmillionen, als irgendein unbekanntes Genie unter unseren Urahnen damit anfing, sich der Umwelt mit Werkzeugen zu nähern. Seit vor etwa 160 000 Jahren der moderne Mensch auf der Bildfläche erschienen ist, ist die Sache mit der Technik ein richtiger Renner geworden (siehe Kapitel 5). Seit damals läuft der Großversuch, mit dem wir uns die Erde untertan machen wollen.

Bei der Umweltverschmutzung bringen wir schon seit Jahrtausenden Erstaunliches zustande. So verraten allein Messungen in skandinavischen Seesedimenten und grönländischen Gletschern, dass die Römer in der Zeit zwischen 400 v. Chr. und 200 n. Chr. einen enormen Bleibedarf für ihre Wasserleitungen, Gefäße, Plomben oder auch fürs Süßen von Wein hatten: Tausende von Kilometern weit hat der Wind damals die Schwaden aus der Bleiverhüttung getrieben. Und unsere Spur ist heute sehr viel tiefer, denn wir sind technisch sehr viel weiter als die Römer.

Aber wie tief ist unsere Spur? Um dem nachzuspüren, geht es in diesem Buch erst einmal darum, wie das System Erde eigentlich funktioniert (Kapitel 2 bis 4), dann um die Fragen, wie wir so viele geworden sind (Kapitel 6), wie wir Klima, Luft, Wasser oder Böden verändern (Kapitel 7 bis 10), wie wir in die Artenvielfalt eingreifen (Kapitel 11 bis 14), wie die meisten von uns heute leben (Kapitel 15) und schließlich darum, welche Konzepte sich abzeichnen, um es künftig besser zu machen (Kapitel 16). Ausgangspunkt unserer Reise durch die Systeme der Erde ist das Jahr 1969 – das Jahr der Mondlandung, als noch alles möglich schien (Kapitel 1). Aber auch schon damals war die Erde ein Planet unter Druck.

# KAPITEL 1: EIN BLAUER PUNKT

*Als Neil Armstrong und Buzz Aldrin 1969 auf dem Mond landeten, fürchteten sich die Menschen vor allem vor dem Atomkrieg. Umweltprobleme schienen weniger wichtig zu sein – aber das begann sich zu ändern.*

20. Juli 1969. 2804 Meter über dem Mond. Langsam richtet sich der »Adler« auf, geht in Landeposition. Jetzt sehen Neil Armstrong und Buzz Aldrin den Boden unter sich. Die Kabine ist so eng, dass sie nur nebeneinander stehen können. Höhe über dem Mond: 1280 Meter. Der Navigationscomputer arbeitet auf Hochtouren. Er vergleicht die gemessene Entfernung zur Mondoberfläche mit der für den idealen Landeanflug gespeicherten und zündet die Steuerdüsen. Aber es läuft nicht glatt: Der »Adler« ist etwas zu schnell unterwegs. Im Kontrollzentrum im texanischen Houston ist die Nervosität mit den Händen greifbar. Muss die erste Mondlandung abgebrochen werden? Houston entscheidet:

»Die Landung ist freigegeben.«

Die Fähre sinkt weiter. 900 Meter über dem Mond: Alarm an Bord.

»1201.«

Die Stimme von Buzz Aldrin klingt besorgt.

Neil Armstrong bestätigt den Alarm.

Der Navigationscomputer ist ausgefallen.

Im Kontrollzentrum in Houston fragt Flugdirektor Gene Kranz den Chef-Lotsen Steve Bales:

»1201?«

Sekunden später liefert der Computerspezialist Jack Garman die Diagnose: Der Rechner ist überlastet. Bales überlegt kurz, dann erklärt er:

»Landung freigegeben.«

Höhe 600 Meter: Die Mission wird nicht abgebrochen. Der »Adler« rast auf den Mond zu.

300 Meter über dem Mond, 30 Sekunden bis zum Aufsetzen. Das Landegebiet taucht im Fenster auf. Armstrong und Aldrin erschrecken: Der Krater ist übersät mit autogroßen Felsbrocken. Wer dazwischen landet, ist ein Ass – oder stirbt. Also übernimmt Neil Armstrong die Steuerung von Hand, verändert Sinkgeschwindigkeit und Anflugwinkel, sucht einen neuen Landeplatz. Durch die kleinen Fenster sehen sie den Mondboden unter sich hinwegrasen. Armstrongs Puls wird schneller. Nein, auch die nächste scheinbar ebene Stelle entpuppt sich bei näherem Hinsehen als zu rau, ebenso die übernächste. Überall sind Felsblöcke im Weg. Im Krater selbst ist nichts zu finden. Armstrong lenkt über den Kraterrand hinaus. Buzz Aldrin ruft ihm pausenlos die wichtigsten Werte zu:

»120 Meter, 90 Meter, sind in einer Minute unten.«

Im Kontrollzentrum in Houston ist es still geworden. Warum landet Armstrong nicht? Die Anspannung wächst. Keine Erklärung, nur Aldrin, der die Zahlen abliest: Höhe, Sinkgeschwindigkeit, Vorwärtsgeschwindigkeit – und die Monitore verraten, dass die Herzen der beiden rasen. Was ist los?

49 Meter über dem Boden: Ein rotes Warnlicht leuchtet auf – der Tank ist fast leer.

15 Meter über dem Boden: Dead-Man-Zone. Wenn jetzt etwas passiert, könnten die Astronauten nicht mehr reagie-

ren. Armstrongs Puls steigt auf 157. Die Steuerdüsen wirbeln Mondstaub auf, die grellen Landelichter dringen kaum durch die Wolken.

Neun Meter über dem Boden: Verzweifelt suchen die beiden einen halbwegs geeigneten Platz. Die Landelichter erreichen den Boden. Da ist sie: eine ebene weiße Fläche. Lautlos setzt der »Adler« in einem Strudel aus Staub und Abgasen auf, der sofort wieder in sich zusammensackt: Der Mond hat keine Atmosphäre.

20. Juli 1969, 20.17.58 Uhr UTC – Neil Armstrong meldet aus dem »Meer der Stille«:

»Hier ist der Tranquility Stützpunkt. Der Adler ist gelandet.«

»Roger, Tranquility. Ihr habt ein paar Leute ganz schön blau anlaufen lassen. Jetzt atmen wir wieder. Vielen Dank.«

21. Juli 1969, Mare Tranquillitatis, sechseinhalb Stunden später.

»Ich werde jetzt aus der Mondlandefähre steigen.«

02.56.20 UTC: Neil Armstrong setzt seinen Fuß auf den Mond. Der puderige Boden ist weich wie Schnee, schwarz wie Holzkohlepulver und unglaublich klebrig. Wie Pech haftet er an Schuhen und Raumanzug. Die Sonne taucht die kraterübersäte, zerfurchte Mondoberfläche in unbarmherzig gleißendes Licht.

## DIE GROSSARTIGE ÖDNIS

Auf der Erde verfolgen 500 Millionen Zuschauer gebannt das Geschehen auf dem Mond: Etwa ein Siebtel der Weltbevölkerung sitzt vor den Fernsehern, als zum ersten Mal ein Mensch einen fremden Himmelskörper betritt. Wenige

Buzz Aldrin spaziert auf dem Mond. Und Neil Armstrong spiegelt sich in seinem Visier, als er ihn fotografiert.

Minuten nach Neil Armstrong steigt auch Buzz Aldrin aus.

»Wunderbar«, urteilt er, »eine großartige Ödnis!«

Damit hat er zweifelsohne recht. Auf der Erde gibt es keinen Platz, der auch nur im Entferntesten so leer ist wie der Mond, der als knochentrockener Felsbrocken durchs All fliegt und dessen Gestein im Lauf von Jahrmilliarden zahllose Einschläge zu einer meterdicken Schicht aus Staub und Sand pulverisiert haben.

Tagsüber steigen die Temperaturen auf plus 116 °C, in der Nacht fallen sie auf minus 169 °C, und die harsche UV-Strahlung der Sonne schlägt ebenso bis auf den Mondboden durch wie die kosmische Strahlung und selbst der winzigste aller Meteoriten. Der Mond besitzt weder ein nennenswertes Magnetfeld noch eine Lufthülle. Für ein Lebewesen gibt es keinen Schutz. Neil Armstrong und Buzz Aldrin müssen jedes auch noch so kleine Loch im Raumanzug fürchten. Das Blut in ihren Adern begänne sofort zu brodeln, spritzte aus Mund und Nase, der Kreislauf bräche zusammen, Embolien verstopften die Organe, die Luft würde regelrecht aus der Lunge gerissen, Magen und Darm blähten sich auf. Gnädigerweise wäre das Hirn schneller tot als der Körper: Wenn sich das Gas im Blut ausdehnt, »explodiert« der Hirndruck – und es wäre aus.

Vor solchen kosmischen Gefahren sind sie auf der Erde geschützt. Das irdische Magnetfeld reicht weit hinaus ins All und lässt den elektrisch geladenen Sonnenwind vorbeizuströmen wie einen Bach um einen großen Stein. Auch die Lufthülle hält einiges Unangenehme aus dem Weltraum ab, etwa alle kleinen Meteoriten, die darin einfach verglühen. Außerdem leben wir unter einem Schutzschirm: Ein paar Kilometer über unseren Köpfen absorbiert die Ozonschicht die für uns Lebewesen gefährlich harte UV-Strahlung der Sonne. Ozon ist eine besondere Form des Sauerstoffs, bei dem jedes Molekül nicht zwei, sondern drei Atome enthält. Um auf dem Mond ähnlich sicher zu sein wie auf der Erde, müssten die Astronauten unter einer mehr als vier Meter dicken Betondecke arbeiten.

Noch nie zuvor waren zwei Menschen dem Weltraum so schutzlos ausgeliefert wie diese beiden bei ihrem Ausflug vor den Augen von Millionen Fernsehzuschauern. Der Mond ist tödlich, für irdische Lebewesen völlig ungeeignet. Aber daran denken sie im Moment nicht. Während Armstrong und Aldrin Proben nehmen, Experimente aufbauen, die US-Flagge aufstellen, eine Plakette für die tote Apollo-1-Besatzung niederlegen und mit US-Präsident Richard Nixon reden, steht die Erde am sternenübersäten Mondhimmel.

Rund 360 000 Kilometer ist sie entfernt, und wenn die Astronauten kurz zu ihr aufsehen, können sie die tiefblauen Ozeane erkennen, weiße Wolkenwirbel, die Poleiskappen und das Grün und Braun der Kontinente. Die Erde ist wunderschön, leuchtet wie ein kostbarer Aquamarin – und ist der einzige Ort in den Weiten des Alls, an dem wir leben können. Dabei bringt die Menschheit ihren Planeten gerade in Gefahr.

## DIE WELT ZWISCHEN KALTEM KRIEG UND STUMMEM FRÜHLING

Die 1960er Jahre sind schwierig. Obwohl in Europa die Trümmer aus dem Zweiten Weltkrieg noch nicht alle beseitigt sind, ist der Frieden sehr zerbrechlich. Die Welt ist im Machtkampf der beiden großen ideologischen Blöcke gefangen: USA gegen Sowjetunion, Kapitalismus gegen Kommunismus. Dieser Auseinandersetzung haben es die beiden Astronauten zu verdanken, dass sie auf dem Mond stehen. Für Ost wie West ist die Raumfahrt ein willkommenes Mittel, um Überlegenheit zu zeigen.

Es bleibt aber nicht bei diesem eher rituellen Kräftemessen, sondern es toben auch blutige Stellvertreterkriege: während der 1950er Jahre in Korea und ab den 1960er Jahren dann in Vietnam. Hier tragen die Blöcke ihre ideologischen Differenzen mit militärischen Mitteln aus. 1962 jedoch wäre es fast zur direkten Konfrontation gekommen. Noch nie stand die Welt so kurz vor einem Atomkrieg wie während der Kubakrise.

Damals erreicht das Wettrüsten zwischen der Sowjetunion und den USA einen ersten Höhepunkt. Die UdSSR stellt auf Kuba heimlich Mittelstreckenraketen auf – eine

Reaktion auf die zuvor von den Vereinigten Staaten in Italien und der Türkei stationierten Waffen. Der Kalte Krieg droht ein heißer zu werden. Aber die Menschheit hat Glück: Als am 27. Oktober die Kriegserklärung unmittelbar bevorzustehen scheint, laufen alle geheimdiplomatischen Kanäle heiß, selbst die des Vatikans. Papst Johannes XXIII. vermittelt zwischen dem US-Präsidenten John F. Kennedy und dem Kremlchef Nikita Sergejewitsch Chruschtschow. Wem auch immer der Durchbruch gelungen ist: Erst in letzter Stunde lenkt Chruschtschow ein und lässt die Raketen von Kuba entfernen. Im Gegenzug erklären die USA: keine Invasion Kubas – und gestehen auch noch den Abbau der eigenen Atomraketen in der Türkei zu – heimlich.

Am Sonntag, dem 28. Oktober 1962, ist diese Krise beigelegt – aber andere schwelen in diesem Jahrzehnt weiter. In Afrika kämpfen die Völker um ihre Unabhängigkeit gegen die europäischen Kolonialmächte. In China tobt die Kulturrevolution, die Tschechoslowakei wird von den Truppen des Warschauer Pakts besetzt, weil die Menschen für den kommunistischen Geschmack zu viel Demokratie wagen wollen. In den USA kämpft die schwarze Bevölkerung für ihre Gleichberechtigung. Überall im Westen gehen die Studenten auf die Straße. Sie eint der Protest gegen den Vietnamkrieg, der Abend für Abend mit Bildern von Kampfhubschraubern und napalmverbrannten Kindern über die Bildschirme flimmert. Es gibt so viele Probleme – wer denkt da über die Umwelt nach?

Ein paar machen sich doch Gedanken. 1962 hat die US-amerikanische Biologin Rachel Carson mit »Silent Spring« – Der stumme Frühling – die Grenzen der Menschheit aufgezeigt. Sie schreibt über den Einsatz von Pestiziden in der Landwirtschaft, allen voran DDT: »In immer

DER STUMME FRÜHLING

Vögel finden durch den Einsatz von DDT immer weniger Nahrung. Das Gift macht die Schalen ihrer Eier dünn, so dass auch immer weniger Junge schlüpfen. Gleichzeitig sammelt es sich als schleichendes Gift in der Nahrungskette an und gelangt so zum Menschen. Selbst in der Muttermilch wurde es nachgewiesen. Rachel Carsons Buch ist ein Aufschrei. Am Tag der Veröffentlichung im September 1962 waren bereits 40 000 Exemplare vorbestellt. Das Buch wirkte wie Dynamit. Ihre Kritiker beschimpften Rachel Carson als »hysterisch«, als »Extremistin«, zweifelten an ihrem Verstand. Der Chemieriese Monsanto ließ 5000 Exemplare einer Broschüre mit dem Titel »Das trostlose Jahr« drucken. Die Welt versinkt in Hunger und Elend, weil Insekten- und Unkrautvernichtungsmittel verboten worden sind. Carsons Forschungsergebnisse hielten jedoch allen Angriffen stand. Ihr Buch wurde zum »Kristallisationskeim« der Umweltbewegung, führte letztendlich dazu, dass der Einsatz von DDT in den meisten Ländern heute verboten ist. Das erlebte die 1964 verstorbene Biologin jedoch nicht mehr.

größeren Gebieten der Vereinigten Staaten verkündet nicht mehr die Wiederkehr der Zugvögel den Einzug des Frühlings, und an den frühen Morgen, die einst von den Liedern der Vögel erfüllt waren, ist es nun merkwürdig still.«

## SALZ FÜR DEN FISCH

Im Umgang mit den Pestiziden ist man Mitte des vergangenen Jahrhunderts recht sorglos. Beim Thema Wasserverschmutzung sind die Probleme jedoch seit Langem bekannt. Seit Jahrtausenden nutzen die Menschen die Flüsse und Bäche nicht nur, um ihr Trinkwasser daraus zu gewinnen, sie entsorgen darin kurzerhand auch ihre Abwässer. Der Rhein wird zu *dem* Symbol für die Wasserverschmutzung. Wo die Abflussrohre der Städte in den Fluss münden, stinkt er bestialisch nach Kloake, ansonsten »duftet« er nach Öl und Chemie. Uferspaziergänge sind keine Freude – und erst recht die Fische mögen ihren Fluss nicht mehr. Die Industrie – allen voran die elsässischen Kaligruben – kippt so viel Salz in den Rhein, dass er selbst im kältesten Winter nicht mehr zufrieren könnte. Metallverarbeitende und chemische Fabriken fügen dem Wasser einen Cocktail aus Schwermetallen wie Quecksilber, Cadmium oder Nickel hinzu, und aus alten Wasserrohren und Pipelines kommt noch Blei. In höheren Konzentrationen werden diese Metalle gefährlich, stören das zentrale Nervensystem, das Wachstum oder den Stoffwechsel.

Die Qualität des Grundwassers verschlechtert sich, auch weil die Bauern immer mehr Kunstdünger einsetzen. Was die Pflanzen nicht aufnehmen, wird an den Trinkwasserbrunnen auf dem Land zum Problem, aber auch in den Flüssen und Seen, in denen das Zuviel an Stickstoff- und Phosphordünger landet. Dazu kommen die Phosphorverbindungen aus den modernen Waschmitteln plus deren waschaktive Substanzen. Im Hochsommer treiben auf den Bächen und Flüssen schmutzig gelbe Schaumkronen wie Eisschollen. Die Waschmittelrückstände verändern das Wasser und zerstören die Kiemen von Kleintieren und Fischen, die einfach ersticken, während der Überfluss an Dünger paradiesische Zeiten für Wasserpflanzen und Algen anbrechen lässt.

Langsam fließende oder stehende Gewässer verwandeln

sich in dicke grüne Brühen. In den Niederlanden machen Algen selbst das Rheinwasser manchmal so dick, dass die Schiffe nur schwer vorwärtskommen und Pumpen verstopfen. In den Flüssen und Bächen verschließt feiner grüner Schleim die Lücken zwischen den Sandkörnern, so dass kaum frisches, sauerstoffreiches Wasser in den Untergrund eindringen kann. Die Kleinlebewesen, die auf oder im Kiesbett leben, gehen ein, ebenso der Fischlaich am Grund: Die Flüsse leeren sich. Im Herbst sterben die Algen ab, sinken zu Boden, zersetzen sich und verbrauchen dabei den Sauerstoff im Wasser. Die Ökosysteme ersticken. Tote Fische werden ans Ufer gespült. Die Wasserverschmutzung ist so gigantisch, dass Dutzende von Fischarten innerhalb weniger Jahre verschwinden. Im Rhein baden mag schon lange niemand mehr, selbst nicht im heißesten Sommer – aber entlang seiner Ufer wird aus ihm Trinkwasser gewonnen.

## HOLZ, KOHLE, ÖL UND GAS

Auch die Luft ist schmutzig geworden, seit im frühen 19. Jahrhundert mit der Industrialisierung Kohle zu *dem* Brennstoff wurde. Wer damals in der Nähe der Fabriken wohnte, wurde öfter krank. Die erste Gegenwehr war einfach: höhere Schornsteine. Aber nur weil der Dreck nicht mehr direkt auf den Boden rieselt, sondern der Wind ihn über Hunderte oder Tausende von Kilometern hinweg verteilt, ist das Problem nicht aus der Welt. Es wird lediglich verlagert. Als Armstrong und Aldrin über den Mond hüpften, belegten Messungen in Skandinavien, dass der Smog aus den Industriezentren Europas hoch oben im Norden Böden und Seen sauer machte. Bald würden saurer Regen und das Waldsterben Schlagzeilen machen – und es warteten noch viele andere Hiobsbotschaften. Was sich alles da zusammenbraut, ahnt in den 1960er Jahren kaum jemand auf der Erde.

Etwa, dass man bereits kräftig die Klimamaschine manipuliert. Kohle ist nichts anderes als die Überreste von Millionen Jahre alten Wäldern, die nun in den Industrieanlagen und Öfen verbrannten. Dabei setzen sie all das Kohlendioxid ($CO_2$) wieder frei, das die Bäume seinerzeit durch die Photosynthese aus der Atmosphäre geholt und in ihr Holz eingebaut hatten. Im 20. Jahrhundert landeten dazu erst Erdöl und dann Erdgas in den Maschinen, Kraftwerken, Heizungen und Autos, und damit kam auch das $CO_2$, das das Meeresplankton aus der Atmosphäre gefischt hatte, wieder in die Luft. Die Folge: Der Kohlendioxidgehalt in der Atmosphäre stieg und stieg. Darüber machte sich damals kaum jemand Gedanken. Was sollte schon dabei sein?

Zwar hatte der schwedische Chemiker Svante Arrhenius schon Ende des 19. Jahrhunderts erkannt, dass der Mensch durch die gigantische Verbrennung von Kohle den Kohlendioxidanteil in der Luft klettern lässt. Er wusste auch, dass sich dadurch das Klima erwärmt: »Der Anstieg des $CO_2$ wird es zukünftigen Menschen erlauben, unter einem wärmeren Himmel zu leben.« In kalten schwedischen Wintern erschien das aber noch als verlockende Aussicht, die niemanden beunruhigte. Außerdem würde es ja Jahrhunderte oder Jahrtausende dauern, ehe es so weit sein würde – dachte man. Was Arrhenius und seine Zeitgenossen bei ihren Berechnungen nicht berücksichtigt hatten, war die sich explosionsartig vermehrende Weltbevölkerung und die rasante Entwicklung der Industrienationen. Sie konnten auch nicht ahnen, dass binnen weniger Jahrzehnte Milliarden Men-

> DAS SCHICKSAL DES KOHLENSTOFFS
>
> Obwohl Milliarden Tonnen Kohle, Öl und Gas zu Kohlendioxid verbrannt wurden, kannte Mitte der 1950er Jahre niemand das Schicksal dieses Kohlenstoffs im System Erde. Hans Suess glaubte, dass die Pflanzen ihn aufnehmen. Also untersuchte er Holz. Er hoffte, dem Kohlendioxid aus den fossilen Brennstoffen auf die Spur zu kommen. Seit 1940 wussten die Wissenschaftler, dass es nicht nur den normalen Kohlenstoff gibt, sondern auch eine seltene radioaktive Variante: Auf eine Billion normale Kohlenstoffkerne kommt ein strahlender Kohlenstoff-14-Kern. Die kosmische Strahlung lässt diesen radioaktiven Kohlenstoff in der oberen Erdatmosphäre ständig neu entstehen, und gleichzeitig zerfällt er wieder mit einer Halbwertszeit von 5730 Jahren. Mit der Zeit hat sich ein Gleichgewicht eingestellt, das die Pflanzen widerspiegeln, weil sie die Kohlenstoff-Varianten genau in dem Verhältnis in ihre Biomasse einbauen, in dem sie sie aus der Luft fischen. Hans Suess fand nun bei seinen Messungen heraus, dass die Bäume kleinere Mengen an Radiokohlenstoff in sich trugen, als sie eigentlich sollten. Die Erklärung: Sie bauten alten Kohlenstoff in ihr Holz ein – den Kohlenstoff, der bei der Verbrennung von Kohle, Öl und Gas freigesetzt wird.

schen mit dem Auto oder dem Zug fahren und Hunderte von Millionen mit dem Flugzeug fliegen werden.

Und so kam der erste Weckruf erst 1955, als der österreichische Chemiker Hans Suess das Schicksal des Kohlenstoffs ausgemacht hatte, den die Menschheit zu Abermillionen Tonnen verfeuerte. Am 2. September schreibt er in einem Fachmagazin, dass sich das Kohlendioxid aus der

Verbrennung von Kohle und Öl in der Atmosphäre anreichert.

Damit keimte die Erkenntnis, dass dieses zusätzliche Kohlendioxid zum Problem werden könnte. Hans Suess schrieb: »Die Menschheit führt ein geophysikalisches Experiment riesigen Ausmaßes durch. Innerhalb weniger Jahrhunderte geben wir der Luft und den Ozeanen den konzentrierten organischen Kohlenstoff zurück, der sich in der Erde in Hunderten von Jahrmillionen angesammelt hat.«

1958 begannen auf der Vulkaninsel Mauna Loa in Hawaii kontinuierliche Messungen des Kohlendioxidgehalts in der Luft. Zuvor hatte Charles Keeling, ein junger Geochemiker am California Institute of Technology, ein Instrument entwickelt, das recht präzise $CO_2$-Messungen lieferte. Nachdem 1959 auch Daten aus der Antarktis vorlagen, war klar, dass das Klima gefährdet ist – aber noch zog die Erkenntnis keine Kreise. Allerdings teilten die Berater von US-Präsident Lyndon B. Johnson ihrem Chef 1965 mit, dass es ein Problem mit der globalen Erwärmung geben könnte. Sie schlugen vor, auf der Meeresoberfläche Partikel zu verteilen, die das Sonnenlicht ins All reflektieren, um die Erde zu kühlen.

## DER ENDLICHE LEBENSRAUM

Vom Mond aus betrachtet, sehen die Astronauten im Juli 1969 der Erde nicht an, unter welchem Druck sie bereits steht. Während Buzz Aldrin einen Platz sucht, an dem er ein Seismometer aufstellen kann, um Mondbeben aufzuzeichnen, wirft Neil Armstrong einen kurzen Blick auf die Steine, die ihn umgeben. »Die Felsbrocken sehen aus wie Basalt«, erklärt er, »mit wenigen weißen Kristallen darin.« Und die feinen Strukturen, die er eben noch für Blasen gehalten hat, entpuppen sich bei näherem Hinsehen als winzige Krater. Unbeirrt arbeiten die beiden weiter, schauen nur hin und wieder kurz auf. Zwar hatten schon andere Astronauten zuvor die Erde von oben gesehen und festgestellt, wie verletzlich sie mit ihrer dünnen, blau schimmernden Lufthülle aussieht. Aber jetzt stehen zwei Menschen mit beiden Beinen auf einem fremden Himmelskörper – und sie wissen, dass sie nirgends anders überleben können als auf diesem blauen Planeten, der über ihnen schwebt. Dauerhaft kommen wir von unserer Erde nicht fort – unser Lebensraum ist endlich.

# KAPITEL 2: DER PLANETENMOTOR

*Am 17. August 1999 bebte in Anatolien die Erde, denn unter unseren Füßen arbeitet eine gewaltige Maschine, die Gebirge auftürmt, Meere öffnet und Kontinente verschiebt: die Plattentektonik. Sie steuert seit Jahrmilliarden in enger Zusammenarbeit mit dem Leben unseren Planeten und hält unsere Welt in ihren Fugen.*

Adapazari, Ende August 1999. Staub liegt in der Luft. Es riecht nach geborstenem Beton, zerbrochenen Steinen, altem Mörtel. Insektenvernichtungsmittel mischt sich darunter und der penetrant süßliche Geruch der Verwesung.

Wir steigen über einen Haufen Ziegel, die sich wie eine Welle über die Straße ergossen haben. Obenauf schwimmen dicke Bündel von Tabakblättern. Ein paar Holzpfosten markieren, wo vor Kurzem noch ein Haus stand. Auf der anderen Straßenseite sucht ein streunender Hund nach Fressbarem, und ein Sessel mit großblumigem Muster steht vor einem zerborstenen Betonhaufen, der einmal ein mehrstöckiges Wohnhaus war. Zwei, drei, vier, fünf – fünf Etagen hatte dieses Gebäude bis zum 17. August. Jetzt kann man fast über das Dach hinwegschauen: Die Betonplatten, die früher die Stockwerke waren, liegen flach wie ein Stapel Pfannkuchen aufeinander. Eine Gardine klemmt noch dazwischen. Der Verwesungsgeruch wird dicht wie eine Glocke. Weil niemand mehr mit Überlebenden rechnet, werden überall in Adapazari die Trümmer mit schwerem Gerät beseitigt. Hierher sind die Arbeiter noch nicht vorgedrungen, aber man hört das Dröhnen ihrer Maschinen.

Vor zwei Wochen hatte die Katastrophe Anatolien getroffen. Um 3.02 Uhr in der Nacht erschütterten Erdstöße die Region um die türkische Stadt Izmit, in der auch Adapazari liegt. Mit ohrenbetäubendem Brüllen riss ein Erdbeben die Menschen aus dem Schlaf. Der Boden schwankte wie auf einem Schiff bei schwerem Sturm. »Meine Frau und ich, wir wollten aufspringen und zu unseren Kindern laufen, die im Nebenzimmer schliefen«, erzählt ein Mann, der nach stundenlangem Anstehen an einer der Ausgabestellen für Hilfsgüter ein paar Decken erwischt hat. Die will er in sein neues Zuhause bringen: ein Zelt auf einer Grünfläche. »Unsere Söhne sind noch klein, und als alles wackelte und dröhnte, schrien sie vor Angst. Wir wollten zu ihnen, aber die Erde schwankte so sehr, dass es uns die Beine wegschlug. Die Möbel rutschten durchs Zimmer, und dann riss die Schlafzimmerwand auf, Putz und Steine fielen auf uns herunter.« Das Beben dauerte 45 Sekunden – für jeden, der es erlebte, war das eine Ewigkeit. »Wir hatten Angst, dass wir lebendig begraben würden – und wir konnten gar nichts machen. Die Erde schleuderte uns herum, als wären wir Puppen.«

Diese Familie hatte Glück – andere nicht. Vielleicht starben 17 000 Menschen bei den Beben, vielleicht 30 000. Je nachdem, wer die Zahlen herausgibt, unterscheiden sich die Angaben. Ganze Familien wurden ausgelöscht. Die offizielle Statistik weist aus, dass 43 953 Menschen verletzt worden sind. Mehr als 250 000 verloren ihr Zuhause.

Das Beben ließ Hauswände splittern, als wären sie Kekse, die man mit der Hand zerbricht. Gebäude kippten um, andere versanken im Boden, der sich in Pudding zu verwandeln schien. Wir gehen an einer Moschee vorbei, deren Minarett in sich zusammengebrochen ist. In der nächsten Seitenstraße liegt ein mehrstöckiges Gebäude auf der Seite, die Parkettfußböden sind zur Wand geworden. Wir können hineinschauen wie in ein Puppenhaus, denn die Front ist abgefallen. Die anderen Häuser der Straße scheinen irgendwie ein paar Handbreit eingesunken zu sein, der Bürgersteig wölbt sich wie ein kleiner Damm hoch. Während des Bebens hatte der Boden zu fließen begonnen. Die Erschütterungen verflüssigten den wassergetränkten, sandigen Untergrund, der die Gebäude dann nicht mehr trug. Sie kippten um oder sackten ein. Der wie zu Brei verwandelte Boden quoll heraus, hob die Gehwege an. Hätten sich die Väter Adapazaris vor Jahrhunderten einen festeren Baugrund für ihre Stadt ausgesucht, wäre diese Bodenverflüssigung kein Problem gewesen. Aber sie wählten ausgerechnet ein altes Flusstal. Weiche Ablagerungen sind eine gefährliche Basis für eine Stadt, die direkt an einer der größten Stö-

Im August 1999 machte das Izmit-Beben viele Häuser in der Region unbewohnbar. 250 000 Menschen verloren ihr Zuhause.

rungszonen der Welt liegt, der Nordanatolischen Verwerfung.

Sie durchzieht die Türkei vom Vansee im Osten bis zum Marmarameer südlich von Istanbul. An dieser Störung ereignen sich immer wieder verheerende Beben wie dieses. Die Seismologen hatten es mit einer Stärke von 7,4 eingestuft. Es erschütterte die gesamte Nordwesttürkei, zerstörte Städte und Dörfer rund um Izmit und entlang des Marmarameeres.

An der Nordanatolischen Verwerfung reißt die Erde auf, weil die Türkei in einem komplexen geologischen Spannungsfeld regelrecht in die Zange genommen wird. Die Spannungen, die sich aufbauen, entladen sich immer wieder in Erdbeben wie den beiden von 1999, erst in Izmit und später in Düzce. Geologisch betrachtet, ist die spröde, steinerne Außenhaut der Erde ein Riesenpuzzle aus acht bis zwölf großen und vielleicht 20 kleinen Platten. Diese Platten bewegen sich gegeneinander, weil die Hitze des Erdkerns und des radioaktiven Zerfalls in unserem Planeten eine gewaltige »Maschine« antreibt, die Kontinente verschiebt, Gebirge auftürmt, Ozeane aufreißt und alte Meereskruste verschlingt: die Plattentektonik.

Die Plattentektonik ist die Methode, mit der die Erde ihre innere Hitze abführt, wobei dieser Wärmetransport im Grunde wie im Kochtopf über sogenannte Konvektionszellen läuft: Tief aus dem Erdinneren fördern Strömungen warmes Material bis nahe an die Oberfläche, wo es dann an der Unterseite der kühlen Erdkruste entlangwandert, sie dabei ein Stück mitzieht und dadurch langsam abkühlt. Irgendwann stößt das Material auf eine Nachbarzelle und taucht, deutlich kühler und damit dichter und schwerer geworden, wieder in den Erdmantel hinein. Je tiefer es darin

DER BLICK IN DIE ERDE

Die Planetenmaschine erstreckt sich über mehrere Etagen. Wir leben auf der äußersten spröden Gesteinshaut, und obwohl uns die Alpen oder der Himalaja gewaltig erscheinen, ist sie mit all ihren Landschaften nur ein sehr dünner Überzug über dem mächtigen Planetenkörper. Diese äußerste Haut wird Lithosphäre genannt, von Lithos, dem Stein. Dazu zählt die eigentliche Erdkruste, aber auch das oberste Stück vom Mantel, das sich auch noch recht starr verhält. Nach unten hin wird es wärmer und der Druck steigt, so dass die festen Steine allmählich weich werden und teilweise schmelzen. Das ist die Zone der Asthenosphäre, was übersetzt »ohne Festigkeit« bedeutet. Dort »wurzeln« die meisten Vulkane, und es ist diese Schicht, die die Erdkrustenplatten und die Kontinente auf ihnen beweglich macht. Weiter in Richtung Erdzentrum steigen Druck und Temperatur noch weiter an: Die Gesteine werden erneut fest, was sie auch für den gesamten Rest des Erdmantels bleiben, bis hin zum äußeren, flüssigen Erdkern. Dort unten muss eine unglaubliche »Landschaft« sein, mit tiefen »Canyons« und schroffen »Bergen« – und einem Gegensatz zwischen festem Erdmantel und flüssigem Erdkern, der viel größer ist als der zwischen unserer Erde und der Luft darüber. Und im Zentrum von allem, da steckt der feste Erdkern.

absinkt, desto mehr heizt es sich wieder auf – und irgendwann beginnt der Kreislauf von Neuem, das Material steigt wieder auf, die Zelle schließt sich.

Zwar sind die Mantelgesteine fest, sie stehen aber trotzdem niemals still. Sie »brodeln« unendlich langsam, denn Druck und Hitze im Erdinneren haben sie verformbar gemacht. Sie strömen in den Konvektionszellen wie ein äußerst zäher Brei. Diese Strömungen im Erdinneren prägen sich auch an die Oberfläche durch. Wo sie »aufwallen«, ziehen sich mittelozeanische Rücken durch die Meere, an denen Basaltlava ausfließt und als neue Ozeankruste erstarrt. Wo sich im Erdmantel die Zellen wieder nach unten richten, sinken an der Oberfläche Tiefseegräben ein. Dort verschwindet dann auch der alt und kalt gewordene Meeresboden viele Jahrmillionen, nachdem er an einem mittelozeanischen Rücken gefördert worden ist, zurück ins Erdinnere: Er wird regelrecht »verschluckt« und zieht dabei mit seinem ganzen Gewicht die große Meereskrustenplatte hinter sich her wie ein Handtuch, das von einem Tisch rutscht.

Dass es die Plattentektonik gibt, wird uns normalerweise nur bewusst, wenn wieder einmal – wie 1999 in der Türkei – die Erde bebt oder ein Vulkan ausbricht. Dabei bewegen sich in Wirklichkeit alle Erdkrustenplatten permanent gegeneinander, und zwar unterschiedlich schnell und in verschiedene Richtungen. Durchschnittlich sind sie mit der Geschwindigkeit eines wachsenden Fingernagels unterwegs. Manche dieser Platten bestehen ausschließlich aus Meeresboden, auf anderen sitzen die Kontinente. Dabei sind diese Krustenplatten sehr viel größer als das bisschen Land, das wir sehen, denn es gehört auch viel Meeresboden dazu: Die Eurasische Platte mit dem eurasischen Kontinent darauf reicht beispielsweise im Westen bis Island, das tektonisch gespalten ist und halb zu Amerika und halb zu Eurasien gehört. Der Osten des Nordatlantiks ist ebenso Teil der eurasischen Platte wie große Stücke des Polarmeers. Der ferne Osten Russlands hingegen ist geologisch gesehen ein Teil Amerikas.

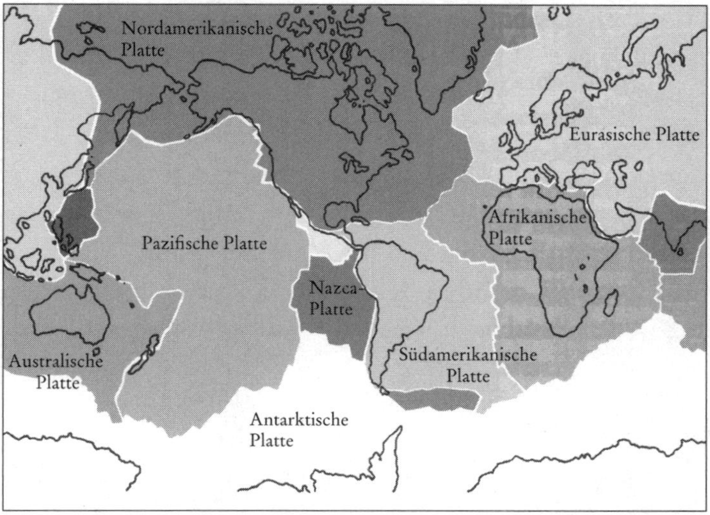


*Plattentektonik*. Geologisch gesehen, ist die spröde, steinerne Außenhaut der Erde eine Art Riesenpuzzle. Sie besteht aus acht bis zwölf größeren Krustenplatten und etlichen kleineren, die dazwischen eingeklemmt sind.

Aber das ist nur der Anfang. Im Detail kann es richtig kompliziert werden. Ein Teil von Neufundland gehörte früher zu Europa, so wie Italien zu Afrika. In Afrika entsprang vor 130 Millionen Jahren der Ur-Amazonas, im Ennedi-Massiv im heutigen Tschad. Der Ur-Amazonas floss mehr als 14 000 Kilometer hinweg gen Pazifik. Dann öffnete sich der Atlantik und zerriss dabei den Ur-Amazonas. Übrig von ihm blieb nur der Teil, der heute durch Südamerika strömt und den die sich damals neu auftürmenden Anden zwangen, seine Richtung umzukehren.

Die Steine unter unseren Füßen kommen also ganz schön herum. Dabei werden die Kontinente zusammen mit der ozeanischen Krustenplatte, auf der sie reiten, von den Konvektionszellen im Erdmantel mitgezogen – wie auf einem Fließband. Ins Erdinnere hinein können sie nicht eintauchen: Während der Meeresboden aus fast demselben schweren Material besteht wie der Erdmantel, ist das wichtigste Baumaterial für Eurasien oder Amerika Granit – und der ist sehr viel leichter. Deshalb beteiligen sich die Kontinente nicht an der Reise durchs Innere der Erde, sondern schwimmen obenauf, und die Plattentektonik schiebt sie im Lauf von Hunderten von Millionen Jahren wie ein Jigsaw-Puzzle zu immer neuen Kontinentmustern zurecht.

## DER KOHLENSTOFFZYKLUS: RECYCLING À LA ERDE

Die Plattentektonik sorgt nicht nur für die Verschiebung der Kontinente, sondern auch dafür, dass es auf der Erde immer angenehm bleibt – jedenfalls aus Sicht eines Lebewesens. Ohne sie wäre die Erde ein scheußlicher Ort, entweder zu kalt oder zu heiß. Sie würde gekocht, wenn die Lufthülle heute noch so wäre wie vor mehr als viereinhalb Milliarden Jahren, als unser Planet jung war. Denn die Sonne scheint heute sehr viel intensiver als damals. Das ist typisch für einen Stern ihrer Art: Er wird mit dem Alter immer aktiver. Auf der anderen Seite könnte die Erde zu einem Schneeball gefrieren, wenn die Plattentektonik nicht immer für Nachschub an Kohlendioxid aus dem Erdinneren sorgen würde. Der Grund: Unser Planet fliegt zu weit von der Sonne entfernt, als dass es hier flüssiges Wasser geben könnte. Die Plattentektonik hält also auf lange Sicht das Kohlendioxid immer im richtigen Maß in der Luft: Sie stabilisiert den Kohlenstoffzyklus der Erde und damit auch das Klima – und zwar schon seit Langem in enger Zusammenarbeit mit dem Leben.

Der Kohlenstoffzyklus ist ein komplexer Kreislauf, den die Wissenschaftler gerade erst zu verstehen beginnen. Seit die Erde vor etwa 4,53 Milliarden Jahren entstanden ist, pumpen Vulkane unaufhörlich $CO_2$ aus dem Erdinneren in die Atmosphäre – und erst seit Neuestem helfen wir Menschen ihnen dabei. In der Luft löst sich ein Teil des Kohlendioxids im Regenwasser und greift bei der Verwitterung die Kontinente an. Es holt das Calcium aus den Steinen, verbindet sich mit ihm, und das Ganze landet dann über diverse Stationen schließlich im Meer. Die Ozeane saugen gewaltige Mengen an Kohlendioxid auch direkt aus der Luft auf und schaffen einen Teil davon aus dem Weg (leider wird das Ozeanwasser dadurch sauer, und das bringt das schöne Gleichgewicht durcheinander, aber das ist eine andere Geschichte, siehe S. 192).

In warmen Meeren rieselt das ehemalige Kohlendioxid aus der Luft in Form von winzigen Kalkkristallen wie im Kochtopf aus dem Wasser. Bevor es Leben gab, waren sie der einzige Weg, das $CO_2$ dauerhaft aus dem Kreislauf Erde zu holen. Inzwischen jedoch nutzen Millionen und Abermillionen von Organismen das ehemalige Kohlendioxid in Form von gelöstem Kalk, um daraus ihre Skelette aufzubauen. Muscheln beispielsweise fangen ihn dafür ein, oder Seesterne und Seeigel. Vor allem Einzeller sind perfekte Baumeister. Diese Organismen haben so ungewöhnliche Namen wie Foraminiferen oder Kokkolithen, oder sie heißen schlicht Kalkalgen. Aber auch die Pflanzen an Land nutzen es zum Aufbau ihrer Biomasse, allen voran die Bäume. Wälder sind großartige Kohlenstoffspeicher, ebenso Böden, in denen oft viel organisches Material steckt.

Die Grundlagen dafür, dass der biologische Teil des Kohlenstoffkreislaufs heute in ganz großem Stil abläuft, wurden an einem wunderschönen Tag vor 2,7 Milliarden Jahren gelegt. Damals gelang kleinen Mikroben namens Cyanobakterien die wichtigste »Erfindung« überhaupt: Sie entdeckten, wie sie mithilfe des Sonnenlichts aus Wasser und Kohlendioxid Biomasse aufbauen und den »nutzlosen« Sauerstoff an die Umwelt abgeben können: die Photosynthese. Damit stießen sie die bislang größte Umwälzung auf der Erde an. Sie formten den Planeten stärker als jedes andere Lebewesen nach ihnen (wenn man vielleicht von Thomas Midgley absieht, der fast etwas ähnlich Schwerwiegendes geschafft hätte, aber dazu mehr auf S. 136).

Die Mikroben-Zeitgenossen dieser Cyanobakterien waren von der Photosynthese bestimmt nicht begeistert. Sauerstoff ist giftig, wenn man nicht mit ihm umzugehen weiß – und dieser Trick war damals allen Mit-Erdenbürgern der erfinderischen Cyanobakterien unbekannt, schließlich war das Gift neu auf der Welt. Wer damit in Berührung kam, starb. Aber die Photosynthese setzte sich durch. Aus der Sicht der Verlierer war es zum Verzweifeln. Wer sich jedoch an den Sauerstoff gewöhnen konnte, dem stand die Welt offen. Denn der freie Sauerstoff ist für einen Organismus ein exzellenter Energiespender. Plötzlich konnte die Evolution immer neue, kompliziertere Formen von Lebewesen entwickeln – bis schließlich Jahrmilliarden später der Mensch entstand.

Ohne die andauernde Arbeit von Cyanobakterien und später von Algen, Bäumen und allen möglichen anderen Pflanzen gäbe es uns nicht: Sie produzieren für uns den Sauerstoff, den wir heute atmen. Die besondere Mischung der Erdenluft mit 21 Prozent Sauerstoff und 78 Prozent Stickstoff plus Spurengasen ist nicht von allein stabil. Sie muss durch die Photosynthese ständig erneuert werden.

Doch zurück zum Kohlenstoffkreislauf und zu den Einzellern und all den anderen Organismen, die im Meer das Kohlendioxid bei der Photosynthese aus der Luft angeln, es in ihre Schalen einbauen oder in Form von Biomasse fressen, um zu wachsen. Wenn sie absterben, sinken sie zu Boden. Falls sie sich auf dem Weg dorthin nicht auflösen oder ihrerseits gefressen werden, enden sie im Sediment – für lange, lange Zeit (Muscheln oder Seesterne haben da einen kürzeren Weg, sie leben da, wo die anderen erst hinrieseln). Jeder noch so winzig kleine Organismus begräbt dabei mit seiner Körpermasse ein bisschen Kohlenstoff im Meeresboden. Auf ihm sammeln sich über Millionen von Jahren hinweg dicke, mit Wasser vollgesogene Schlickschichten an. Während dieser Zeit arbeitet die Plattentektonik unentwegt weiter. Der Meeresboden wird alt, kalt und schwer, taucht irgendwann an einem Tiefseegraben in den Erdmantel hinein ab – und schleppt dabei einen Teil der Schlickpakete samt eingebetteter Organismen mit sich ins Erdinnere hinein.

Die Gesteinszunge wandert nach unten und gerät in immer heißere Regionen. In 50 bis 100 Kilometern Tiefe beginnt sie teilweise zu schmelzen – auch die Sedimente, an denen ja zahllose Lebewesen mitgearbeitet haben. Magma entsteht, das aufsteigt, sich in Magmenkammern sammelt und schließlich aus den Vulkanen fließt, die sich über diesen Zonen aufbauen. Mit der Lava quellen auch gewaltige Mengen an Treibhausgasen wie Wasserdampf und Kohlendioxid heraus – und dieses Kohlendioxid stammt auch von den Lebewesen, die in den Meeresboden und mit ihm ins Erdinnere geraten sind. Dieser Ast des Kohlendioxidrecyclings ist immens wichtig für die Welt. Forscher haben einmal berechnet, was passierte, wenn alle Treibhausgase

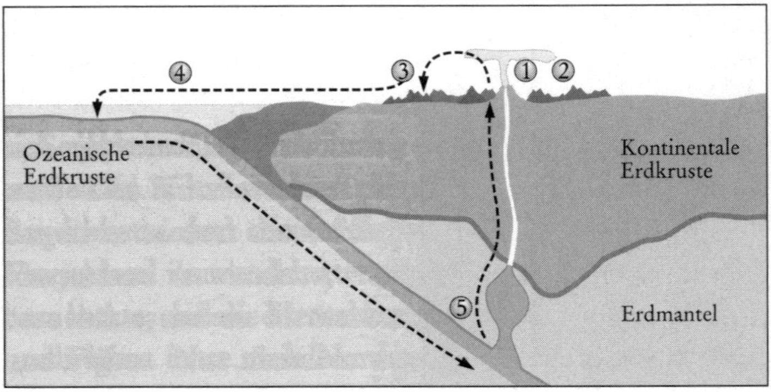


*Der geochemische Kohlenstoffkreislauf*. Kohlenstoff steckt überall: in der Erdkruste, in der Luft, im Wasser und auch in allen Lebewesen. Zwischen diesen Reservoiren herrscht ein reger Austausch. Beim geochemischen Zyklus liefern die Vulkane reichlich Kohlendioxid-Nachschub aus dem Erdinneren (1). Der verteilt sich in der Luft (2), und ein Teil löst sich im Regenwasser (3). Damit greift das $CO_2$ dann bei der Verwitterung die Gesteine der Kontinente an. Die gelösten Stoffe gelangen in den Wasserkreislauf und enden irgendwann im Ozean (4). In warmen Meeren rieselt das ehemalige Kohlendioxid aus der Luft in Form von winzigen Kalkkristallen wie im Kochtopf aus dem Wasser. Aber vor allem nutzen es Organismen, um aus ihm ihre Skelette aufzubauen. Wenn sie absterben, sinken sie zu Boden, und ein Teil endet im Sediment. Über Jahrmillionen sammeln sich so auf dem Meeresboden dicke, mit Kohlenstoff vollgepackte Schichten an. Während dieser Zeit arbeitet die Plattentektonik weiter und irgendwann verschwindet der Meeresboden an einem Tiefseegraben in den Erdmantel hinein. Dabei schleppt er einen Teil der Sedimente samt eingebettetem Kohlenstoff mit sich ins Erdinnere. In 50 bis 100 Kilometern Tiefe wird es so heiß, dass die Gesteinszunge teilweise zu schmelzen beginnt (5). Magma entsteht, das aufsteigt, sich in Magmenkammern sammelt und schließlich aus den Vulkanen fließt, die sich über diesen Zonen aufbauen. Dabei quillt auch das Kohlendioxid wieder heraus – und alles beginnt von vorn.

plötzlich aus der Luft verschwänden. Dann verwandelte sich die Erde in eine weiße Eiswüste, die fast das gesamte Sonnenlicht ins All zurückwerfen würde. Die Temperaturen lägen bei minus 90 °C – und es gäbe kein Zurück mehr. Ohne das Klimagasrecycling der Plattentektonik sähe es also trist aus auf der Erde.

Die Situation wäre ebenso trist, wenn aller Kohlenstoff, der einmal aus dem System geschafft worden ist, wieder auftauchte. Ein von der Sonne gekochter Planet wäre nicht besser als ein tiefgefrorener. Und so haben wir Glück, dass nur ein Teil des Kohlenstoffs, der zum Recycling im Erdmantel landet, wieder über die Vulkane zurückkehrt. Heute ist von dem Kohlendioxid, das bei der Entstehung der Erde vor mehr als viereinhalb Milliarden Jahren in der

DIE ERDE – EIN LEBENDIGER PLANET

Seit Jahrmilliarden gibt es auf der Erde dank Plattentektonik und Lebewesen ein fein austariertes Gleichgewicht, das dafür sorgt, dass sie weder für immer gefriert, noch überhitzt. Ohne die Arbeit der Lebewesen, die das Kohlendioxid »aufsaugen«, so dass es zu Stein werden kann, hätten sich die irdischen Temperaturen inzwischen auf plus 310 °C einpegeln können. Die Plattentektonik hätte sich längst festgefressen wie eine Maschine ohne Öl, weil im galoppierenden Treibhauseffekt alle Meere verdampft und der Wasserdampf über die Jahrmilliarden hinweg aus der Atmosphäre entkommen wären – so wie es auf der Venus passiert ist. Dort sorgt das Kohlendioxid für richtig dicke Luft, und auf dem Boden ist es so heiß, dass man problemlos Zinn oder Blei schmelzen könnte. Das Leben prägt die Erde also durch und durch.

Luft gewesen ist, nur ein winziger Rest übrig. Das meiste, das im Lauf der Zeit in Riffen, Muschelbänken oder Einzellerschlämmen gebunden wurde, versank nämlich nicht im Untergrund. Vielmehr arbeitete die Plattentektonik den Teil, den sie nicht mit hinabzog, an den Kollisionszonen in die Gebirge ein, die sich dort auftürmten. Die Kalksteine der Dolomiten in Südtirol sind im Grunde nichts anderes als Billionen Tonnen von Kohlendioxid, die vor mehr als 250 Millionen Jahren aus der Luft herausgeholt und in Stein umgewandelt wurden. Insgesamt steckt in den Felsen dieser Erde 20 000-mal mehr Kohlendioxid als in der Atmosphäre.

## DINOS AM SÜDPOL

Diese komplexe Planetenmaschine ist eigentlich auf die Erzeugung von tropischen Verhältnissen eingestellt. Jedenfalls hat sie es für 80 bis 90 Prozent der Erdgeschichte so gehalten. Eis an den Polen ist sehr selten, dort sind, über die gesamte Erdgeschichte betrachtet, Durchschnittstemperaturen über dem Gefrierpunkt normal. Dann gedeihen da trotz der halbjährigen Winternacht Pflanzen und Tiere. So streunten vor 70 Millionen Jahren Dinosaurier durch die Antarktis, die schon damals über dem Pol lag.

Für uns ist das kaum vorstellbar, aber wir leben in einer Ausnahmephase, von der es im Lauf von viereinhalb Milliarden Jahren nur wenige gegeben hat: Wir haben Eis an den Polen, und es gibt Gletscher. Es muss schon so einiges passieren, damit auf der Erde nennenswerte Gletscher wachsen können. Die Grundlagen für ihre Existenz in den Alpen oder der Antarktis wurden gelegt, als die Saurier noch lebten. Vor 70 Millionen Jahren stellte die Plattentektonik mit den Gebirgen, die sie aufschob, die Weichen. Zu dieser Zeit begann sich die Indische Erdkrustenplatte mit aller Macht in die Eurasische zu bohren – und in der Kollisionszone baute sich der Himalaja auf. Er bekam auch ein paar »Juniorpartner«: Weil der Atlantik wuchs und dabei Nord- und Südamerika auf die Pazifische Krustenplatte schob, hoben sich die Rocky Mountains und die Anden empor, und durch die Kollision von Afrika und Europa wuchsen die Alpen. Plötzlich war überall neues Gestein, das verwitterte und reichlich Kohlendioxid aus der Atmosphäre zog. Der Treibhauseffekt schwächte sich ab, ganz langsam wurde es kühler.

Doch Himalaja und Co. alleine hätten der Welt noch kein Eiszeitalter gebracht. Damit die Gletscher siegen, müssen beispielsweise die Kontinente an der richtigen Stelle liegen, denn sie lenken die Meeresströmungen. Die sind ein ganz zentraler Faktor im Klimageschehen, weil sie den Temperaturausgleich zwischen dem Äquator und den Polen stören können.

Angetrieben werden diese Strömungen, die wie breite Flüsse durchs Meer fließen und täglich zwischen 30 und 60 Kilometer zurücklegen, vor allem durch Unterschiede im Temperatur- und Salzgehalt und damit der Dichte. Die Erddrehung sorgt dafür, dass sie abgelenkt werden, und der Wind treibt sie vor sich her. Dabei transportieren sie wie eine globale Klimaanlage Kälte und Wärme rund um den Globus. Deshalb war es für die Eiszeiten ein weiterer wichtiger Faktor, dass die Plattentektonik vor 30 Millionen Jahren die letzte Landverbindung zwischen der Antarktis und Südamerika zerriss. Die Drake-Passage öffnete sich. Weil sich Afrika und Australien schon lange zuvor gelöst hatten, lag der sechste Kontinent nun ganz allein über dem Pol.

Plötzlich rauschte ein Ring aus kaltem Wasser um ihn herum und isolierte ihn. Die Antarktis kühlte aus. Damals kehrten nach 230 Millionen Jahren Abwesenheit große Gletscher auf die Erde zurück. Auf der Antarktis türmte sich ganz langsam und allmählich ein mächtiger Eispanzer auf.

## DER SIEG DER GLETSCHER

Die Veränderungen begannen sich auf den ganzen Planeten auszuwirken. Der Wasserring um die Antarktis war so breit, dass er nicht durch die enge Drake-Passage passte (und auch immer noch nicht passt). Also zweigt ein Teil des Wassers ab und strömt in der Tiefsee vor der Westküste Südamerikas in Richtung Äquator hoch: Der kalte Humboldtstrom war entstanden, und mit ihm ordneten sich die weltweit vernetzten Meeresströmungen um. Als Erstes schuf dieser neue Meeresstrom eine Wüste.

Vor der Küste Amerikas wallte und wallt der Humboldtstrom an die Meeresoberfläche und kühlt über sich die Luft ab. Je kühler das Wasser ist, desto weniger verdunstet, und außerdem kann kalte Luft wenig Feuchtigkeit speichern. Deshalb erreicht nur noch Nebel weite Teile der südamerikanischen Küste. Der fühlt sich zwar feucht an, aber wenn man durch 100 Meter dieser grauen Suppe läuft, füllt das Wasser, das man berührt, noch nicht einmal ein Glas. Vom Meer her kam kein Regen mehr – und die trockenste Wüste der Welt entstand: die Atacama.

Die Wetterstation der 300 000-Einwohner-Stadt Antofagasta verzeichnet gerade einmal einen Millimeter Niederschlag pro Jahr. An manchen Stationen ist noch kein einziger Regentropfen gefallen, seit sie aufgestellt worden sind. Die Altersbestimmung der Landschaft verrät, dass es in den tro-

DAS MEER UND DAS KLIMA

Die Meere sind äußerst aktive Mitspieler im Klimasystem, denn Ozeane geben hervorragende Wärme- oder Kältespeicher ab. Es kostet 1000-mal mehr Energie, einen Kubikmeter Wasser um ein Grad zu erwärmen als einen Kubikmeter Luft. Die Meeresoberfläche kann die Atmosphäre beträchtlich aufheizen oder abkühlen, wie tagtäglich das Wetter beweist. Weil über kaltem Meerwasser wenig verdunstet, können Klimaforscher bereits Monate im Voraus Dürren in Westafrika oder im Norden Brasiliens vorhersagen. Und dass in Süd- und Ostaustralien seit einem halben Jahrhundert die Regenfälle zurückgehen, dafür sollen die kühlen Wassertemperaturen vor Nordaustralien verantwortlich sein. Inzwischen führt das wichtigste Flusssystem dort, das Murray-Darling-Basin, spürbar weniger Wasser, die Landwirtschaft leidet.

ckensten Zonen der Atacama seit 25 Millionen Jahren nicht mehr richtig geregnet hat. Manche der trockenen Flussbetten führten vor 120 000 Jahren das letzte Mal Wasser.

Als der Humboldtstrom die Atacama trockener und trockener werden ließ, stellte sich der Thermostat des Systems Erde auf »kalt«. Allmählich kühlte auch der heutige Nordpol aus, nachdem es dort lange subtropisch zugegangen war. Zunächst bildete sich während der halbjährigen polaren Winternacht Eis. Vor sieben Millionen Jahren war es so weit: Auf dem Polarmeer schmolz auch im Sommer das Meereis nicht mehr. Doch noch hatten die Gletscher nicht endgültig gesiegt, noch konnten sie nicht von den Polen und Hochgebirgen aus weit in die Kontinente hinein vorstoßen.

Das passierte erst vor drei Millionen Jahren. Damals schloss sich unter anderem im heutigen Panama eine wichtige Meeresverbindung zwischen Atlantik und Pazifik: Der Wassertransport zwischen beiden Meeren versiegte, aber dafür entstand der Golfstrom. Der schleppte zunächst viel warmes Wasser nach Norden. Darüber verdunstet viel Feuchtigkeit, weshalb es heute in Irland und Großbritannien so viel regnet. Vor drei Millionen Jahren fiel deshalb auch über Grönland und Skandinavien viel Schnee – und weil es kühler und kühler wurde, blieb der länger und länger liegen …

Die Erde stand auf der Kippe, denn nun griff die Astronomie in Form der berühmten Milanković-Zyklen ein. Die entstehen, weil die Erdbahn um die Sonne mal runder und mal ovaler ist und die Erdachse auch noch schlingert. Deshalb trifft mal mehr, mal weniger Sonnenenergie auf die Erde. Solange sie im »Normalzustand« ist, macht das nichts. Aber wenn die Zeichen auf »kalt« stehen, werden Milanković-Zyklen plötzlich zum Zünglein an der Waage. Im Norden und in den Hochgebirgen schmolz der Schnee nicht mehr. Die Antarktis hatte sich ohnehin schon dem Eis ergeben. Vor rund zweieinhalb Millionen Jahren war es so weit: Die Gletscher bedeckten weite Teile Europas und Nordamerikas mit einem eisigen Panzer.

Auf der Erde begann damit das Auf und Ab der Warm- und Kaltzeiten mit ihren ständigen Temperaturschwankungen. Mehr als 20-mal fuhr das Klima mit uns Achterbahn. Wurde es kalt, wuchs ein bis zu 1000 Meter dicker Eispanzer, der sich über Berlin, Hannover oder Bremen hinaus nach Süden vorschob und New York bedeckte. Es muss also schon einiges passieren, damit es überhaupt Eis gibt, und das bringen wir Menschen gerade nach Kräften zum Schmelzen. Vielleicht macht dieser Blick in die »Maschine« Erde das Ausmaß unseres Handelns richtig klar.

# KAPITEL 3: DAS WETTER, EIN VULKAN UND FRANKENSTEINS GEBURT

*Als im Jahr 1815 der Tambora-Vulkan auf der indonesischen Insel Sumbawa ausbrach, erfuhr die Welt erst Monate später davon durch eine kleine Meldung in der Times. Aber niemand ahnte, dass der Tambora noch Tausende von Kilometern entfernt töten würde, weil die Menschheit über die Atmosphäre stärker miteinander verbunden ist, als sie es sich träumen lässt.*

Ernst genommen hatte den Mount Tambora niemand. Irgendwann im Jahr 1815 hatte der Vulkan auf der Insel Sumbawa in Niederländisch-Ostindien (heute Indonesien) zu rumpeln begonnen. Hin und wieder quollen aus ihm ein paar Wolken vulkanischer Asche heraus, aber besonders bedrohlich wirkte das nicht. Bis zum Abend des 5. Aprils 1815. Bei einem heftigen Ausbruch, der noch im 1300 Kilometer entfernten Batavia zu hören war, stieß der Tambora riesige Asche- und Rauchwolken aus. Wie Kanonenschläge folgte Knall auf Knall. In Yogyakarta wurde ein Trupp Soldaten losgeschickt, weil man glaubte, ein naher Posten müsse gegen Aufständische verteidigt werden. Auf der 300 Kilometer vom Tambora entfernten Insel Celebes suchte ein bewaffnetes Schiff nach Seeräubern – aber es war nichts zu sehen.

So weit entfernt vom Geschehen ahnte niemand, was wirklich passierte. Nur die Menschen, die am Tambora lebten, waren besorgt. In den kommenden fünf Tagen folgten kleinere Ausbrüche, und jedes Mal hofften die Bewohner Sumbawas, dass das Schlimmste vorbei sei. Dann – der Abend des 10. April. Mit einer gewaltigen Explosion schossen Rauch, Asche und Bimsstein in den Himmel. Ausbruch folgte auf Ausbruch. Tagelang. Felsen flogen durch die Luft, als seien es Kiesel. Feurig rote Wolken aus kochenden Gasen und geschmolzener Asche wälzten sich den Berg hinab. Die Glutwolken rasten über die Insel hinweg, stießen ins Meer. Sobald sie auf das Wasser trafen, zerstäubten sie zu feinster Asche – und auch diese Asche wurde hoch hinauf in die Atmosphäre getragen. Auf Sumbawa war das Inferno ausgebrochen. Im 20. Jahrhundert werden die Vulkanologen ausrechnen, dass die Sprengkraft der Eruption bei 170 000 Hiroshima-Bomben lag.

Der Donner war noch in 2500 Kilometern Entfernung zu hören, 800 Kilometer weit fort zitterten Wände. In den Dörfern und Städten auf Sumbawa und den Nachbarinseln brachen die Häuser unter der Last der Asche zusammen, die Druckwellen entwurzelten Bäume und rissen Menschen und sogar Pferde und Rinder mit sich fort. Haushohe Tsunami-Wellen überschwemmten die Küsten und zogen ganze Dörfer hinaus aufs Meer. Drei Tage lang blieb es im Umkreis von 300 Kilometern stockdunkel, so dicht war die Aschewolke.

Erst am 17. April war der Vulkan erschöpft. In der Provinz Tomboro überlebten von 12 000 Menschen nur 26 Personen, so hieß es. Im Katastrophengebiet lagen zahllose Leichen und Kadaver, noch mehr trieben im Meer, eingebacken in Flößen aus Bimsstein, der wie Schaum auf dem Wasser schwamm. Aber nicht nur der Ausbruch selbst mit seinen unmittelbaren Folgen war tödlich. Auf den Inseln rund um den Tambora vergiftete die saure Vulkanasche die Reisfelder und verstopfte die ausgeklügelten Bewässerungssysteme. Die Asche entlaubte die Wälder. Es gab nichts mehr zu essen, und das Grundwasser war vergiftet. Die Menschen verhungerten oder starben an Durchfallerkrankungen. Auf Java brachen Unruhen aus, weil mehr als 100 000 Flüchtlinge kamen, die niemand haben wollte. Das Leben war dort auch ohne sie schon schwer genug.

## DAS JAHR OHNE SOMMER

Insgesamt soll der Tambora-Ausbruch in seiner näheren Umgebung 71 000 Menschenleben gefordert haben, die weitaus meisten nach dem Ausbruch. Damals waren Nachrichten noch langsam, so dass die Londoner Times in Europa erst sieben Monate nach der Katastrophe in Niederländisch-Ostindien eine kleine Notiz darüber veröffentlichte. Niemand ahnte, dass die Auswirkungen des Tambora-Ausbruchs London ebenso erreicht hatten wie New York. Der Vulkan sollte auch auf der anderen Seite der Welt töten. Denn der Tambora hatte nicht nur Asche und Bimsstein in die Luft geschleudert, sondern auch viele Tonnen an Dampf und Schwefeldioxidgasen. Die taten sich zusammen und bildeten winzige Tröpfchen aus Schwefelsäure. Ein Teil davon schaffte es so hoch in die Atmosphäre hinauf, dass er sich wie ein Dunstschleier um die Erde legen konnte. Dieser Schleier sorgte für prächtige Sonnenuntergänge, die Maler wie William Turner faszinierten. Sie warfen aber auch so viel Sonnenlicht zurück ins All, dass es kalt wurde auf der Erde. So kalt, dass das Jahr 1816 als »Achtzehnhundertfriermichtot« in die Geschichte einging.

1816 fiel erst der Frühling aus, dann der Sommer. In ganz Europa waren die Jahre 1816 und 1817 ungewöhnlich kalt. In Ungarn fiel brauner Schnee, in Süditalien rötlicher.

Rund um die Nordhalbkugel gab es Missernten. Die Preise für die Nahrungsmittel schossen senkrecht in schwindelnde Höhen, denn die Kältekrise folgte direkt auf die Napoleonischen Kriege, die für sich allein schon genügend Tod und Verwüstung gebracht hatten. In Frankreich gab es Aufstände der Hungernden. In Kontinentaleuropa verhungerten die Menschen oder starben an Mangelkrankheiten. In Irland soll ein Fleckfieberausbruch 100 000 Opfer gekostet haben, andere Quellen sprechen von 30 000. In Großbritannien baten Heerscharen von Bettlern um Brot. Es war die schlimmste Hungerkatastrophe des 19. Jahrhunderts – und die letzte wirklich große in ganz Europa.

Auch in Nordamerika und Kanada ging der Tod um. Es war trocken, viel zu trocken, und bitterkalt. Nachtfröste zerstörten im Frühjahr die keimenden Pflanzen, und die Minustemperaturen wollten nicht weichen. Sogar am 4. Juni 1816 gab es in Connecticut Frost. Am 6. Juni fiel in Albany im Bundesstaat New York Schnee, ebenso in Maine, und im kanadischen Quebec lag er zwischen dem 6. und dem 10. Juni 30 Zentimeter hoch. Weil es nichts zu ernten gab, versuchten die Bauern in Vermont und New Hampshire, wenigstens die Schweine durchzubringen, indem sie sie mit Fischen aus den Bächen fütterten. In Amerika galoppierte die Inflation, aber anders als im dicht besiedelten Europa gab es keine Hungersnöte.

In Indien blieb der Regen aus. Es herrschte Dürre, die zur Unzeit von einem schier unendlichen Dauerregen abgelöst wurde. Der Osten des Landes, das heutige Bangladesch, versank im Wasser. Die Ernten waren dahin. Zahllose Menschen verhungerten und die Cholera hatte leichtes Spiel. Sie wütete am Ganges, drang bis nach Afghanistan und Nepal vor.

Sonnentage waren 1816 selten. Dabei war es im 19. Jahrhundert ohnehin kalt in Europa und Nordamerika: Das Klima ist von Natur aus wandelbar, und seit dem 15. Jahrhundert war es kühl geworden, die »Kleine Eiszeit« hatte die Welt im Griff. Die Menschen feierten Frostfeste auf der zugefrorenen Themse, in den Alpen stießen die Gletscher weit vor und begruben Dörfer unter sich. 1780 fror der Hafen von New York zu, so dass man zu Fuß von Manhattan nach Staten Island laufen konnte. Noch heute erzählen die Winterbilder der niederländischen Meister von dieser Kleinen Eiszeit. Die Schlittenfahrten, die Goethe beschreibt, sind auch ohne den menschengemachten Treibhauseffekt schon lange nicht mehr möglich. Damals konnte sich das Eis auf den Flüssen noch so hoch stauen, dass bei Tauwetter grauenhafte Überschwemmungen zahllose Menschen töteten. 1816 waren die Menschen also durchaus an Kälte gewöhnt, aber das Tambora-Jahr schlug alles andere um Längen.

Ein Frost-Jahrmarkt auf der Themse. Er begann am 1. Februar 1816 und dauerte vier Tage. Er sollte der letzte sein. Seitdem ist die Themse nicht wieder vollkommen zugefroren.

Niemand verstand damals die Ursachen für die Missernten, die Kälte und den Dauerregen. Das kam erst viel später. Man schob es auf die wachsende Unmoral in der Gesellschaft, andere gaben den Sonnenflecken die Schuld und wieder andere den Eisbergen im Nordatlantik. Aber es war ein Vulkan auf der anderen Seite der Erde. Niemand wusste, dass winzige Schwefeltröpfchen in einem höheren Stockwerk der Atmosphäre dafür sorgten, dass das Wetter so schlecht war.

## PANTA RHEI – ALLES FLIESST

Der Ausbruch des Tambora zeigt uns, wie sehr auf der Erde alles zusammenhängt. Die Atmosphäre gehört uns allen. Grenzen kennt sie nicht, und deshalb wirkt sich weltweit aus, was wir mit ihr anstellen. Sie umhüllt unsere Erde nur als hauchdünner Film – und dieser Film unterteilt sich auch noch in mehrere Stockwerke: Troposphäre, Stratosphäre, Mesosphäre und Ionosphäre (auch gerne Thermosphäre genannt). Leben können wir nur in der Troposphäre, dem Erdgeschoss. Für uns ist sie (fast) der wichtigste Teil der Atmosphäre: Nur hier gibt es genügend Wärme und Sauerstoff, so dass wir uns behaglich fühlen. Bezogen auf uns Menschen und alle anderen Säugetiere gilt das allerdings nur für die unteren paar Kilometer. Für uns ist die Luft schon ab 5500 Metern zu dünn, um dauerhaft dort leben zu können. Die Vögel sehen das etwas anders: Der Kondor schwebt über die Andengipfel, und über den Mount Everest ziehen die Streifengänse auf ihrem 14 000 Kilometer langen Nonstop-Flug zwischen Winter- und Sommerquartieren problemlos dahin.

Die Troposphäre endet mit der Tropopause. Die liegt

DIE LUFT ÜBER UNS

An der Planetenoberfläche beginnt die Troposphäre, die Wetterküche der Erde. Sie endet mit der Tropopause. Darüber liegt die Stratosphäre mit der Ozonschicht. Sie wird durch die Stratopause begrenzt.

In der Mesosphäre strahlt die Erde Energie an den Weltraum ab. Die Luft dort oben ist extrem dünn, aber sie reicht noch, um viele der Meteore, die in die Atmosphäre eindringen, verglühen zu lassen. Sie endet mit der Mesopause.

In der Thermosphäre (Ionosphäre) haben die Luftmoleküle richtig viel Platz: Kilometer liegen zwischen ihnen, und sie können sich frei bewegen. Hier entstehen die Polarlichter. Tritt ein Raumschiff wieder in die Erdatmosphäre ein, wird hier die Hitze erstmals spürbar – allerdings beginnt der Härtetest erst in der Mesosphäre.

In der Höhe von 500 bis 1000 Kilometern (die Angaben sind je nach Quelle unterschiedlich) beginnt schließlich die Exosphäre. Aus der heraus verliert die Lufthülle Materie an den Weltraum, wenn sie schnell genug wird, um die Erdanziehung zu überwinden.

genau da, wo sich die Gewitterwolkentürme zu ihrer typischen Ambossform abflachen. Am Äquator passiert das in etwa 15 bis 18 Kilometern Höhe, in den gemäßigten Breiten wie Europa in zwölf bis 13 Kilometern. Dort oben ist es entsetzlich kalt, wie ein Blick auf die Außentemperaturanzeige im Flugzeug zeigt. Bei Flughöhen in der Nähe der Tropopause liegt sie irgendwo unter minus 50 °C. Schaut man dann aus dem Fenster, blickt man auf rund 80 Prozent der Gesamtmasse unserer Atmosphäre hinab – und auf fast das gesamte Wasser, das sich darin befindet.

## UNENDLICH VIEL ENERGIE

Die Troposphäre ist unsere Wetterküche. In ihr steckt unendlich viel Energie: In jeder Sekunde toben rund um die Erde allein 2000 bis 3000 Gewitter, und rein statistisch gibt es gerade in diesem Moment 100 Blitze. Aber nur zehn schlagen auch ein. Ein Blitz heizt die Luft um sich herum auf rund 30 000 °C auf – das ist fünfmal heißer als die Oberflächentemperatur der Sonne. Rechnerisch könnte die Energie eines einzigen Gewitters die USA vier Tage lang mit Strom versorgen.

Während in Gewitterwolken die auf und ab rasenden Winde problemlos 150 Stundenkilometer erreichen, werden die Luftmassen in großen Stürmen noch viel stärker beschleunigt: 1999 fegte ein Tornado über Oklahoma hinweg, in dem Windgeschwindigkeiten von 500 Stundenkilometer gemessen wurden. In Orkanen bringt es der Wind leicht auf 250 bis 300 Kilometer pro Stunde.

Weil die Luft schwer auf uns liegt, können solche Stürme immense Verwüstungen anrichten: Auf jedem Quadratmeter Meeresstrand lastet sie mit 10,2 Tonnen. Die gesamte Atmosphäre hat eine Masse von $5 \times 10^{15}$ Tonnen – das sind fünf Billiarden Tonnen oder 5000 Millionen Millionen Tonnen. Das spüren wir erst bei Sturm. Wenn Millionen von Tonnen Luft auf 150 Stundenkilometer und mehr beschleunigt werden, reißt die Wucht Bäume aus.

Angetrieben werden Luftbewegungen durch Druck- und Dichteunterschiede in der Atmosphäre – aber die Atmosphäre mag keine Unterschiede. Sie versucht sie fortwährend auszugleichen. Das besorgt sie über die Winde, und wenn die Gegensätze groß sind, wird aus dem Wind ein Sturm.

Während es in der Troposphäre absolut chaotisch zu-

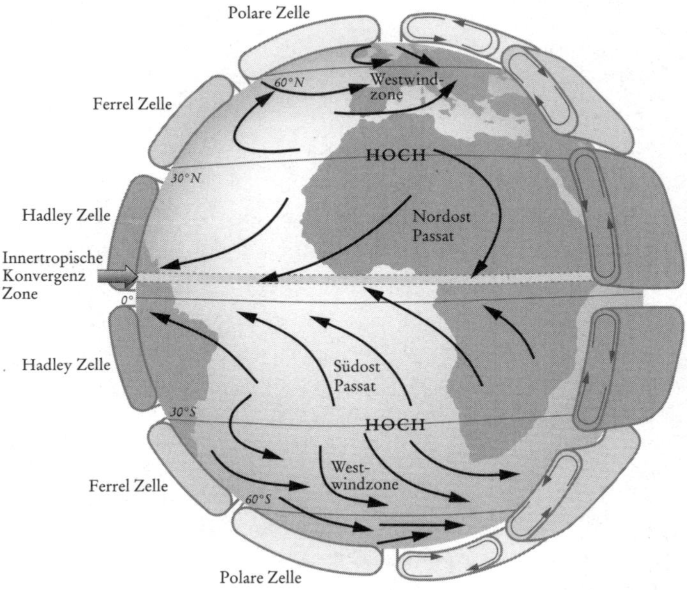


*Die Planetarische Zirkulation*. Die Erde ist regelrecht eingehüllt in ein atmosphärisches Zirkulationssystem. Das Grundbild ist einfach: Über den Tropen steigt warme, von der Sonne aufgeheizte Luft auf und strömt dann in der Höhe nach Norden und Süden polwärts, während in Bodennähe kältere Luft von den Polen in Richtung Äquator zurückströmt. Durch die Erddrehung und die Corioliskraft, die sie verursacht, wird es kompliziert. Pro Halbkugel bilden sich drei schlauchförmige Luftzirkulationszellen: die Hadley Zelle, die Ferrel Zelle und die Polare Zelle. Gleichzeitig sorgt die Erddrehung dafür, dass die Luftmassen auf der Nordhalbkugel nach rechts, auf der Südhalbkugel nach links abgelenkt werden. So entsteht in den Hadley Zellen der Nordost- beziehungsweise der Südost-Passat. Die Ferrel Zelle ist die »Heimat« der Westwindzone.

DAS LUFTKARUSSELL

Die planetarische Zirkulation ist eine komplizierte Angelegenheit. Die Sonne heizt die Kontinente und Meere auf, auch ein wenig die Luft direkt. Dabei ist sie allerdings nicht gerecht: Die Polarregionen bekommen recht wenig ab, der Äquator dafür umso mehr. Also steigt in den Tropen feuchte, warme Luft auf, bis sie an die Tropopause stößt, die sie nicht durchdringen kann. Von dort aus verbreitet sie sich nach Norden und Süden. Je weiter sie sich vom Äquator entfernt, desto kühler und schwerer wird sie und sinkt ab. An den Polen passiert das Gegenteil. Kalte Luft fließt nahe der Erdoberfläche in Richtung Äquator. Auf diesem Weg erwärmt sie sich und steigt wieder auf. Dann ist da ja noch die Erddrehung: Sie lenkt die Luft auf der Nordhalbkugel nach rechts ab, auf der Südhalbkugel nach links, wodurch Strömungszellen entstehen.

Da ist zunächst die Hadley-Zelle. Sie erstreckt sich vom Äquator aus bis zum 30. Breitengrad süd- und nordwärts. Zu ihr gehört der subtropische Hochdruckgürtel, in dem viele Trocken- und Wüstengebiete liegen. Hier wehen die Passatwinde. Über den Polen liegt die Polare Zelle. In ihr fließt kalte Luft in Bodennähe nach Süden, erwärmt sich und steigt in Höhe des 60. Breitengrades wieder auf. Dazwischen ist die Ferrel-Zelle eingeklemmt, die Zelle der gemäßigten Breiten. Sie wird regelrecht in die Zange genommen und je nach Jahreszeit hin- und hergeschoben. Wenn bei uns Sommer ist, verschieben sich alle drei Zellen nach Norden, im Winter nach Süden.

Während über den Tropen die Strömungsverhältnisse in der Luft sehr stabil sind, geht es in den gemäßigten Breiten turbulent zu. Jahreszeiten, Berge, Zufälle – alles Mögliche sorgt dafür, dass sich hier die Hoch- und Tiefdruckgebiete endlos jagen – und reichlich Abwechslung in die Wetterküche bringen.

geht, ist es in der Stratosphäre darüber sehr viel ruhiger. Bis hinauf in diese Schicht hatte der Tambora feinste Asche und vor allem seine Schwefeltröpfchen geschleudert. Die Winde, die dort fegen, haben sie als kühlenden Dunstschleier rund um die Erde verteilt. In der Stratosphäre gibt es so gut wie kein Wasser – und damit auch keinen Regen. Was also an Schwefelsäuretröpfchen oder Staub den Weg erst einmal dort hinauf geschafft hat, bleibt für eine Weile da. Deshalb dauerte auch der »vulkanische Winter« nach dem Ausbruch des Tambora bis 1819. So lange kühlte der Schleier die Erde. Erst dann war der Spuk wieder vorbei.

1991, nach der Eruption des Pinatubo auf den Philippinen, ging die globale Durchschnittstemperatur um rund ein halbes Grad zurück. Beim Ausbruch des Tambora waren es wohl um 2,5 °C. Als vor 75 000 Jahren der Toba auf Sumatra in Indonesien ausbrach, muss der Temperaturabsturz noch sehr viel schlimmer gewesen sein. Das war zwar vor Menschengedenken, aber trotzdem wichtig für uns (siehe S. 83).

In jenem ausgefallenen Sommer des Jahres 1816 jedenfalls mietete sich der englische Dichter Lord Byron in einer Villa am Genfer See ein. Ein paar Häuser weiter lebte der Dichter Percy Bysshe Shelley mit seiner Frau Mary. Weil sie wegen des Dauerregens tagelang nicht ausgehen konnten, vertrieben sie sich die Zeit mit dem Lesen von Geistergeschichten – und sie beschlossen, dass jeder von ihnen selbst eine schreiben sollte. Mary Shelley schrieb – inspiriert von der Tristesse der Tambora-Aerosole – *Frankenstein*.

# KAPITEL 4: ALLES FLIESST

*Ohne Wasser »funktioniert« nichts auf der Erde. Das gilt für den Planeten ebenso wie für die Ökosysteme – und die menschliche Zivilisation. Fehlt das Wasser, gehen wir unter, wie die Geschichte der Nasca in Peru lehrt.*

Rätselhafte Linien im Wüstenboden, das sind die sichtbarsten Zeugnisse, die die Indianerkulturen von Paracas und Nasca im heutigen Peru hinterlassen haben. Manche sind rein geometrisch geformt, gleichen riesigen Trapezen oder Dreiecken, die sich über Hunderte von Metern erstrecken. Andere, kleinere, zeigen stilisierte Pflanzen, Vögel oder Fabelwesen. Und dann sind da noch die schier endlosen Parallelen, die sich über Kilometer hinweg durch die Landschaft ziehen. 1926, der kommerzielle Linienflug war gerade in den Anfängen, erkannten Archäologen bei ihren Geländearbeiten diese seltsamen Zeichnungen in der Wüste zum ersten Mal – nachdem sie fast 2000 Jahre lang vergessen gewesen waren. Der Peruaner Toribio Mejia Xesspe und der Amerikaner Alfred L. Kroeber konnten ihr Glück kaum fassen.

Es schien, als könne man die Linien nur aus der Luft betrachten. Aber sie waren uralt, stammten aus einer Zeit, als allein die Vögel fliegen konnten. Wozu sollten sie also dienen? Ufo-Landebahnen? War die Hochebene von Nasca in der Küstenwüste Südperus ein Weltraumbahnhof für Außerirdische – so wie es in manchem Reiseführer steht?

Oder sind sie das größte Astronomiebuch der Welt? Oder Familienwappen, mit denen Großgrundbesitzer ihre Ländereien markierten? Die Fantasien zu den rätselhaften Bildern schossen ins Kraut. Dann stieß der Bonner Altamerikanist Markus Reindel während eines Geländeaufenthalts auf etwas, das eine glatte Landung eines Ufos wohl sehr erschwert hätte: Zwischen den Linien standen Steingebäude.

Wir sitzen in der nüchtern-kahlen Bibliothek des Deutschen Archäologischen Instituts in Bonn und reden über die Menschen, die hinter den esoterisch anmutenden Bodenzeichnungen stecken. Vor etwa 1400 Jahren schufen sie die letzten Bilder, dann verlieren sich ihre Spuren. Was die Trapeze und Zeichnungen bedeuten, lässt sich erst entschlüsseln, wenn man weiß, wer diese Menschen waren, wie sie lebten, wovor sie sich fürchteten oder was sie ersehnten. Davon ist Markus Reindel überzeugt, und deshalb hat

### SCHARRBILDER – TECHNISCH GESEHEN

Der Boden von Nasca besteht aus Steinen mit einer dunklen Oberfläche, darunter befindet sich heller Sand. In diesen Untergrund ein Scharrbild zu zeichnen, ist einfach. Von zehn Meter hohen Pfählen aus dirigierten die Baumeister ihre »Maler«. Als Erstes wurde die Form festgelegt und durch größere, senkrecht in den Boden getriebene Steine gekennzeichnet. Dann markierte eine Gruppe erst den Rand zwischen diesen Orientierungspunkten, indem sie einfach entlang der Begrenzung die dunklen Steine zur Seite räumte. Danach wurde der Pfad selbst von Steinen befreit, nur der helle Sand blieb übrig. Auch hinter den kilometerlangen Linien oder Trapezen steckt keine außerirdische Technologie. Mit der Hilfe von Peilstangen ist es kein Problem, sie zu zeichnen.

er sich zusammen mit Archäologen, Geologen, Geochemikern, Geophysikern und anderen Forschern auf die Suche nach dem Alltag einer längst untergegangenen Zivilisation gemacht. Die Gruppe wurde fündig und glaubt, das Rätsel gelöst zu haben: »In Wirklichkeit erzählen die Scharrbilder vom Untergang einer Kultur, der das Wasser ausging.«

Im Prinzip gibt es auf der Erde Unmengen an Wasser. Wie viel es genau ist, lässt sich nur schätzen. Rund 1,38 Milliarden Kubikkilometer sollen die Meere, Seen, Flüsse, Bäche, Rinnsale füllen, in der Luft als Wasserdampf oder als winziges Tröpfchen in den Wolken schweben, unterirdisch als Grundwasser fließen oder in den Gletschern auf Tauwetter warten. Allerdings steckt das meiste als Salzwasser in den Meeren: nämlich 97 Prozent – und davon wiederum schwappt mehr als die Hälfte im Pazifik. Theoretisch bleiben uns Landbewohnern also drei Prozent in Form von Süßwasser.

Praktisch ist es sehr viel weniger, denn derzeit sind mehr als zwei Drittel dieses Süßwassers im Eis gebunden. Ein Tausendstel der irdischen Wassermasse schwebt gerade als Tröpfchen in den Wolken oder befindet sich im Dampfzustand, etwas weniger als 1,1 Prozent ist Grundwasser – und der winzige Rest füllt Flüsse, Seen und Sümpfe, ist als Bodenfeuchtigkeit bereit, von den Pflanzen aufgenommen zu werden oder steckt in den Zellen der Lebewesen.

Von der gigantischen Wassermenge bleibt also nicht sehr viel, mit dem wir alle auskommen müssen – von der Mikrobe über den Baum bis zum Menschen. Dieses Wasser ist zudem ungleichmäßig verteilt. Je nachdem, wo wir auf der Erde sind, ob es Berge gibt, an denen sich die Wolken abregnen können oder wie sich die Meeres- und Luftströmungen verteilen, kann das Land wunderbar grün sein wie Irland dank des Golfstroms – oder es kann verdorren wie das Tal von Nasca. Aber dort war es nicht immer so trocken wie heute.

Als vor 12 000 Jahren die jüngste Eiszeit zu Ende ging, wuchsen in der Hochebene von Nasca Büsche und Gräser, selbst Bäume in den Tälern. Das Land war grün, erzählt Markus Reindel. Seine Grabungen verraten, dass es die ersten Siedler vor mehr als 6000 Jahren hierherzog und dass sie ein Paradies auf Zeit fanden: Denn der Siegeszug der Wüste hatte bereits kaum merklich begonnen.

Heute dringt nur selten Regen aus dem Amazonasgebiet in das Nasca-Tal zwischen dem Andenhauptkamm und der Küstenkordillere vor. Überhaupt regnet es nur gelegentlich, und zwar an der Nordküste Perus, in den sogenannten El-Niño-Jahren. Dann lassen die Passatwinde nach, die sonst das warme Oberflächenwasser von der Küste wegdrücken und damit Platz machen für den kalten Humboldtstrom. Dann staut sich das warme Wasser vor der Küste, der Humboldtstrom schwächelt und verlagert seine Bahn. In solchen Jahren regnet es sintflutartig – im Norden Perus, nicht aber im Tal von Nasca.

Die Menschen, die heute in Nasca leben, hängen von den kurzen Flüssen ab, die aus den Bergen Wasser bringen. Ohne sie wäre hier niemand. Das ist kein Wunder, denn die Nasca-Wüste ist die Nachbarin der Atacama, und nirgends auf der Welt ist es trockener als dort. Vor Urzeiten jedoch war hier Schwemmland, und die Flüsse brachten Sand und Steine aus den Anden mit. Heute bedecken noch die Gerölle mit ihren dunklen Eisenkrusten den Boden wie ein Pflaster, und der Wind baut aus dem feinen, hellen Sand Dünen auf. Über den tiefblauen Himmel ziehen ein paar weiße Wolken wie Schiffe – aber keine von ihnen wird Regen bringen. Seit Jahren hat es hier nicht mehr geregnet, der Boden ist verdorrt.

## WASSER IST LEBEN

Ohne Wasser sterben wir schnell. Nach drei, vier Tagen ist es vorbei, in einer Wüste wie der Atacama und ihrer Nachbarschaft, wo die Scharrbilder von Nasca den Boden bedecken, oft schon nach einem Tag. Zunächst bekommen wir Durst, der immer unerträglicher wird, dann Sehstörungen, wir werden verwirrt, die Schleimhäute trocknen aus, unsere Lippen verschwinden … Dann ist es aus. Außerdem brauchen wir als Landbewohner Süßwasser. Salzwasser tötet uns, der Stoffwechsel bricht zusammen und die Nieren versagen.

Das Leben ist im Wasser entstanden und hängt auf Gedeih und Verderb davon ab. Wasser gab es schon auf der Erde, als sie vor mehr als viereinhalb Milliarden Jahren entstand. Vor 3,8 Milliarden Jahren prasselte noch einmal ein wahrer Regen von Kometen und Asteroiden auf die inneren Planeten des Sonnensystems nieder und brachten Nachschub. Auf der Erde hat die Plattentektonik längst alle Spuren dieses »Großen Kosmischen Bombardements« verwischt, aber auf dem Mars oder Mond sehen wir die Narben immer noch. Seitdem tröpfelt es nur sporadisch aus dem All. Es ist schon ein seltsames Gefühl: Das Wasser, mit dem wir uns duschen oder die Zähne putzen, war schon hier, als die Erde noch jung war. Und vielleicht haben wir gerade ein oder zwei Moleküle aus den Tropfen im Mund, die gerade dann auf die Erde regneten, als vor Jahrmilliarden das erste Lebewesen entstand.

Kilometerlange Linien durchziehen auf der Hochebene von Nasca den Boden. Mit ihnen flehten die Menschen ihre Götter um Regen an.

Dass Leben entstehen und sich bis zum Menschen hin entwickeln konnte, hat etwas mit den bizarren Eigenschaften des Wassers zu tun. Ein Beispiel: Es zieht sich zusammen, wenn es kälter wird, jedenfalls bis plus 4 °C. Darunter wird es eigensinnig, dehnt sich wieder aus. Deshalb ist Eis leichter als Wasser und schwimmt. Für die Fische ist das wunderbar, denn das Eis isoliert den See von der kalten Luft darüber, hält die Wärme im Wasser fest. Wäre das anders, gefröre selbst das Meer von oben nach unten – nur ein paar Mikroben im Kälteschlaf würden das vielleicht überleben.

Ein Trampelpfad zieht sich zum Horizont. Vor 2000 Jahren sind die Menschen wieder und wieder über ihn gelaufen, haben den Boden so fest getreten, dass er heute noch steinhart ist, während Sand und Geröll rechts und links der

Nasca-Linie ein wenig nachgeben. Zwei Hochkulturen haben diese Bodenbilder hinterlassen. Die erste setzte vor 3000 Jahren ein, als allmählich immer weniger Regen aus dem Gebiet jenseits der Anden herüberkam, aus dem Amazonasbecken, wo ein Fünftel aller Süßwasservorräte der Welt fließen sollen.

Der Amazonas-Regenwald bestimmte (und bestimmt) das Klima in weiten Teilen Südamerikas. Die Hälfte des Regens, der in diesem größten Urwald der Erde fällt, kommt nicht aus dem Meer, sondern ist selbst gemacht. Der Wasserdampf dafür stammt aus der Verdunstung des Bodens und der Bäume. Die Wolken, die sich daraus auftürmen, wirken schützend wie ein Sonnenschirm. Sie lassen die direkte Sonnenstrahlung oft gar nicht erst bis zu den Baumkronen vordringen und kühlen so die Erde. Forscher haben errechnet, dass ein Wassertropfen fünf- bis sechsmal über dem Amazonasgebiet verdunstet und wieder herabregnet, bevor er einen der vielen Flüsse erreicht und langsam Richtung Meer fließt – falls er nicht wieder verdunstet.

Während der Eiszeiten und zunächst noch nach dem Ende der jüngsten Kaltphase kam vergleichsweise viel Regen über die Anden hinweg nach Nasca. Aber vor etwa 6000 Jahren änderte sich das Klima. Es wurde langsam trockener und trockener – und es ist die Geschichte eines verlorenen Kampfs gegen eine vorrückende Wüste, die die Archäologen in Nasca entziffern konnten. Vor 3000 Jahren löste der Klimawandel eine erstaunliche Entwicklung aus. Die Menschen zogen an die Flussufer und bauten dort große Siedlungen mit monumentalen Gebäuden: die der Paracas-Kultur. Damals begannen die Leute, neben ihren Siedlungen Bilder von Menschen mit auffälligem Kopfputz, von einem Krieger, der einen Vogel erlegt hat, von Göttern und heiligen Katzen in die Hänge der Hügel zu zeichnen.

Die Dürre aber verschlimmerte sich. Die Flüsse führten immer weniger Wasser, die Wüste breitete sich mehr und mehr zu den Bergen hin aus. Die Menschen zogen sich in die Hochtäler zurück. Die Hochkultur von Paracas ging in die zweite, in die von Nasca über. Gleichzeitig veränderten sich die Erdbilder: Nun wurden sie auf den Hochflächen der Pampa angelegt, und sie waren größer als je zuvor. Ein Affe mit aufgerolltem Schwanz, ein Wal, riesige Kolibris, ein Schwarm Kondore oder Spinnen – die Bilder waren bis zu 300 Meter groß. Aber vor allem wurden riesige Trapeze und Linien gezeichnet.

Diese Figuren sind die Bühnen für das Flehen um Glück und Regen, erklärt Markus Reindel: »Auf manchen Erdzeichnungen standen Gebäude. Ich glaube, es waren Tempel, denn daneben finden wir zugeschüttete Gruben mit Meerschweinchenknochen, die dort als Opfergaben niedergelegt worden waren.« An den Eckpunkten der Trapeze stecken im Boden verborgene Überreste von Altären, auf denen die Menschen ihre Opfergaben reichten: Textilien, Keramiken, Feldfrüchte – und Muscheln. Die Muscheln waren Symbole für Glück – und für Regen. Denn der ist der Schlüssel. »Je trockener es wurde, desto inbrünstiger beteten die Menschen zu ihren Fruchtbarkeitsgöttern, flehten um Regen«, erzählt Markus Reindel.

Die Dürre wurde zum Schicksal der Nasca-Kultur. Ihr Zentralort Cahuachi wurde verlassen und zerfiel. Aus dem Amazonasgebiet kletterten keine Wolken mehr über die Anden. Die Menschen gingen – und um 600 n. Chr. hatte die Wüste gewonnen.

Nicht nur die menschliche Zivilisation, das gesamte System Erde funktioniert nur mit Wasser. Das fängt bei der Plattentektonik an, die es als Schmiermittel braucht. Es geht weiter damit, dass Wasser zusammen mit dem Kohlendioxid die Verwitterung des Gesteins antreibt, so dass die Pflanzen die Nährstoffe bekommen, die sie zum Wachsen brauchen. Oder dass die Meere gewaltige Mengen an Kohlendioxid speichern und so den Treibhauseffekt puffern. Im Klimasystem sorgt Wasser für die Vernetzung, beispielsweise durch die Ozeanströmungen. Die Liste ließe sich beliebig fortsetzen.

Dabei kommt Wasser reichlich herum. Der Tropfen, der eben von der Fensterscheibe rinnt, kann in ein paar Jahren als Eiskristall Teil eines Gletschers werden oder mit dem Golfstrom durch den Atlantik treiben oder in Australien getrunken werden. Wasser ist ständig in Bewegung – und die Sonnenenergie treibt es an. Ein gigantischer Kreislauf sorgt dafür, dass permanent Feuchtigkeit zwischen Meer, Land und Luft ausgetauscht wird.

Alles fängt damit an, dass die Sonnenenergie Wasser verdunsten lässt. Die Verdunstung selbst geht schnell. Nur 1000 Jahre würde es dauern, bis das Mittelmeer ausgetrocknet wäre, wenn kein neues Wasser dazukäme. Vor sieben Millionen Jahren ist genau das passiert: Durch die Kollision von Afrika und Europa hatte sich die Straße von Gibraltar geschlossen, und der Eispanzer der Antarktis samt der allmählich wachsenden Schneemassen im Norden ließen weltweit den Meeresspiegel unaufhaltsam sinken. Die Flüsse schleppten nicht mehr genügend Wasser heran – und das Mittelmeer verdunstete, eine riesige Salzwüste entstand zwischen den Kontinenten.

WASSERREICH – WASSERARM

Auf der Erde sind die Süßwasservorräte ungleichmäßig verteilt. Auch wenn man es in einem regnerischen mitteleuropäischen Sommer nicht glauben mag, Europa hat zwar reichlich Wasser, aber es gehört nicht zu den wirklich wasserreichen Regionen. Das sind die Länder Brasilien, Russland, Kanada, Indonesien, China und Kolumbien. Sie verfügen derzeit über die Hälfte der Süßwasservorräte, während sich auf der Arabischen Halbinsel oder in Nordafrika die Wüsten ausbreiten. Australien ist derzeit der trockenste Kontinent. In Asien konzentrieren sich die Niederschläge auf die kurze Monsunsaison, die nach drei Monaten schon wieder vorüber ist. Auf Regenzeiten müssen auch die Afrikaner warten. Rein rechnerisch haben sie recht viel Wasser auf ihrem Kontinent. Aber das meiste fließt in einem einzigen Fluss, dem Kongo.

Wäre die Verdunstung eine Einbahnstraße, wären auch die tiefsten Meere schon längst verschwunden. Zum Glück ist sie Teil eines Kreislaufs. Der Dampf ist leichter als Luft, steigt auf. Je höher die feuchte Luft in die Troposphäre kommt, desto kühler wird es. Irgendwann beginnt der Dampf an winzigen Staubkörnchen oder Salzkristallen zu kondensieren: Wassertröpfchen entstehen. Damit sehen wir das verdunstete Wasser wieder – als Wolke. Darin können die Tröpfchen zu Tropfen wachsen, und wenn die irgendwann zu schwer werden, regnet, schneit oder hagelt es – je nachdem.

Nach einem Regen sind die meisten Wassermoleküle innerhalb von ein bis zwei Tagen wieder in der Luft. Viele fallen rechnerisch nach zwölf Tagen wieder als Regen zur Erde. Für ein Wassermolekül ist es also recht hektisch. Fallen die Niederschläge direkt ins Wasser, schließt sich der

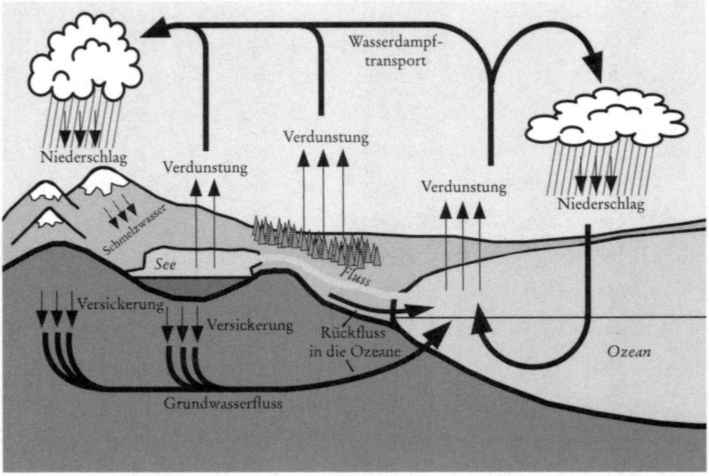


*Der Wasserkreislauf*. Die Sonne lässt Wasser verdunsten: vor allem aus dem Meer, aber auch aus Seen, Flüssen und Bächen, aus dem Boden, dem Schmelzwasser der Gletscher oder von den Pflanzen. Der Wasserdampf verteilt sich unsichtbar in der Luft und steigt auf, gelangt in kühlere Atmosphäreschichten, wo er zu Wolken kondensiert. Der Wind transportiert diese feuchten Luftmassen dann beispielsweise zum Festland. Treffen sie auf ein Gebirge, steigen sie auf und kühlen dabei ab. Weil kalte Luft weniger Feuchtigkeit aufnehmen kann als warme, sind die Wolken bald mit kondensiertem Wasser gesättigt, und es beginnt zu regnen, zu hageln oder zu schneien – je nach Temperatur.

Fällt der Regen in ein Gewässer, schließt sich der Kreis und der Wasserkreislauf beginnt von vorn. Fällt er auf den Boden, kann er von Pflanzen aufgenommen werden und als Dampf wieder in die Luft gelangen. Oder er versickert ins Grundwasser und fließt von da aus über die unterirdischen Grundwasserleiter in Richtung Meer, falls er nicht Quellen speist und diesen Weg mit Bächen oder Flüssen zurücklegt. Auch dann schließt sich der Kreis.

Kreislauf sofort wieder. An Land dauert es länger, denn plötzlich stehen mehrere Wege offen. Ein Teil verdunstet sofort wieder. In einem See halten sich die Wassermoleküle durchschnittlich zehn Jahre auf, ehe sie sich wieder in Dampf verwandeln. Ein anderer Teil des Niederschlags sickert in den Boden. Dort kann das Wassermolekül von den Pflanzen aufgenommen werden und über die Blätter wieder verdunsten. Es kann aber auch ins Grundwasser gelangen und unterirdisch weiterfließen. Dann ist es für viele Jahre, vielleicht sogar Jahrmillionen, weg vom Tageslicht, ehe es wieder aus einer Quelle heraussprudelt oder wir es mit Grundwasserpumpen herausholen, um es zu verwenden. Der Rest des Wassers läuft in die Flüsse ab und gelangt letztlich wieder ins Meer. Der Kreislauf schließt sich, und es geht von vorne los.

Das meiste Wasser verdunstet über den Meeren, gefolgt von Gewässern. Aber auch die Pflanzen machen mit. Sie nehmen das Wasser über die Wurzeln auf und geben es über ihre Spaltöffnungen wieder an die Luft ab. Ein Weizenfeld beispielsweise verwandelt so pro Tag Tausende von Liter Wasser in Dampf, der wieder am Geschehen teilnimmt.

Die Böden spielen bei der Verdunstung eine zentrale Rolle. Sind sie ausgedörrt, fehlt in der Luft ihr Feuchtigkeitsnachschub und es kann im Sommer heiß werden. Große Hitzewellen, das fanden Forscher jetzt heraus, beginnen damit, dass es schon Monate zuvor zu wenig regnet. Wird das Frühjahr zu trocken, zu warm, mit vielen Sonnenstunden, verdunstet reichlich Wasser aus dem Boden. Auch die Pflanzen schlagen früh aus und entziehen dem Untergrund noch mehr Feuchtigkeit. Dann muss im Sommer nur noch eine konstante Schönwetterlage dazukommen und es passiert … Nach diesem Muster war der Sommer 2003 gestrickt, der in Europa mit seinen wochenlangen Rekordtemperaturen etwa 70 000 Todesopfer gekostet hat. Spielt man in Computersimulationen die Wetterlagen von Hitzejahren wie 2003 nach und hält dabei den Boden »künstlich« feucht, gibt es in der virtuellen Realität keine tödliche Hitzewelle. Das Wetter ist schön, es ist auch warm, aber die Rekordtemperaturen halten sich nicht über Wochen hinweg, denn das im Boden gespeicherte Wasser kühlt die Luft, wenn es langsam verdunstet.

Dieser Mechanismus könnte für uns künftig unangenehme Folgen haben: Durch den menschengemachten Treibhauseffekt verändern sich nicht nur die Temperaturen, sondern auch die Niederschlagsmuster. In den wärmeren Wintern soll es zwar mehr regnen, dafür wird es schneller Frühling und die Sommer werden trockener. Deshalb sagen Klimaforscher voraus, dass wir Hitzejahre wie 2003, in denen sich Städte in Brutkästen verwandeln, im 21. Jahrhundert öfter erleben werden. Es sei denn, wir steuern schnell gegen. Denn noch haben wir Ressourcen und Möglichkeiten, umzulenken.

Der Untergang der Kulturen von Paracas und Nasca lehrt uns eines: Menschliche Zivilisationen sind sehr widerstandsfähig, können sich über Jahrhunderte auch an widrige Umstände anpassen, sich halten – erst wenn sie sich keine Reserven mehr erschließen können, gehen sie unter. Als die letzte Bodenzeichnung gescharrt war, hatte der Wassermangel mit all seinen Folgen die Menschen von Nasca zermürbt – sie gaben auf. Es dauerte Jahrhunderte, ehe das Klima wieder milder wurde und sich wieder Siedler dort niederließen. Da aber waren die Erdzeichnungen und die inbrünstigen Gebete um Regen längst vergessen.

# KAPITEL 5: DIE SPUR DES MENSCHEN

*Der Mensch entstand in Afrika, und eine seiner Wiegen stand in Tansania, in der berühmten Olduvai-Schlucht. Vielleicht war es dort, wo sich eines schönen Tages etwas Ungeheures abgespielt hat: Einer unserer Ururahnen schuf sich mit ein paar gezielten Schlägen ein Werkzeug. Das war der Beginn des Technologiezeitalters.*

Unser Ziel ist die Olduvai-Schlucht in Tansania. Die Fahrt geht über eine trockene Ebene mit schütterem gelbem Gras. Die Luft flirrt. Eine Fata Morgana gaukelt einen See vor, aber der Wind wirbelt nichts als Staubhosen auf. Ein Massai-Hirte treibt seine Herde dürrer Rinder vor sich her. Es ist Olameyu, das Jahr des Hungers. So heißt hier die Trockenzeit. Wenn im März und im Oktober der Regen wieder kommt, beginnt Olaari, das Jahr der Fülle. Aber jetzt, Ende September, sind die Wasserläufe versiegt. Nur noch ein paar schlammige Tümpel sind übrig geblieben, aus denen die Massai das Wasser für sich holen und wo sie ihre Tiere tränken. Tag für Tag ziehen sie mit ihren Herden umher, immer auf der Suche nach Gras. Es gibt kaum noch etwas. Das Land sieht aus wie abgemäht.

»Visit our traditional Booma« – »Besuchen Sie unseren traditionellen Hof«, lädt ein krakelig geschriebenes Schild am Straßenrand ein. Hinter einem Zaun aus abgeschlagenen Dornenbüschen stehen ein paar graue, fensterlose Hütten. Eine Frau verschmiert gerade einige Risse in der Hauswand mit frischem Kuhdung. Die Touristen fahren vorbei. Kurze Zeit später halten wir auf dem staubigen Parkplatz am Olduvai-Museum – und dann: die Schlucht.

Senkrecht fällt der Abbruch 100 Meter tief in ein weites weißes Tal. Ein einsamer Tafelberg erzählt davon, dass das Land hier einmal ebenmäßig war, bevor die Erosion den Canyon aus ihm knabberte. 500 000 Jahre hat sie dafür gebraucht, nachdem ein starkes Erdbeben einen Flusslauf umdirigiert hatte. Seitdem arbeitet das Wasser Regenzeit für Regenzeit an dieser Landschaft wie an einer Skulptur, schneidet sich durch meterdicke Aschelagen und Lava, durch Sand und Geröll und die Ablagerungen eines längst verschwundenen Sees.

Die Schichten, die die Erosion freilegt, bergen eine »Wiege der Menschheit«. Die Olduvai-Schlucht ist ein Mekka für Paläoanthropologen und Paläontologen – und Hunderte von Touristen, die Tag für Tag einen Blick hinunter in das Tal werfen, in dem die Steine den Werdegang des Menschen bewahrt haben.

Vor Jahrmillionen zogen die Seen und Flüsse von Olduvai unsere Vorfahren an. Die nahen Wälder boten nachts Schutz vor den Raubtieren, und die Ufer waren reiche Jagdgründe. Es gab Antilopen, Pferde, riesige Schweine, Nilpferde, unsere Ahnen gingen hier sogar auf Elefantenjagd. Für die Paläoanthropologen ist es ein Glück, dass die Sippen die Angewohnheit hatten, die Beute an ihren Lagerplätzen zu zerteilen und ihren Müll herumliegen zu lassen. So entstanden regelrechte Knochengräber und Werkzeugkammern, die heute ein paar Kapitel unserer Geschichte erzählen.

Das Museum ist geöffnet, die Andenkenverkäufer sind da, und in der Mittagshitze lauschen die Besucher mehr

Die Olduvai-Schlucht in Tansania ist weltberühmt, denn hier hat eine Wiege der Menschheit gestanden.

oder weniger interessiert den Ausführungen eines Museumsangestellten. Er erklärt ihnen, was die berühmten kenianischen Paläoanthropologen Louis und Mary Leakey vor Jahrzehnten entdeckt haben und was die Wissenschaftler heute in der Olduvai-Schlucht zutage fördern.

Seit Jahrmillionen lebt hier die mehr oder weniger weitläufige Verwandtschaft der Menschheit: Mit- und nacheinander streiften Vertreter des menschlichen Stammbaums mit so ungewöhnlichen Namen wie *Paranthropus boisei*, zu Deutsch Nebenmensch, *Homo habilis* – der Geschickte Mensch – oder der Handwerkende Mensch *Homo ergaster* durchs Land, und erst ganz zum Schluss kam der moderne – der wissende – Mensch dazu, *Homo sapiens*.

## DER MENSCH – EIN KIND DER EISZEIT

So sehr lange gibt es uns noch nicht. 99,99999 Prozent der Zeit seit dem Entstehen des Lebens auf der Erde ging es ganz wunderbar auch ohne uns und unsere Vorfahren. Die Erde braucht uns also nicht. Der berühmte amerikanische Journalist John McPhee hat das einmal so beschrieben: Wenn unsere ausgebreiteten Arme das Erdalter darstellen und die Zeit von links nach rechts verläuft, formte sich die Erde an der Spitze des Mittelfingers der linken Hand. Kurz vor dem linken Ellenbogen entstand der Schleim – und er beherrschte die Welt für die restliche Länge des Arms, über die Schulter, den Körper, die andere Schulter und den rechten Ellenbogen hinweg bis hin zum rechten Handgelenk. Dort schwimmen die ersten Tiere durch die Meere. Irgendwo im Fingernagel der rechten Hand, dort, kurz bevor das Weiße ansetzt, entwickelten sich die Menschenaffen – und die Menschheit, sie steckt in der Nagelspitze der rechten Hand. Dass es uns gibt, das hängt mit ökologischen Veränderungen in den Lebensräumen von Afrika zusammen.

Es geschah vor sechs oder sieben Millionen Jahren. Damals verließen rund um den tropischen Regenwald Afrikas seltsame Menschenaffen die Bäume und eroberten die offene Savanne. Sie taten das nicht ganz freiwillig, denn der Regen blieb aus und die Savanne wuchs. Aus irgendeinem Grund fanden diese Wesen damals, dass es das Beste für sie sei, sich diese neue Landschaft zu erobern. Weil man sich nicht mehr von Baum zu Baum hangeln konnte, probierten sie es auf zwei Beinen. Für ein menschenaffenähnliches Wesen mit einem orangengroßen Gehirn war das eine höchst riskante Strategie. Aufrecht laufend konnten sie einerseits zwar selbst besser sehen, aber andererseits werden sich die Löwen und Adler jener Zeit sehr gefreut haben, dass sich da jemand so offensichtlich präsentierte. Die Fressspuren an dem einen oder anderen Knochen verraten, dass manch einer von ihnen zum Snack für einen Leoparden oder eine ordentliche Mahlzeit für einen Adler geworden ist. Trotzdem überlebten genügend unserer Vorfahren, die sich für den aufrechten Gang entschieden hatten, um ihn zu etablieren. Vielleicht war das Gute an ihrer Idee, dass sie die Hände frei bekamen. Jedenfalls hätten es sich diese mutigen Geschöpfe damals wohl nie träumen lassen, dass sie die Ururahnen eines Lebewesens werden würden, das alles auf dieser Welt sorgfältig benennen würde: des *Homo sapiens*. Der versah die allerersten Wagemutigen mit Namen wie *Orrorin* oder *Ardipithecus* oder *Sahelanthropus*. Außerdem stritt er sich mit anderen *Homo sapiens* darüber, ob die nun die Ahnen seiner nächsten Verwandten, der Schimpansen, seien oder ob sie doch schon an die Wurzeln des eigenen Stammbaums gehörten. Diese Ehre verlieh er auf jeden Fall den Wesen, die er als *Australopithecus*, Südaffe, bezeichnete, obwohl auch der noch sehr affenartig war.

Dass es in Afrika trocken wurde und unsere Ahnen die Bäume verließen, hatte mit einem großen Klimawandel zu tun. Die Plattentektonik hatte mit neuen Gebirgen und sich öffnenden oder schließenden Meerespassagen die Rahmenbedingungen auf der Erde umgestellt. Der Planet war bereit, mächtige Eispanzer wachsen zu lassen. Weit weg von Afrika, im Nordpolarmeer, taute das Meereis im Sommer nicht mehr – und die Meeresströmungen hatten sich so verlagert, dass die Monsunwinde weniger Regen brachten. So begann es. Und auch die weitere Entwicklungsgeschichte der Menschheit ist mit dem Auf und Ab des Klimas verknüpft. Unsere Ahnen mussten sich immer wieder an eine sich wandelnde Welt anpassen – das ist eine starke Triebfeder für die Evolution.

So öffneten ein Kimawandel den auf zwei Beinen laufenden Ahnen, die wir *Australopithecus* nennen, unerwartete Chancen. Vor dreieinhalb Millionen Jahren regnete es endlich wieder mehr, und das Land wurde wieder grün. Für die Australopithecinen wurde das Leben leichter und sie erschlossen sich neue Lebensräume. Sie machten sich auf und lebten wenig später in Südafrika, in Ost- und Nordostafrika. Sie kamen hervorragend auf der Welt zurecht. Fünf Millionen Jahre lang waren die Australopithecinen die beherrschenden Hominiden auf der Erde. Sie hatten ihren Körperbau je nach den Lebensumständen variiert, aber eines veränderten sie nicht: Ihr Gehirn blieb, wie es war – klein.

Das sollte sich erst vor vielleicht 2,7 Millionen Jahren ändern, als das Klima in Afrika wieder einmal zum Schlechteren hin umschwang. Die Regenzeiten machten sich rar, Wüsten und Halbwüsten breiteten sich aus, und die Savanne verwandelte sich in eine dornige Steppe. Das war der Moment, als die Evolution auf die »Idee« mit dem Hirnwachstum kam. Aus einem Zweig der Australopithecinen heraus entstand eine neue Hominidenart – eine mit einem etwas größeren Gehirn. Das war noch kein Vergleich zu dem, worauf der *Homo sapiens* stolz ist, aber immerhin. Es war damals ein ziemlich ungewöhnlicher Schritt: Große Gehirne verbrauchen immens viel Energie – und zwar in einer »edlen« Form, als Traubenzucker, für den das gierige Organ notfalls den Rest des Körpers ausplündert. Ein Fünftel der Energie, die unser Körper herstellt, beansprucht das moderne Gehirn ganz für sich alleine. Hungern lassen können wir es nicht, denn dann sterben wir sehr schnell. Es ist also der Luxus schlechthin, aber trotzdem setzte es sich durch, und wie das passiert ist, davon bekommen wir in der Olduvai-Schlucht eine Ahnung.

Dort finden sich die ältesten Belege dafür, dass eines schönen Tages irgendein unbekannter Urahn eine geniale

ZEIT ZUR REIFE

Dass wir ein großes Gehirn haben, ist eine recht neue Erfindung der Evolution. Die Anfänge reichen gerade einmal 2,5 Millionen Jahre zurück, als die Gattung Mensch auf der Bildfläche erschien. Fleisch war in der Ernährung immer wichtiger geworden, und vielleicht spielte das bei dieser Entwicklung eine Rolle. Zwar hatte *Homo erectus* schon ein größeres Gehirn als die Australopithecinen, aber eine lange Kindheit konnte er sich noch nicht leisten. Das belegen fossile Zähne. Die Wachstumsstreifen im Zahnschmelz verraten, wie kurz oder lang das Kindheitsstadium einer Art dauert. Dabei gilt: Je komplexer das Gehirn ist, desto länger dauert die Kindheit, denn das Gehirn muss erst einmal »reifen«. Bis einschließlich des *Homo erectus* wuchsen Menschenkinder mehr oder weniger so auf wie die der Schimpansen. Sie mussten schnell groß werden. Die lange Kindheit zeigen nur der Neandertaler und der *Homo sapiens*. Erst da bekam das Gehirn die Zeit zur Reife.

Idee hatte: Er oder sie nahm einen Stein in die Hand und schlug damit auf einen anderen Stein ein. Ein Stück splitterte ab, und fertig war eine Schneide. Mit ihr ließen sich die Kadaver viel einfacher öffnen und auseinandernehmen und das bedeutete mehr Nahrung. Man musste nicht mehr warten, bis die Löwen oder die Hyänen diese Arbeit für einen erledigten und sich dann sozusagen hinten anstellen. Das hatte auch noch den Vorteil, das man sich mit besserem Essen auch wieder weiterentwickeln konnte … Damals begann das bis heute andauernde Bemühen, die Natur zu beherrschen – das Technologiezeitalter war geboren. Zunächst ging es langsam voran. Es dauerte noch ein paar Hunderttausend Jahre, ehe *Homo ergaster* mit seinen Steinäxten und

Faustkeilen in die »Massenproduktion« einstieg – und von da aus bis zum Fließband war es noch ein sehr weiter Weg.

Unsere Cousins von den Australopithecinen, die sich körperlich an die wechselnden Umweltbedingungen anpassten, sind jedoch untergegangen, obwohl sie über Jahrmillionen mit dieser Strategie ebenso gut gefahren waren wie alle anderen Lebewesen auf dieser Erde auch. Aber dann war es vorbei. Vielleicht konnten sie nicht mehr schnell genug auf die Umweltveränderungen reagieren? Vielleicht hat aber auch unsere Gattung *Homo* etwas mit ihrem Verschwinden zu tun – vielleicht konnten sie sich gegen den »technischen Fortschritt« nicht halten, verloren den Konkurrenzkampf? Vielleicht haben wir sie gejagt und verspeist. Sie verschwanden jedenfalls, als der besondere Affe Mensch auf der Erde erschien – und sie gingen damit vielen anderen Arten nur ein kleines Stück voraus.

Vor rund 3,5 Millionen Jahren allerdings liefen drei Australopithecinen ganz in der Nähe der heutigen Olduvai-Schlucht durch frische Vulkanasche, die ein leichter Regen angefeuchtet hatte. Einer ging in den Fußspuren des anderen, und daneben lief ein kleineres Wesen. Waren es Eltern mit ihrem Kind? Ehe der Wind die Spuren verwehen konnte, deckte der Vulkan Sadiman sie mit einer neuen Aschelage zu – und so blieben sie erhalten, bis Forscher sie 1978 fanden. Die Gegend von Olduvai, in der heute die Massai auf die Touristen warten, ist wirklich seit Jahrmillionen Heimat der Menschen und ihrer Ahnen.

# KAPITEL 6: WIE WIR VIELE WURDEN

*Als vor 75 000 Jahren auf Sumatra der Supervulkan Toba ausbrach, hätte das der Menschheit fast den Garaus gemacht. Seitdem aber haben wir uns die Erde erobert. Es dauerte eine Weile, aber inzwischen sind wir 6,7 Milliarden geworden.*

Bougainvilleen überziehen die Bäume mit üppigen Blüten. Es ist November. Regenzeit. Tagsüber wölbt sich ein blauweißer Bilderbuchhimmel über der Stadt, nachts verschwimmt der erleuchtete Hotel-Swimmingpool hinter einem dichten grauen Wasservorhang. Dann stellen sich die bewaffneten Wachleute des Wohnhauses nebenan unter das Vordach und rauchen. Doch jetzt strahlt die Sonne.

Ein Mann lehnt schläfrig an einem Baum. Seine graue, fadenscheinige Trainingshose ist von Löchern übersät. Wir sehen ihn jeden Tag, wenn wir mit dem Kleinbus an ihm vorbeifahren. Er scheint immer hier zu sein, auf einem Rasenstück neben einer der Ausfallstraßen Nairobis. Er wartet, dass die Zeit vergeht.

Die Luft ist schwer vom Dieselgestank. Morgens staut sich der Verkehr an dieser Kreuzung. Schon aus Sicherheitsgründen geht niemand, der es sich leisten kann, in Nairobi zu Fuß. Überfälle sind in der Hauptstadt von Kenia an der Tagesordnung. Endlich geht es weiter. Vorbei an heruntergekommenen Hotels und baufälligen Häusern. Die Straße wird breiter, auf den Bäumen hocken verspätete Marabus, die sich noch nicht auf den Weg zu ihren Futterplätzen gemacht haben. Wo die Häuser eine Lücke lassen, fällt der Blick in ein Tal – auf einen Flickenteppich aus rostbraungrauen Dächern: Kibera. Ein Ort, der auf keiner Karte zu finden ist. Der größte der 200 Slums Nairobis. 500 000, 800 000 oder vielleicht sogar 1,2 Millionen Menschen sollen entlang des schlammig braunen Flusslaufs leben: ohne Trinkwasser, ohne Abwasser, ohne Strom, ohne Schulen, ohne Krankenhäuser, zusammengepfercht auf rund zweieinhalb Quadratkilometern Dreck. Der Central Park in New York ist größer.

Als kenianische Hauptstadt und mehr noch als einer der wesentlichen UN-Standorte der Welt zieht die Drei-Millionen-Einwohner-Metropole viele gut ausgebildete und gut verdienende Menschen an. In Vororten wohnen die Gutsituierten so wie überall auf der Welt: ausgedehnte Gärten mit üppigem Grün, Swimmingpools, großzügige Häuser. Golfplatz und Rennbahn sind ebenfalls vorhanden, und der Ngong-Road-Wald schirmt die Idylle nach Osten ab – zu Kiberas fensterlosen, rostigen Wellblechhütten: die Wände aus Knüppeln, Lehm und Pappe zusammengezimmert, eine neben der anderen, jede nur ein Zimmer, in jedem Zimmer eine Familie, vom Baby bis zur Großmutter.

Wer dort wohnt, kann sich nichts anderes leisten. Wie jede große Stadt hat auch Kibera ein Wahrzeichen: Es sind Plastiktüten. Fliegende Toiletten werden sie genannt. Auf 100 000 Menschen kommen vielleicht hundert »echte« Toiletten – von Bädern ganz zu schweigen. Aber sie zu benutzen kostet – die fliegenden Toiletten sind umsonst. Wer über die engen Wege stolpert, muss auf der Hut sein, dass er sie nicht an den Kopf bekommt, wenn sie einfach aus der Tür herausgeworfen werden. Es stinkt zum Himmel. Kibera ist eine bewohnte Jauchegrube.

Kibera – der größte Slum der kenianischen Hauptstadt Nairobi

Der braune Schlamm der Abwassergräben ist durchsetzt mit schmutzigen Lumpen und zerbrochenem Glas. Der Müll scheint aus dem Boden zu wachsen. Ein gelblich graues Rinnsal zwängt sich durch fäkaliengefüllte Plastiktüten. Eine einsame Pflanze hat mitten im Dreck Wurzeln geschlagen, irgendein undefinierbares Kraut, mit vor Schmutz starrenden Blättern. Durch diese Gräben haben Wasserhändler Rohre verlegt. Die Slumbewohner sind auf dieses »Trinkwasser« angewiesen, das in Dürrezeiten mehr kostet als Wasser in New York. Dabei sind die Rohre porös, Krankheitserreger und Dreck dringen ein. Wer will, kann das Wasser ja in eine Plastikflasche füllen und von der tropischen Sonne sterilisieren lassen – falls sie dann nicht jemand mit einer durstigen Familie stiehlt. Überall gibt es bunte Müllhalden, in denen die Bewohner nach Essensresten wühlen. In kleinen Plastikschüsseln erledigen die Frauen die große Wäsche, hängen sie an den Hauswänden entlang zum Trocknen auf.

Als die britische Kolonialregierung Kibera 1918 als Siedlung in einem Wald außerhalb Nairobis gründete, sollte sie nur eine neue Heimat für nubische Söldner sein, die dem Empire während des Ersten Weltkriegs im »3rd Battalion of the King's African Rifle« gedient hatten. Damals hieß der Ort Kibra, was auf Nubisch so viel wie »Buschland« bedeutet. Vom Busch ist längst keine Spur mehr. Seit den 1980er Jahren explodiert die Bevölkerungszahl in Kibera. Immer mehr Menschen drängen vom Land in die Städte, auf der Suche nach einem Job und voller Hoffnung auf ein besseres Leben. Die meisten von ihnen schaffen es nicht, enden in den Slums, die sich ausbreiten wie Geschwüre. Schon bald werden selbst im weiteren Dunstkreis in Kibera die letzten Akazien gefällt und verfeuert worden sein.

## DIE KLEINEN ANFÄNGE

Nairobi ist wie ein Vergrößerungsglas für die Probleme der Entwicklungsländer. In dieser Stadt leben bereits heute mehr als die Hälfte aller Bewohner in Slums. Das ist Folge der Verstädterung, einer Entwicklung, die andere Landstriche in Afrika und Asien noch vor sich haben, während sie in Lateinamerika bereits abgeschlossen ist. Dort wohnen 80 Prozent der Menschen in den Metropolen, weil sie auf ein besseres Leben hoffen. Die Menschen gehen in die Stadt, weil sie auf dem Land keine Zukunft für sich und ihre Familien sehen. Sie möchten, dass ihre Kinder einmal nicht mehr von der Hand in den Mund leben müssen. Aber die Hoffnung ist trügerisch, und oft genug mündet sie in einem der Kiberas dieser Welt. Nach den UN-Prognosen wird sich die Einwohnerzahl der Megastädte Afrikas und Asiens in den kommenden 15 Jahren verdoppeln. Weltweit werden die Slums wachsen, und Milliarden von Menschen werden in ihnen leben.

Megaslums für Megastädte – könnte dies das Schicksal der Menschheit im 21. Jahrhundert sein? Dabei begann unsere Geschichte ganz klein. Der moderne Mensch, der mit wissenschaftlichem Namen *Homo sapiens* heißt, der »weise Mensch« oder der »wissende Mensch«, erschien – soweit wir es bislang wissen – entweder vor 160 000 Jahren im Osten Äthiopiens, dort, wo heute ein Dorf namens Herto ist, oder – falls die Datierung stimmt – vor 195 000 Jahren an den Ufern des Omo-Flusses, wo ein paar Knochen und Schädel in den Sedimenten stecken, die der Omo bei seinen jährlichen Überflutungen zurückließ.

Als unsere »Familienangehörigen« in Äthiopien lebten, war das Land nicht trocken und staubig, sondern der Monsun bescherte reichen Regen. Es gab Seen und ausgedehnte Flussdelten. Dort lauerten Krokodile auf die großen Welse, Nilpferde prusteten und Büffelherden kamen, um zu trinken – und an den Ufern gingen die Menschen auf die Jagd, so wie es schon die Vor- und Frühmenschen in Olduvai gehalten haben.

Der Regen ist ausgeblieben, die Seen sind verschwunden, die Flüsse ausgetrocknet, aber die Lagerplätze der Jäger sind immer noch zu erkennen: an ihrem Abfall. Dort, wo heute die Hirten von Herto ihre Kühe weiden lassen, steckten Hunderte von Steinwerkzeugen im Boden, dazwischen zerbrochene, fossilisierte Büffelknochen und der Schädel eines Nilpferds. Den entdeckten die Paläoanthropologen zuerst, und weil die Spuren von Steinäxten und scharfen Klingen verrieten, dass sich hier Menschen als Metzger betätigt hatten, wurden sie neugierig und begannen zu suchen. Sie hatten unglaubliches Glück, denn sie fanden im Boden mehrere Menschenschädel, die die Kühe der Hirten von Herto zertrampelt hatten. Monate später, als die Wissenschaftler wenigstens drei der Schädel mühsam wieder zusammengesetzt hatten, erkannten sie, dass dieser Lagerplatz einst unseren direkten Vorfahren gehört hat, dem *Homo sapiens idaltù*, dem »Erstgeborenen«. Es sind unsere direkten Ahnen. Die Schädelknochen verraten, dass diese Menschen ihre Toten nicht einfach irgendwo unbeachtet liegen ließen. Sie haben sie vielmehr in Ritualen verehrt, wie die Strichmuster an den Knochen beweisen und die vom vielen Anfassen polierten Bruchstellen nahelegen.

Vom Osten Afrikas aus haben wir uns ausgebreitet – zuerst über den Rest des Kontinents, dann nach Europa und Asien. Wir trafen vielleicht auf die Neandertaler oder den *Homo erectus*. Damals waren wir noch nicht die einzige Hominidenart auf der Erde. Vor 80 000 Jahren gab es vielleicht 40 000 von uns modernen Menschen. Wir waren über drei Kontinente verstreut, Amerika hatten wir noch nicht erreicht und auch noch nicht Australien.

## WENN DAS LÄUSEERBGUT ERZÄHLT

Vor etwas mehr als 70 000 Jahren ist etwas passiert: Wir standen kurz vor der Ausrottung. So jedenfalls interpretieren einige Genetiker die Untersuchungen unseres Erbguts – und das unserer vielleicht anhänglichsten Parasiten, der Läuse. Danach ist es fast ein Wunder, dass es uns gibt, denn damals haben anscheinend nur 2000 bis 15 000 Menschen die Krise überlebt.

Die Gründe für unseren kurzfristigen Niedergang vor 70 000 Jahren sind unklar. Es könnte am klimatischen Auf und Ab der Eiszeiten gelegen haben, unter dem auch un-

SEIT WANN WIR KLEIDER TRAGEN

Läuse sind für die Wissenschaft hochinteressant, denn sie ärgerten schon unsere Ururahnen in der Olduvai-Schlucht. Weil sie nur wenige Stunden oder Tage ohne ihren menschlichen Wirt überleben, verrät die Analyse des Läuseerbguts viel über die Menschheitsgeschichte zu der Zeit, als die Erfindung der Schrift noch in weiter Ferne lag – denn anhänglich wie sie sind, haben sie uns überallhin begleitet. Vergleicht man das Erbgut der verschiedenen Läuse, lässt sich aus den Unterschieden berechnen, wann sie mit ihrem menschlichen Wirt ausgewandert sind, denn dann hatten sie keinen Kontakt mehr zu ihren Artgenossen und begannen sich auseinanderzuentwickeln. Die genetischen Unterschiede zwischen Kopf- und Kleiderlaus verraten sogar ungefähr, wann wir die Kleider erfunden haben – das war zwischen 30 000 und 114 000 Jahren vor heute.

sere »Hominidenkollegen« in den Gebieten vor den Gletschern gelitten haben. Wann immer die Gletscher vorstießen und die Kältesteppen sich ausdehnten, wird es den Sippen in den nördlichen Randgebieten schlecht ergangen sein. In Afrika herrschte dann zwar auch Dürre, aber das Überleben war leichter. Sobald es wieder besser wurde, zog es dieser Theorie zufolge die Menschen wieder in die Ferne. Sie beschlossen nicht bewusst auszuwandern, sondern folgten als Jäger und Sammler einfach dem Wild und dem Wasser.

Einer anderen Theorie zufolge lag der Niedergang an einer einzigen großen Naturkatastrophe: der Ausbruch des Supervulkans Toba auf Sumatra in Indonesien vor 75 000 Jahren. Es war eine Eruption der Kategorie 8 auf der Skala der Vulkanexplosivität: Kategorie »mega-kolossal«, die größte Eruption der vergangenen 500 000 Jahre. Dabei wurde eine Energie freigesetzt, die einer Milliarde Tonnen TNT entspricht – dem 3000-Fachen der Mount-Saint-Helens-Eruption von 1980. 40 Kilometer hoch spie der Supervulkan seine Asche in die Luft, sorgte dafür, dass drei Milliarden Tonnen Schwefelgase in der Stratosphäre einen feinen Schleier aus Schwefelsäuretröpfchen bildeten. Es wurde kalt auf der Erde, viel kälter als beim Ausbruch des Tambora 1815. Um fünf bis 15 °C sollen die Temperaturen abgestürzt sein. Eisbohrkerne aus Grönland verraten, dass dieser vulkanische Winter sechs Jahre gedauert hat. Erst dann hatte der Regen die Tröpfchen wieder aus der Luft herausgewaschen.

Ob es nun die Eiszeiten waren oder der Vulkanausbruch, anscheinend tötete eine Klimaverschlechterung fast alle der damals lebenden Menschen. Nur in Afrika sollen größere Gruppen des *Homo sapiens* überlebt haben.

Die schlechten Zeiten gingen vorüber und die Menschen eroberten sich von Afrika aus die Welt zurück. Zuerst

EIN VULKANAUSBRUCH UND SEINE FOLGEN

Wir Menschen teilen alle fast dasselbe Erbgut. In jeder größeren Schimpansensippe sind, genetisch gesehen, die Unterschiede größer als die zwischen dunkelhäutigem Afrikaner und hellhäutigem Europäer. Das erstaunt die Wissenschaftler schon lange, und vielleicht erklärt der Toba-Ausbruch dieses Phänomen. Die Idee: Als sich nach der Katastrophe die Menschen erneut von Afrika aus aufmachten, die Welt zu besiedeln, und sich mit den Überlebenden vermischten, haben sich die genetischen Unterschiede verwischt.

wählten sie den Weg nach Europa und Asien, und sie vermischten sich mit den Überlebenden der Katastrophe. Später erreichten sie dann die Inselwelt Asiens, Australien, die pazifischen Inseln und gegen Ende der jüngsten Eiszeit auch Amerika. Die Menschheit hatte es geschafft – bis auf die Antarktis siedelten sie nun in den eisfreien Gebieten aller Kontinente.

## WANDERN – EIN ERFOLGSKONZEPT

Hätten unsere Vorfahren sich nicht zum Wanderleben entschlossen, wäre die Menschheit wohl nie geworden, was sie heute ist. Die Menschen lebten damals in Großfamilien und brauchten viel Platz, um als Jäger und Sammler satt zu werden. Pro Kopf muss man für jedes erwachsene Gruppenmitglied mit ein paar Quadratkilometern Land rechnen. Beweglich mussten die Sippen sein, um mit dem Wild ziehen zu können. Jeder neue Landstrich vergrößerte ihre Nahrungsressourcen – und damit konnten auch mehr Menschen überleben. So gab es zum ersten Mal so etwas wie ein nennenswertes Bevölkerungswachstum. Vor etwa 40 000 Jahren lebten immerhin eine halbe Million Menschen. Es ging aufwärts, auch wenn die Eiszeiten lokal immer wieder für Rückschläge sorgten.

Weil viele kleine Kinder den Nomaden das Leben erschweren, waren die Familien in der Steinzeit vergleichsweise klein. Sexuelle Tabus, Zeiten der Enthaltsamkeit, lange Stillzeiten und eine nicht gerade üppige Ernährung werden damals – genau wie heute bei den San, den Buschleuten im Süden Afrikas – dafür gesorgt haben, dass auch ohne Verhütungsmittel drei, vier Jahre zwischen den Schwangerschaften lagen.

DIE SAN

Bei den San finden Geburten außerhalb der Hüttenansiedlung statt. Ein Neugeborenes wird erst zum Mensch, wenn die Mutter mit ihm in die Hütte zurückkehrt. Ist es krank oder folgen die Geburten zu schnell aufeinander, töten die Frauen das Baby. Das passiert selten, aber es passiert.

Trotzdem waren wir vor 12 000 Jahren, als die jüngste Eiszeit zu Ende ging, schon fünf bis zehn Millionen. Und bald darauf ist etwas passiert. Etwas Neues begann, und Schauplatz war Südostanatolien. Dort schlug die Geburtsstunde der Zivilisation – zu einer Zeit, als die Menschen noch Jäger und Sammler waren und noch keine Ackerbauern oder Viehzüchter.

Vor 10 500 Jahren, als sich überall sonst auf der Welt die architektonischen Meisterleistungen der Menschheit auf ein paar Steinhaufen und Zelte aus Mammutknochen beschränkten, baute ein Volk auf einem kargen Hügel namens Göbekli Tepe, »Bauchiger Berg«, einen Tempel. Bis Archäologen sie vor wenigen Jahren entdeckten, war im Boden eine Versammlung von Pfeilerwesen verborgen geblieben: Rundbauten mit drei Meter hohen Mauern und T-förmigen Statuen, die in Kreisen aufgestellt wurden. Es sind abstrakte Menschenkörper, mit drei bis sechs Metern überlebensgroß. Der senkrechte Strich ist der Leib, der waagerechte der Kopf im Profil. Über die Statuen hinweg kriechen Reliefs von Füchsen, Schlangen, Auerochsen, Wildschweinen und Vögeln, von Gazellen und Wildeseln, Kröten und Spinnen. Waren die Pfeilerwesen Sinnbilder für die Ahnen, für Gottheiten, Dämonen?

Göbekli Tepe ist nicht von einer einzelnen Sippe erbaut worden, die dort immer wieder einmal vorbeizog. Aus uns unbekannten Gründen hatten die Menschen begonnen, sich kulturelle Zentren zu schaffen, zu denen sie noch aus Hunderten von Kilometern Entfernung pilgerten. Und sie alle errichteten ihren Tempel gemeinsam. Fruchtbarkeitssymbole gibt es nicht, vielleicht ehrte man die Toten.

Die Erbauer von Göbekli Tepe waren noch nicht sesshaft, aber schon bald sollten sie es sein. Vielleicht wurden sie es, weil ein Kult sie verbunden hat? Oder weil das leicht verfügbare Land weitgehend von Clans besetzt war und das Jäger- und Sammlerleben nicht mehr so richtig funktionierte? Wir wissen es nicht. Was auch immer ihr Grund gewesen sein mag, die ersten Siedlungen entstanden nicht weit von Göbekli Tepe entfernt, in einem Gebiet, das die Historiker Jahrtausende später »Fruchtbarer Halbmond« nennen werden.

DER MENSCH – DAS KULTISCHE WESEN

Kultstätten gibt es wohl so lange, wie es Menschen gibt. Etwa die Höhle von Lascaux in Frankreich, die Künstler zwischen 17 000 und 15 000 Jahren vor heute mit Bildern und Jagdszenen schmückten. Aber auf dem Göbekli Tepe haben unsere Ahnen den ersten richtigen Tempel gebaut, jedenfalls den ersten, den wir kennen. Göbekli Tepe war wahrscheinlich ein Tempel für den Totenkult – so lange, bis seine Erbauer ihn eines Tages aufgaben. Die Räume, Mauern, Böden, Reliefs und Statuen wurden vorsichtig meterdick mit Sand und Geröll bedeckt und gerieten in Vergessenheit.

Sesshafte Menschen können nicht durch die Jagd satt werden – sie müssen Pflanzen und Tiere züchten, säen und ernten und auf gutes Wetter hoffen, mit Regen zur richtigen Zeit. Damals entstand der Beruf des Bauern. Zunächst hatte die neue Lebensweise nicht nur Vorteile. Die Skelette verraten den Archäologen, dass die ersten Bauern kleiner blieben als ihre jagenden Vorfahren, und sie starben anscheinend jünger. Infektionskrankheiten wurden zum Problem: In den Dörfern lebte man dicht beieinander, und der Kontakt mit den Haustieren war eng. Krankheitserreger hatten leichtes Spiel. Damals sollen die Masern aus der Rinderpest heraus entstanden sein. Heute passiert vielleicht etwas Ähnliches in Asien, wo die Hühner in Massenhaltung in direktem Kontakt mit den Menschen leben. Dort könnte das Vogelgrippevirus »lernen«, uns zu infizieren.

Vor 8000 Jahren stieg die Bevölkerungszahl trotz der Anfangsprobleme mit der Landwirtschaft an – denn die Fruchtbarkeit wuchs schneller als die Sterblichkeit. Anders als für Nomaden war es für die Bauern sehr nützlich, viele Kinder zu haben. Die konnten schließlich auf dem Feld helfen oder das Vieh hüten – so wie es heute beispielsweise noch bei den Massai der Fall ist. Und so waren wir vor 6000 Jahren, als die Steinzeit zu Ende ging, bereits sieben Millionen.

1000 Jahre später – die Weltbevölkerung erreichte wohl 14 Millionen – flirtete die Menschheit das erste Mal mit der Globalisierung. Die ersten Hochkulturen entstanden entlang von Flüssen: in Mesopotamien an Euphrat und Tigris, das ägyptische Reich am Nil, die Harappa-Kultur am Indus und die chinesischen Reiche am Hwangho. Man nutzte die Flüsse für die Bewässerung, betrieb Ackerbau und Viehzucht in großem Stil. Man entwickelte die Mathematik, um Land und Wasser gerecht zu verteilen und um mithilfe der Gestirne die Jahreszeiten und damit die Überflutungen oder den Regen vorherberechnen zu können. Man produzierte Handelsware wie Keramik, verkaufte sie in Tausende von Kilometern entfernte Regionen, besorgte sich Rohstoffe von weit her – und setzte auf den technologischen Fortschritt.

Begonnen hat alles in Mesopotamien, dem Zweistromland. Die ersten Städte entstanden, Städte wie Eridu und Uruk, die so etwas waren wie die New Yorks Mesopotamiens. In seiner Blütezeit lebten in den Lehmbauten von Uruk bis zu 40 000 Einwohner. Es gab Bauern und Händler, Fischer und Soldaten, Bauarbeiter und Handwerker und eine Elite aus Priestern, Beamten und den höheren Militärs, die von den anderen versorgt werden musste. Und es gab Wassermeister, denn das Land war zwar fruchtbar, aber ohne ausgeklügelte Bewässerungssysteme wäre nichts gegangen. Die Gesellschaft war komplex. Es erforderte reichlich Bürokratie, um sie aufrechtzuerhalten – und weil das alles ohne Aufzeichnungen nicht mehr zu bewältigen war, erfand man die Schrift: Diese Menschen hinterließen uns ganze Bibliotheken aus beschriebenen Tontäfelchen.

Rätselhaft ist die Harappa-Kultur am Indus. Lange wussten wir nicht viel mehr über sie, als dass sie offensichtlich hervorragende Maurer, Klempnermeister und Straßenbauer hervorbrachte. Bis heute sind ihre Mauern aus gebrannten, standardisierten Ziegeln erhalten geblieben, die gepflasterten Straßen und geradezu bewundernswerten Systeme zur Wasserver- und -entsorgung. Sie hätten selbst noch Jahrtausende später die Römer neidisch gemacht.

Die Städte am Indus waren komfortable Metropolen für

20 000 bis 40 000 Bewohner, überhaupt kein Vergleich zu den wilden Lehmbausiedlungen der anderen Hochkulturen. So hochstehend die Baumeister waren, wir wissen nichts über die Gesellschaft. Es gibt keine Aufzeichnungen über Herrscher, berühmte Architekten oder Kaufleute. Dafür fanden die Archäologen kunstvoll ausgeführte Töpferwaren und Ketten mit Perlen aus Halbedelsteinen und Gold- und Silberornamenten. Die Elite dieser Gesellschaft muss also reich gewesen sein, während sich die einfacheren Leute mit Tonperlen begnügten.

Das Erstaunliche an der Indus-Kultur ist: Es gab zwar große Klassenunterschiede, aber anders als in Ägypten, wo das ganze Land alle Kraft dareinsetzte, Monumente für einen Gott-Pharao zu bauen, verlegten sich die Bürger des Indus-Reiches anscheinend darauf, praktische Dinge zu entwickeln, die jedermann nutzen konnte, und angenehm zu leben.

## BABYBOOMER SEIT JAHRTAUSENDEN

Je komplexer die Zivilisationen wurden, desto mehr Menschen brauchten sie. Es konnten gar nicht genug Babys geboren werden. Deshalb lag die Weltbevölkerung vor 2000 Jahren schon bei 250 Millionen Menschen. Die meisten waren Bauern, und das musste auch so sein, weil die Landwirtschaft noch nicht so viel abwarf wie heute in Zeiten des Kunstdüngers. Zehn bis 20 Bauern waren notwendig, um einen städtischen Handwerker, Beamten oder Soldaten zu ernähren.

Die Bevölkerung wuchs, aber der Boden blieb derselbe. Die Versorgung wurde schwierig. Also löste man zunächst das Problem, indem man Eroberungskriege führte und Ko-

UND DIE MENSCHHEIT WUCHS UND MEHRTE SICH

Zu Beginn unserer Zeitrechnung gab es auf der Erde etwa 250 Millionen Menschen. Zwei Drittel der Weltbevölkerung lebte in Asien, nämlich 60 Millionen Menschen in Indien und ebenso viele in China. In Südostasien waren es 70 Millionen. Das Römische Reich brachte es damals auf etwa auf 54 Millionen Einwohner, und der Rest verteilte sich über das nichtrömische Europa, über Amerika und Afrika. Südlich der Sahara war der Kontinent dünn besiedelt, der Süden sogar praktisch menschenleer. Bis ins 19. Jahrhundert hinein wuchs die Bevölkerung vor allem in Europa, weshalb auch so viele von hier auswanderten. Machten die Europäer 1750 noch 18 Prozent der Weltbevölkerung aus, brachten es die Menschen europäischen Ursprungs 1930 auf 35 Prozent. Seitdem hat sich das Bild gewandelt. Die Bevölkerung wächst fast ausschließlich in den Entwicklungsländern. Durch die bessere Versorgung mit Medizin und Nahrungsmitteln lebten zunächst in Asien, bald darauf auch in Lateinamerika, im Mittleren Osten, in Nordafrika und schließlich auch in Afrika südlich der Sahara die Menschen immer länger. Aber die Geburtenrate blieb hoch, so dass 1970 die Entwicklungsländer 65 Prozent der Weltbevölkerung stellten, 2000 waren es 80 Prozent.

lonien gründete. Die Griechen eroberten alles rund ums Mittelmeer und saßen schließlich dort wie die Frösche um einen Teich, wie es der griechische Philosoph Plato so schön beschrieben hat. Und die Römer übernahmen von den Griechen nicht nur die Rolle der Frösche, sondern sie machten sich später auch gen Norden auf, wo sie es mit den Galliern und den Germanen und all den anderen wilden Barbaren zu tun bekamen. In den Städten hielt sich die

Oberschicht sehr zurück, was die Familiengröße anging, so dass schon Kaiser Augustus (63 v. Chr. bis 14 n. Chr.) darüber klagte und mit der allgemeinen Pflicht zur Ehe und einer Steuerbefreiung ab dem dritten Kind eine antike Version der Familienpolitik einführte – übrigens ziemlich erfolglos. Auf dem Land war es ohnehin anders als bei den Begüterten, die das Erbe nicht in zu viele Stücke aufteilen wollten. Allerdings war die Lebenserwartung der Römer gering. Ein Drittel der Neugeborenen starb, ehe die Kinder das fünfte Lebensjahr vollendet hatten. Wer diese kritische Spanne überlebte, konnte sich auf 33 Jahre freuen. In unserem Sinne alt wurden die Menschen nicht, als die Völkerwanderung Rom hinwegfegte und die Hunnen alles durcheinanderwirbelten.

Die Weltbevölkerung stagnierte. Auch vor 1000 Jahren lebten zwischen 250 und 350 Millionen Menschen auf der Erde. In China und Indien blieb die Zahl der Einwohner 1000 Jahre lang auf demselben Niveau. Wachstum ergab sich eher lokal. So verdoppelte sich die Bevölkerungszahl Amerikas im Lauf des ersten nachchristlichen Jahrtausends auf geschätzte 13 Millionen, und im Westen Afrikas, im Nigergebiet, blühten die archaischen Kulturen auf.

Erst um das Jahr 1000, als die Wikinger auf Grönland ihre Dörfer und Kirchen bauten, kam wieder Bewegung in die Sache. Die mittelalterliche Warmzeit half den Europäern. Ab dem 11. Jahrhundert begann die Bevölkerung Europas zu wachsen, und daran änderten später auch Seuchen, Hungerkatastrophen, Klimaumschwünge und zahllose Kriege nichts, die immer wieder regional viele Opfer forderten. Um das Jahr 1500 lebten um die 500 Millionen Menschen auf unserem Planeten.

## DIE BEVÖLKERUNGSRAKETE STARTET

Die Europäer taten das, was vor ihnen die antiken Kulturen gemacht hatten: Sie expandierten. Für die Hochkulturen in Zentral- und Südamerika war das eine Katastrophe. Zu Millionen starben die von den Europäern unterjochten Inkas oder Azteken an Hunger, Krieg, Gewalt oder ihnen unbekannten Infektionskrankheiten. Damit fehlten plötzlich in den Kolonien die Arbeitskräfte, und weil nicht so viele Europäer auswandern wollten, blühte in Afrika der Sklavenhandel auf. Schon seit Jahrhunderten hatten arabische Menschenhändler zahllose Schwarzafrikaner versklavt. Jetzt ließ der Bedarf der europäischen Kolonien das »Handelsvolumen« explodieren. Millionen Menschen wurden verschleppt, vor allem aus Westafrika. Es war schrecklich.

Der Arbeitskräftemangel sollte jedoch kein lang währendes Problem bleiben, denn jetzt nahm das Bevölkerungswachstum Fahrt auf. In Asien wuchs die Zahl der Menschen, und in Europa schnellte sie im späten 17. Jahrhundert weiter nach oben. Das waren ideale Voraussetzun-

### HUNGER IN EUROPA

Die letzte große Hungersnot in Europa, die nicht mit einem Krieg verknüpft ist, traf zwischen 1845 und 1852 Irland. Eine aus Amerika eingeschleppte Pilzkrankheit und schlechtes Wetter vernichteten die Kartoffelernten. Weil Irland direkt den Briten unterstand und die Briten dort riesige Ländereien besaßen, wurden die Lebensmittelexporte nach Großbritannien mit Waffengewalt geschützt. Das Elend der Iren war grenzenlos: Mindestens eine Million starb, eine weitere Million wanderte aus. Irland verlor ein Viertel seiner Bevölkerung.

gen für die industrielle Revolution. Um das Jahr 1800 war die erste Milliarde erreicht, und wir wurden schnell mehr und mehr.

Als Europa zum Sprung zur Industriegesellschaft ansetzte, waren die Lebensumstände für die Arbeiter grässlich. Sie glichen im Grunde denen in Kibera, nur dass es in Europa oder Nordamerika Mietskasernen aus Stein waren. Es war keine Seltenheit, dass 14 Personen auf zehn Quadratmetern wohnten. Pro Familie gab es nur ein Zimmer. 100 Menschen teilten sich eine Toilette. Die Arbeiter konnten mit ihrem Verdienst die Familie nicht ernähren, jeder musste mitarbeiten, auch die Kinder. Weil die oft zahlreich waren, vermietete man die Betten tagsüber an Schlafburschen, um ein bisschen Geld nebenbei zu bekommen. So verwanzt und heruntergekommen die Wohnungen waren, so teuer waren sie auch – wie die Hütten in Kibera, die auch nicht umsonst sind und für die die »Landlords« ordentliche Mieten kassieren. Im 19. Jahrhundert strömten trotzdem immer mehr Menschen vom Land in die Stadt – so wie heute in den Slums dieser Welt. Anders als wir glauben, ist die Industrialisierung nicht abgeschlossen. Sie läuft nur woanders, in Asien oder Afrika.

Im frühen 19. Jahrhundert sorgte nur die hohe Geburtenrate dafür, die Sterblichkeit mehr als zu kompensieren. Die Fabriken waren ein Moloch: die Menschen arbeiteten 18 Stunden täglich, freie Tage gab es nicht. Die Kinder schufteten für ein Zehntel des Erwachsenenlohns in den Bergwerken, weil sie klein genug waren, um in den schmalen Abbauen Kohle und Erz zu fördern. Auch in den Webereien waren sie beliebt – so wie heute in Schwellen- und Entwicklungsländern, wenn es darum geht, billig Waren für die Industrieländer herzustellen. Wer alt wurde oder ar-

Im 18. und 19. Jahrhundert war in Europa Kinderarbeit normal. Bis zu 16 Stunden täglich schufteten sie in den Kohlegruben, weil sie klein genug waren, um sich in die engen Abbaue zu zwängen.

beitsunfähig, saß auf der Straße. An neuen Landflüchtlingen, die den Platz übernahmen, herrschte kein Mangel.

Erst in den 1830er Jahren wurde der schlimmste Wildwuchs beschnitten. Kleine Kinder durften nicht mehr in den Fabriken arbeiten, die älteren hatten wenigstens sonntags frei, und es gab für sie ein Nachtarbeitsverbot. Allmählich wurde es besser – und die Sterblichkeit sank. Das hat viele Gründe. So brachte die industrielle Revolution auch bessere Transportwege mit sich, und die »Staatsapparate« wurden leistungsfähiger. Ein harter Winter oder eine durch schlechtes Wetter ausgefallene Ernte bedeutete nicht mehr automatisch ein Todesurteil für die Menschen, sondern Lebensmittel konnten von anderswo herangeschafft werden. Auch dank der medizinischen und vor allem der hygienischen Fortschritte des 19. Jahrhunderts lebten die Menschen länger. So war damals die Wiedereinführung der seit den Römern in Vergessenheit geratenen öffentlichen Kanalisation ein Segen.

Zwar reinigt sich von Natur aus das Wasser selbst, aber organische Abfälle und Fäkalien sind nur so lange kein

Problem, wie sie gefressen, verdaut und von Bakterien abgebaut werden können. Wenn nur wenige Menschen an einem Fluss wohnen, macht es nichts, wenn sie ihre Abwässer darin entsorgen. Die Grenze ist schnell erreicht, wenn neben den menschlichen Exkrementen auch Produktionsabfälle darin landen und Kot und Urin der zahllosen Kutschpferde und des Viehs. Deshalb führte die bequeme Praxis jahrhundertelang immer wieder zu verheerenden Seuchenausbrüchen, denn das Trinkwasser wurde oft genug direkt neben der Stelle entnommen, wo das Abwasser hinkam – ideale Bedingungen für Cholera- und Typhuserreger.

Gut gemeinte Verbote, den »Mist und Dreck« in die Flüsse zu werfen, halfen nicht wirklich, und vielen Gemeinden war es auch egal. So gerieten die Bakterien und Viren auch ins Grundwasser und verseuchten die Brunnen. Die Lösung waren die Kläranlagen, die die Abwässer von organischem Schmutz befreiten und den Kreislauf der Infektionen durchbrachen – jedenfalls in Europa und Nord-

### FLORENZ' SPÄTER SPRUNG IN DIE MODERNE

Heute sind Kläranlagen in den Industrienationen selbstverständlich, und deshalb war es weltweit eine Zeitungsmeldung wert, als Florenz 2004 endlich seine Kläranlage erhielt! In den Entwicklungs- und Schwellenländern sieht das anders aus. Täglich sterben 5000 Kinder an Durchfallerkrankungen, weil sie kein sauberes Wasser haben. Beispielsweise fließen die Abwässer der indischen Metropole Mumbai, in der 13,7 Millionen Menschen leben, ungeklärt ins Arabische Meer. Baden sollte man dort besser nicht.

amerika, wo sie seit dem späten 19. Jahrhundert zunehmend installiert wurden.

## WIR SIND VIELE

Es gibt noch mehr Faktoren, die dafür sorgten, dass es den Menschen vor allem in Nordamerika und Europa besser ging. Dazu gehörten Fortschritte bei den Wohnverhältnissen, die Erfindung des Kunstdüngers durch Justus von Liebig, die höhere Erträge in der Landwirtschaft möglich machte, die Impfungen gegen Pocken oder Typhus – und dass man die Kinder von Geburt an als Menschen ernst nahm und nicht erst dann, wenn sie die gefährlichsten ersten Lebensjahre hinter sich hatten. Die Arbeiter erkämpften sich bessere Lebensbedingungen. Es ging aufwärts – auch mit der Zahl der Menschen.

1927 verdoppelte sich die Weltbevölkerung auf zwei Milliarden. Die dritte war 1960 voll, trotz der schrecklichen Kriege des 20. Jahrhunderts und der grauenhaften Pogrome, die viele Millionen Menschenleben gefordert hatten. Wir hatten nur noch 34 Jahre für die Verdopplung gebraucht. Die vierte war nach weiteren 14 Jahren erreicht, die fünfte nach 13 Jahren. Sechs Milliarden wurden wir 1999, also nur noch zwölf Jahre später. Seitdem hat sich das Wachstumstempo verlangsamt. Mitte des 21. Jahrhunderts sollen »nur« neun Milliarden Menschen auf unserem Planeten leben, und am Ende dieses Jahrhunderts vielleicht 9,5 Milliarden.

Allerdings – das bloße Anwachsen der Weltbevölkerung ist nur ein Teil des Problems. Dazu kommt, dass im vergangenen Jahrhundert nicht nur die Zahl der Menschen explodiert ist, sondern auch ihr Konsum – falls sie das Glück hatten, in den Industrienationen zu leben. Wir nehmen an

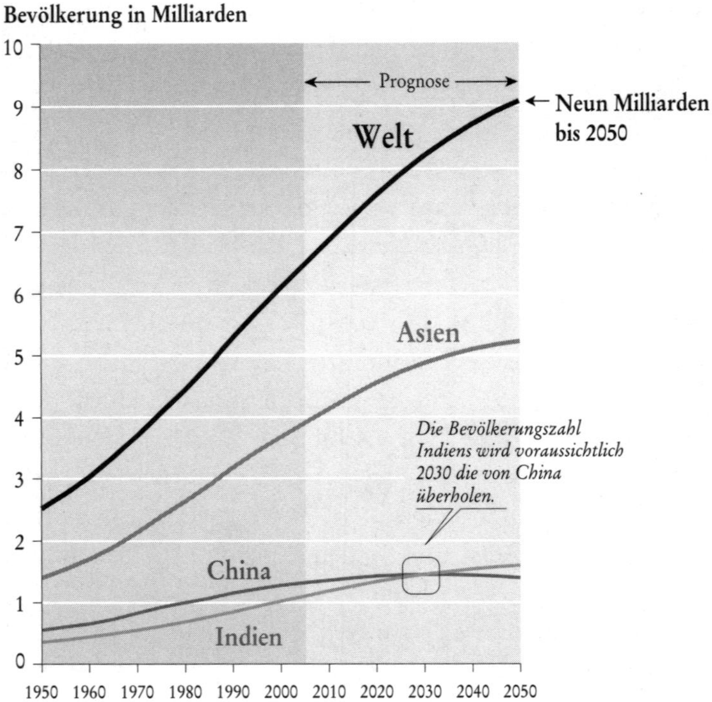


*Die Entwicklung der Weltbevölkerung.* Die Weltbevölkerung soll bis zum Jahr 2050 auf rund neun Milliarden Menschen ansteigen. Gegenwärtig leben pro Sekunde 2,4 Personen mehr auf der Erde, das macht am Tag ein Plus von etwa 213 000. 2006 wurden 136 Millionen geboren, während 58 Millionen starben.

etwas Einmaligem teil: Wer in den reichen Ländern wohnt, ist in Friedenszeiten nicht vom Hungertod bedroht, kann sich meist sogar Konsumwünsche erfüllen. Wie hoch unser Standard ist, zeigt eines: Wenn alle heute lebenden Menschen auch »nur« so leben sollten wie die untere Mittelschicht in Westeuropa, wäre die Erde hoffnungslos überfordert. Und mit welchem Recht wollen wir ihnen das verwehren?

Ob in München oder in Kibera, alle Menschen möchten eine Wohnung mit fließendem Wasser haben, einer eigenen Toilette und Strom. Und einer richtigen Tür, die man hinter sich zumachen kann und bei der die Welt und vor allem die Ratten draußen bleiben. In Kibera ist es niemals ruhig. Unzählige Stimmen verschmelzen zu einem Summen, aus dem einzelne Kinderrufe hervorstechen, eine schimpfende Mutter oder ein kleines, plärrendes Radio. Ein Mann wäscht sich in einer schlammigen Pfütze, die der Regen auf der Straße zurückgelassen hat. In den Zeitungen steht, dass in den Slums ein Gangsterkrieg mit Macheten ausgefochten wird. Was den Kampf ausgelöst hat, darüber liest man nichts, aber es gibt Gerüchte: Die eine Bande soll den kleinen Sohn des Anführers einer anderen Bande ermordet haben, indem sie das schreiende Kind in eine ausgediente Öltonne mit kochendem Chang'aa warf, einem Fusel aus Zucker, Mais und Chemikalien. Vielleicht ist das wahr, vielleicht wollen die Drogenbosse den Kampfwillen ihrer Truppen mit einer grauenhaften Geschichte anstacheln, um ihr Einflussgebiet zu vergrößern. Die Gewalt ist allgegenwärtig.

In den Luxushotels bleibt diese Welt draußen, und nachts hüten bewaffnete Wächter den Schlaf von Touristen und Geschäftsleuten. Nur alleine sollte man sich nicht auf die Straße begeben. Spätestens wenn es dunkel ist, braucht man selbst für den kurzen Fußweg zum Restaurant um die Ecke ein Taxi.

# KAPITEL 7: DIE LEHRE DER PYRAMIDEN

*Es ist noch nicht lange her, da war die Sahara grün, und Menschen lebten in ihr – bis ein Klimawandel sie vertrieb. Damals war es die Natur, die die Weichen stellte, heute drehen wir Menschen an der Weltklimamaschine.*

13.50 Uhr. Unser Flugzeug hat Afrika erreicht. Ein paar Kilometer unter uns verschwindet das Mittelmeer, die Sahara beginnt ohne Übergang. Sand und Fels so weit das Auge reicht. Keine Dörfer, kein Grün – dafür die Farben der Wüste: Gelb, Rotbraun, Schwarz, Rosé. Wie dunkle Inseln schauen hin und wieder Basaltkuppen aus dem Sandmeer. Es gibt kaum Anzeichen von Menschen. Eine Straße zieht sich wie ein dünnes Band durch die Wüste – sonst nichts. Ein paar weiße Wolken schweben wie Schiffe und zeichnen scharfe Schatten auf dem Boden. Über Tausende von Kilometern hinweg gibt es dort unten keinen Baum und keinen Strauch – nur Sand und Steine. Das Thermometer kann 60 °C am Tag anzeigen, in der Nacht fällt es auf Werte um den Gefrierpunkt.

Die Sahara ist so groß wie Australien – ein Kontinent voll Sand. Als die Gletscher Europa und Nordamerika während der jüngsten Eiszeit fest im Griff hatten, war sie noch viel größer als heute – und trockener. Ein Land wie geschaffen für Skorpione und Sandvipern. Aber kurz nach dem Ende der jüngsten Eiszeit war alles anders. Vor etwa 10 500 Jahren kippte die Erdachse ein wenig: Die Sonneneinstrahlung begünstigte plötzlich die Nordhalbkugel, die Windsysteme veränderten sich – und plötzlich drang der Sommermonsun Hunderte von Kilometern weiter nach Norden vor und brachte der Sahara Regen. Innerhalb kurzer Zeit verwandelte sich die Wüste in eine fruchtbare Savanne. Ein Kreislauf setzte ein, ganz ähnlich dem am Amazonas: Das grüne Land war dunkler als die helle Wüste, es nahm mehr Sonnenstrahlung auf, so dass die Verdunstung stieg, Wolken entstanden, die dem Land noch mehr Regen brachten, die Pflanzen breiteten sich aus, fingen mehr Sonnenwärme ein, die Verdunstung stieg, Wolken entstanden …

Der Kölner Geoarchäologe Stefan Kröpelin spürt dieser untergegangenen Welt nach. Mehrmals im Jahr reist er deshalb nach Nordafrika, durchquert immer wieder die endlose Wüste zwischen der ägyptischen Hafenstadt Alexandria und der sudanesischen Hauptstadt Khartum auf der Suche nach alten See- und Flussablagerungen, in denen sich längst vergessene, prähistorische Siedlungsplätze verbergen könnten. Für Stefan Kröpelin geht es um eines: Er will herausfinden, wie sich das Klima in der Sahara seit dem Ende der jüngsten Eiszeit vor 11 800 Jahren verändert hat und wie sich der Mensch daran anpasste. Kröpelin greift nach einem Stein auf seinem Schreibtisch. Darauf »sitzt« eine große fossile Wasserschnecke. »Funde wie diese Schnecke beweisen, dass die Sahara vor ein paar Tausend Jahren eine regelrechte Seenplatte war«, erklärt er. Und dann entwirft er das Bild eines Paradieses: Gras gedieh, Bäume und Büsche, selbst Oliven, Zypressen und Lorbeer. Mit dem Grün kamen die Tiere. Elefanten, Zebras, Warzenschweine und Antilopen zogen durch das neue Land, in den Flüssen und Seen schwammen mannsgroße Nilbarsche und an den Ufern sonnten sich die Krokodile.

Die Menschen – sie folgten dem Regen und dem Wild in das neue Land. Sie kamen aus dem Süden, aus dem Südsudan, und drangen rasch vor: In der weiten Savanne ließ es sich viel besser jagen als in den dichten Wäldern ihrer Heimat. »Das Niltal erschien plötzlich unattraktiv, denn der Regen hatte dort die fruchtbaren Auen in Sumpf- und Marschland verwandelt«, erzählt Stefan Kröpelin. Die Sahara lockte, und die Menschen zogen an die Ufer ihrer Seen und Flüsse. Nur nach Norden hin gab es einen Streifen Halbwüste, gerade breit genug, um den Einfluss aus dem Mittelmeerraum nicht zu groß werden zu lassen.

Die Weiten der Sahara waren damals besiedelt. Die Namen der Ortschaften weiß niemand mehr. Sie sind auf keiner Landkarte zu finden, sondern höchstens als GPS-Eintrag in den Feldbüchern der Forscher. Einer dieser verlorenen Orte ist Nabta: ein weites, trostloses Geröllfeld – heute. Aber der Boden ist übersät mit kleinen Steinwerkzeugen, die einmal als Klingen oder Einsätze für Speere und Harpunen gedient haben. Vor 10 000 Jahren jagten die Menschen in Nabta an einem schilfbestandenen See Fische, Kraniche und Hasen.

Auch die anderen Saharabewohner lebten vom Fischfang und von der Jagd. Sie stellten Keramiken her, schmückten ihre Vorratsgefäße aus Ton kunstvoll mit geometrischen Mustern, vor allem Wellenlinien, die für sie das Wasser symbolisierten, das Lebenselixier. Sie legten Wert auf Schönheit und verzierten die Felsen mit Zeichnungen von Giraffen und Antilopen. In der staubigen Luft der Höhle von Gilf Kebir fliegen noch heute die Schatten von schwimmenden Figuren an der Wand.

Vor rund 9000 Jahren änderten die Menschen ihren Lebensstil: Aus den Jägern und Sammlern wurden nomadisch

Die Dünen des Großen Sandsees am Rande des Gilf-Kebir-Plateaus gehören zu den spektakulärsten Landschaften der Sahara. Aber vor Jahrtausenden erstreckte sich hier keine Wüste, sondern eine Savanne, in der die Menschen ihr Vieh weideten und Wildgetreide ernteten.

lebende Hirten, die das Rind zähmten und es zur Gottheit machten – auch in der Ebene von Nabta. Sie ernteten Wildgetreide und bauten Hütten. Aus dem östlichen Mittelmeerraum führten sie Schafe und Ziegen ein. Als geschickte Handwerker fertigten sie steinerne Pfeilspitzen und fein gearbeitete Messer an. Erst viele Jahrhunderte später wird diese Technik wieder am Nil auftauchen. Unter den immer noch günstig gestimmten Monsunwinden blühte die Sahara, und ihre Bewohner waren Träger einer neuen Kultur geworden.

Doch das Paradies sollte wieder verschwinden. In Ounianga Kebir im Tschad gibt es drei Salzseen, die so tief sind, dass selbst die stärksten Sandstürme sie nicht bis zum Grund aufwühlen können. Ihre Existenz verdanken sie Regen, der vor mehr als 5000 Jahren fiel, denn so alt ist das

## DAS KLIMA SEIT DER JÜNGSTEN EISZEIT

| | | |
|---|---|---|
| Etwa 22 000 Jahre vor heute | Höhepunkt der jüngsten Eiszeit | Die Durchschnittstemperaturen sind acht bis zehn Grad niedriger als derzeit. Weite Teile Eurasiens und Nordamerikas verschwinden unter einer Eisschicht von mehreren Tausend Metern Dicke. Die Gletscher Skandinaviens erreichen Berlin, die Gletscher Nordamerikas Long Island, New York, die Alpengletscher München. Das Eis bindet so viel Wasser, dass der Meeresspiegel 100 bis 120 Meter tiefer liegt als heute. |
| Etwa 13 000 Jahre vor heute | | Das Klima schwankt, kurze, schnell aufeinanderfolgende Warm- und Kaltphasen wechseln sich ab. |
| Etwa 11 800 Jahre vor heute | | Die Eiszeit geht zu Ende, die Eisschilde beginnen zu schmelzen, der Meeresspiegel steigt allmählich. |
| Etwa 11 000 bis 6000 Jahre vor heute | Zeit des Klimaoptimums, die wärmsten Jahre der Nacheiszeit (Holozän) | Die Durchschnittstemperatur liegt etwa ein bis zwei Grad höher als heute. Weil deshalb erheblich mehr Wasser aus dem Meer verdunstet, ist das Klima viel feuchter. Vor etwa 10 500 Jahren dringt der Sommermonsun weit in die Sahara vor, die Wüste wird grün. In Göbekli Tepe im Südosten der Türkei entsteht der erste große Tempel, den wir kennen. Etwa zur gleichen Zeit werden am Indus die Menschen sesshaft. Vor 9000 Jahren werden in der Sahara aus Jägern und Sammlern Nomaden. In Mitteleuropa wachsen Eichenwälder. |

| | | |
|---|---|---|
| 6000 bis 1100 Jahre vor heute | Abkühlung auf heutige Temperaturen | In Mesopotamien entsteht vor rund 6000 Jahren die erste Hochkultur. Obwohl es zwischen Euphrat und Tigris bereits große Siedlungen gab, wird der organisierte Städtebau doch erst vor 4600 Jahren am Indus erfunden. Damals erreicht dort die Harappa-Kultur ihren Höhepunkt – wenig später, vor 3800 Jahren, verschwindet sie. Kurz zuvor hat sich an den Ufern des Nils die ägyptische Hochkultur entwickelt, nachdem die Sahara unbewohnbar geworden war. Auf der anderen Seite des Globus, im Nasca-Tal, müssen sich die Menschen vor 3000 Jahren an die Flussufer zurückziehen, sie »erfinden« die Paracas-Kultur, aus der später die Kultur von Nasca hervorgeht. |
| 1100 bis 700 Jahre vor heute | »Mittelalterliche Warmzeit« setzt ein | Es wird warm, die Sommer sind trocken, die Winter mild. Die Wikinger lassen sich in dem verhältnismäßig grünen Grönland nieder, und in Schottland wird Wein angebaut. |
| 550 bis 150 Jahre vor heute | »Kleine Eiszeit« | Die Temperaturen fallen deutlich, die Winter sind kalt, die Sommer regnerisch, und die Gletscher stoßen weit in die Täler vor. Missernten und Hungersnöte sind häufig, ebenso Sturmfluten und Überschwemmungen. Die Durchschnittstemperatur liegt um ein- bis anderthalb Grad unter der heutigen. |

Grundwasser, das sie speist. Seit damals gab es dort so gut wie keinen Niederschlag mehr, nur der Wind weht feinen Staub, Sporen und Pollen hinein. Sie machen den Boden dieser Seen zum Klimaarchiv, das vom Sieg der Wüste berichtet. Es war ein langsamer Sieg, den Stefan Kröpelin und seine Kollegen erforscht haben.

»Als der Monsun noch kam, füllte Süßwasser die Seen von Ounianga, und Menschen siedelten an ihren Ufern«, berichtet er. Erneut kippte die Erdachse ein wenig, die Sonne bevorzugte die Südhalbkugel – und diesmal ließ der Sommermonsun nach. Über 3000 Jahre hinweg kam der Regen erst seltener, blieb schließlich aus. Zuerst starben die Bäume. Mit ihnen verschwanden die großen Säugetiere: die Elefanten, die Flusspferde und Nashörner. Grassavannen breiteten sich aus. Es wurde noch trockener: Die Flüsse versiegten, die Gräser verdorrten, der Wind wirbelte den nackten Boden auf, Staubstürme fegten über das Land.

Die Fundstücke aus dieser Zeit verraten, dass die Menschen versuchten sich anzupassen, dass sie ihr Vieh in der Savanne weiden ließen, Brunnen bauten. Ein paar Jahrzehnte hielten sie durch. Aber die Brunnen trockneten aus, der Wind fegte den Sand zu Wanderdünen zusammen – wer nicht in der Sahara sterben wollte, musste weiterziehen. Der Wüste »spülte« die Menschen vor allem ins Niltal. Hier begann etwas Neues. Archäologische Funde verraten, dass die Entstehung der neuen Gesellschaft schwierig war. Riesige Anstrengungen wurden unternommen, um die unterschiedlichen Kulturen, die sich in der Weite der grünen Sahara gebildet hatten, wieder in ein Gemeinwesen zu integrieren. Es gelang: Ägypten, das Land der Pharaonen, war »geboren«. Etwa 2000 Jahre dauerte es vom Auszug aus der Sahara bis zum Bau der ersten Pyramiden. In dieser Zeit erlernten die Menschen im Niltal den Ackerbau. Die Kuh jedoch behielt die besondere Bedeutung, die sie im Leben der Nomaden erlangt hatte – sie wurde zur Liebesgöttin Hathor. Aber die Erinnerung an die Kultur der Sahara erlosch.

## EINE EISZEIT VOR 300 MILLIONEN JAHREN

Das Klima spielt in unserer Geschichte eine viel größere Rolle, als wir denken. Die Schicksale der Saharabewohner oder der Menschen von Nasca sind Beispiele für Gesellschaften, die entstanden oder zerbrachen, weil es warm oder kalt, trocken oder nass wurde – und weil sie keine Möglichkeit mehr hatten, sich anzupassen.

Die Erde fliegt so weit von der Sonne entfernt, dass sie eigentlich als Eisball durchs Universum rasen müsste. Nur die Treibhausgase in der Luft bewahren uns davor. Sie haben eines gemeinsam: Sie halten Teile des Infrarotlichts (Wärmestrahlung) in der Erdatmosphäre zurück und lassen es nicht ins Weltall entweichen.

Allen voran wirkt der Wasserdampf. Er sorgt für 60 Prozent des natürlichen Treibhauseffekts. Es ist so viel davon in der Luft, dass sich ein Gleichgewicht eingestellt hat, bei dem ein bisschen mehr oder weniger dem Klima ähnlich viel ausmacht wie dem Pazifik, wenn man ein paar Eimer Wasser hineinschüttet oder herausholt. Wird es wärmer, steigt die Verdunstung, und eigentlich müsste der zusätzliche Dampf die Atmosphäre weiter aufheizen, aber gleichzeitig entstehen auch mehr Wolken, die das Sonnenlicht abschirmen und die Erde so kühlen.

Zum Wasserdampf gesellt sich noch ein ganzer Cocktail von anderen Klimagasen: Kohlendioxid etwa, Methan und

Lachgas oder die berüchtigten Ozonkiller wie die FCKW. Sie stecken zwar nur in winzigen Spuren in der Atmosphäre, besitzen aber trotzdem einen gewaltigen Einfluss: Sie können ebenso viel bewirken wie ein einziger Wassertropfen, der ein Glas zum Überlaufen bringt.

Eisbohrkerne aus der Antarktis verraten, dass es heute mehr von diesen Spurengasen in der Atmosphäre gibt als irgendwann sonst während der vergangenen 500 000 Jahre. Obwohl nur eine Prise Kohlendioxid in der Luft ist, trägt es doch mit etwa 20 Prozent zum Treibhauseffekt bei. Dass es in der Atmosphäre noch viel weniger Methan gibt als Kohlendioxid, ist ein Glück für uns, denn Methan ist als Klimagas 25-mal wirksamer. Lachgas bringt es fast auf das 300-Fache und einige der Ozonkiller wie FCKW sogar auf das knapp 15 000-Fache. Mit Kohlendioxid, Methan, Lachgas und ein paar anderen Substanzen drehen wir Menschen an der irdischen Klimaanlage. Seit Beginn der Industrialisierung machen wir mit Heizungen, Fabriken, Autos, Flugzeugen aus der Luft eine Kohlendioxidlagerstätte, in die auch noch Methan aus Mülldeponien, Rinder- und Schafdärmen oder Reisfeldern entweicht, und auch fürs Lachgas sorgen wir unter anderem durch die Viehhaltung und indem wir diverse Prozesse im Boden verändern. Durch die Verbrennung von Kohle, Gas und Öl setzen wir jedes Jahr mehr als 36 Milliarden Tonnen Kohlendioxid frei und weitere 5,5 Milliarden Tonnen stammen aus dem Verbrennen von Biomasse in der Landwirtschaft und in Kaminen, aus Waldbränden und Brandrodungen.

Beim menschengemachten Treibhauseffekt ist das Kohlendioxid Spieler Nummer eins. Wann immer wir Öl, Gas oder Kohle verbrennen, leeren wir Kohlendioxidspeicher, die Hunderte von Millionen Jahre alt sind.

METHANFABRIKEN

Reis wird auf Feldern angebaut, die mit Wasser überflutet sind. Schon nach kurzer Zeit gibt es in diesem Wasser kaum noch Sauerstoff. Das sind genau die Lebensbedingungen, in denen sich mikroskopisch kleine Organismen wohl fühlen, die unendlich viel Methan produzieren. Sie bevölkern nicht nur Reisfelder, sondern auch Kläranlagen oder die Mägen von Wiederkäuern wie Kühen oder Schafen. Auch dort fehlt der Sauerstoff, und die Bakterien fühlen sich ausgesprochen wohl. Neben der Landwirtschaft gehört die Industrie zu den großen »Methanproduzenten«: Wenn Erdöl oder Erdgas gefördert, transportiert oder verarbeitet wird, strömt einiges aus, das die Luft belastet. Außerdem könnten wir gerade durch den Klimawandel eine gigantische Quelle öffnen: In den dauernd gefrorenen Böden der Arktis oder der Hochgebirge oder tief unter dem Meeresboden warten große Mengen an gefrorenem Methan nur darauf, beim Tauen entweichen zu können.

Die ältesten Öllagerstätten, die wir kennen, bringen es auf rund 600 Millionen Jahre. Damals waren die Kontinente noch leer, und im Meer lebte nichts außer Algen, Bakterien und vielleicht ein paar winzige Urururahnen der Tiere. Mindestens seit damals läuft der erste Teil des Prozesses, an dessen Ende – wenn alles stimmt – eine Öl- oder Gaslagerstätte stehen kann: Das Plankton vermehrt sich, stirbt ab, sinkt auf den Meeresboden, wo es dann von immer mehr Sand und Schlamm bedeckt wird. Dessen Gewicht wächst mit der Zeit zu einer großen Last, und es wird auch wärmer und wärmer, je tiefer das Plankton in diesem Stapel gerät. Irgendwann passiert es: Es verwandelt sich in Öl, und wenn es noch heißer wird, auch in Gas. Damit wir es fördern können, muss es allerdings wandern und sich in einer Falle fangen, damit sich allmählich eine Lagerstätte bildet. Dann findet es vielleicht ein Geologe, wir holen es heraus und setzen beim Verbrennen all das Kohlendioxid wieder frei, das das Plankton aus der Luft gefischt hat.

Mit der Kohle ist es ähnlich. Im Lauf der vergangenen 350 Millionen Jahre gab es mehrfach Zeiten, in denen an den Küsten riesige Sumpfwälder wuchsen, die sich in Kohle verwandelten. Die größten Lagerstätten stammen aus dem Karbon, einer Zeit zwischen 350 und 290 Millionen Jahren vor heute. Damals »erfand« die Evolution die Bäume, und mit ihnen wuchsen in den Wäldern riesige Farne, Bärlappgewächse und Palmfarne. Erstmals betrieben Pflanzen an Land in großem Maßstab Photosynthese. Sie produzierten nicht nur so viel Sauerstoff, dass er auf ein Allzeithoch stieg, kinderwagengroße Kakerlaken durch die Wälder stapften und falkengroße Libellen zwischen den Bäumen manövrierten.

Die neuen Pflanzen verbrauchten auch sehr viel Kohlendioxid für den Aufbau ihrer Biomasse, und die starken Baumwurzeln kurbelten die Verwitterung an, was noch mehr $CO_2$ aus der Atmosphäre holte. Gleichzeitig funktionierte der biologische Teil des Kohlendioxidrecyclings nicht richtig: Zum einen mussten die Mikroben und Pilze erst lernen, wie man den harten Stoff Holz zersetzt, zum anderen stürzten viele der abgestorbenen Bäume in Sümpfe, wo sie nicht vermoderten. Mehr und mehr Kohlendioxid verschwand aus der Luft, der Treibhauseffekt sackte ab. Das war der Auslöser einer der schwersten und längsten Eiszeiten in der Erdgeschichte.

Doch zurück zur Kohle: Damals brach das Meer immer wieder in die Sümpfe ein, deckte sie mit Sand und Schlick

TREIBHAUS ERDE

Etwa ein Drittel der Sonnenenergie wird direkt von den Wolken und den Teilchen in der Luft ins All zurückgeworfen. Diese Energie richtet nichts aus. Der große »Rest« jedoch wirkt. Trifft das Sonnenlicht auf den Erdboden, verwandelt es sich in Wärmestrahlung, also Infrarotlicht, das wieder in die Luft abgestrahlt wird. Dieses Infrarotlicht besteht aus verschiedenen Wellenlängen. Die Treibhausgase können einige dieser Wellenlängen »schlucken« und heizen damit die Atmosphäre auf. Allerdings bleiben trotz der vielen verschiedenen Klimagase ein paar Lücken im Spektrum des Infrarotlichts, so dass ein Teil der angestauten Wärmestrahlung ins All wie durch ein Fenster im Dach eines Treibhauses entweichen kann. Der Rest aber sorgt dafür, dass die Erde nicht als Schneeball um die Sonne fliegt.

zu. Zog es sich wieder zurück, wuchsen neue Wälder, die dann erneut unter Sediment begraben wurden. Wie beim Öl begann dann das Spiel mit Druck und Hitze, das Holz wurde zu Kohle gebacken. Genau diese Kohle verfeuern wir heute – Kohle, die vor 300 Millionen Jahren eine Eiszeit ausgelöst hat. Und deshalb werden wir wohl den gegenteiligen Effekt auslösen.

## WAS WIR TUN

Derzeit lebt etwa ein Viertel der Menschheit in den Industrienationen. Sie verbrauchen etwa 80 Prozent der erzeugten Energie und der Rohstoffe, 85 Prozent des Papiers und mehr als die Hälfte des Fetts in der weltweit zur Verfügung stehenden Nahrung. Für jemanden, der aus einem Slum wie

Kibera kommt, klingt das paradiesisch, denn es bedeutet Licht, einen Kühlschrank, sauberes Wasser. Wer dort wohnt, gehört zu dem Sechstel der Weltbevölkerung, das von solchen Lebensbedingungen nur träumen kann. Diese Menschen gelten als arm – und zwar nicht nach den Maßstäben der Industrienationen: Arm bedeutet hier den täglichen Kampf gegen das Verhungern, Trinkwasser mit Eimern aus Wasserlöchern zu holen, Stunden am Tag damit zu verbringen, ein bisschen Brennholz zu sammeln. Es bedeutet, dass der nächste Arzt oft einen stundenlangen Fußmarsch entfernt ist – falls man ihn sich überhaupt leisten kann. Es bedeutet, dass viele Kinder an Durchfall oder Malaria sterben und dass in den strohgedeckten Lehmhütten ohne Licht Geburtskomplikationen schnell zum Tode führen. Und dass man kaum lesen und schreiben lernt, weil man keine Chance hat, eine Schule zu besuchen – und dass man weiß, wohl nie aus der Armut herauskommen zu können. Es gibt keine Sozialsysteme: Wenn die Familie nicht helfen kann, gibt es keinen Ausweg.

Die meisten Armen leben in Afrika, aber auch in vielen Ländern Süd- und Mittelamerikas und in einigen Regionen Asiens. Oft können sich diese Menschen noch nicht einmal »Schuhe« leisten, die aus einem abgefahrenen Stück Autoreifen und einer Kordel gefertigt sind. Sie laufen barfuß. Ein Sechstel der Menschheit lebt am Tag von weniger als 1,25 Dollar, auf ein »Monatseinkommen« umgerechnet macht das also etwa 38 Dollar – je nach Wechselkurs Euro/Dollar sind das um die 23 bis 27 Euro. Das bekommen in Deutschland Kinder zwischen neun und 13 Jahren durchschnittlich als Taschengeld.

Die Kinder in Deutschland haben das Glück, in einer Gesellschaft aufzuwachsen, die am oberen Ende der Wohlstandsskala steht. So wie das Barfußlaufen das Symbol für Armut ist, ist es das Auto für den Wohlstand. Um 1950 fuhren weltweit rund 50 Millionen Wagen auf den Straßen. Anfang des 21. Jahrhunderts waren es 600 Millionen, und es werden täglich mehr. Bislang waren die meisten Autos in den klassischen Industrienationen unterwegs. Jetzt holen China und Indien schnell auf, bringen Billigautos für den Massenmarkt heraus. Mobilität bedeutet ein Stückchen Freiheit für jeden. Wer möchte nicht frei sein? Experten schätzen, dass es bis 2050 1,4 bis zwei Milliarden Wagen geben wird. Falls die dann immer noch mit Benzin oder Diesel fahren, wären das äußerst schlechte Nachrichten fürs Klima.

Aber es geht nicht nur ums Auto. So ziemlich alles, was 6,7 Milliarden Menschen auf der Erde anstellen, wirkt sich ungünstig auf das Klima aus. Ob Spielzeug, Computer, Kleider, Möbel oder Häuser – wenn wir irgendetwas produzieren, setzen wir mehr oder weniger Kohlendioxid frei. Hinter jedem Gegenstand stehen lange Produktions- und Verwertungsketten: Rohstoffe müssen abgebaut, zerkleinert, transportiert und weiterverarbeitet werden. Sind sie fertig, landen die Produkte im Handel, werden verpackt, transportiert, gelagert, die Läden sind oft klimatisiert und beleuchtet, wir fahren dorthin …

Öl war und ist so billig, dass Transportkosten (noch) keine große Rolle spielen. Deshalb ist die Werkbank oft da, wo die Löhne am niedrigsten sind, und wenn es im 10 000 Kilometer entfernten China oder Indien ist: Das senkt die Kosten für die Betriebe, und die Verbraucher profitieren von den niedrigen Preisen. Die fertige Ware wird rund um den Globus geschafft: mit Schiffen, Flugzeugen und Lastwagen. Ebenfalls um die Kosten zu senken, wird in den meisten Industriestaaten – nach japanischem Vor-

STROMPRODUZENTEN AUF DEM PRÜFSTAND

Unser Alltag frisst Energie: Ob sie nun direkt aus dem Verbrennen von Holz, Öl, Kohle, Gas stammt oder aus dem Strom, der eine veredelte Form von Energie ist. In Deutschland entfällt ein Drittel des Energieverbrauchs auf Strom, und auch dafür belasten wir die Luft mehr oder weniger stark mit Kohlendioxid. Am schlechtesten sieht die Bilanz bei den Öl- oder Kohlekraftwerken aus, gefolgt von den allerdings schon viel saubereren Gaskraftwerken. Diese fossilen Kraftwerke pusten pro Kilowattstunde Strom zwischen 400 und 1000 Gramm Kohlendioxid in die Luft. Weil in diese Bilanz die Emissionen während des Betriebs ebenso eingehen wie die für die Herstellung der Rohstoffe und die Errichtung des Kraftwerks, folgt als Nächstes der Solarstrom. Ehe eine Photovoltaikzelle montiert wird, steckt in ihr für jede Kilowattstunde, die sie später bei normaler Lebensdauer erzeugt, fünf- bis sechsmal mehr Kohlendioxid als in Windrädern – oder Kernkraftwerke im Normalbetrieb. Beide sehen allein von der Kohlendioxidbilanz her gut aus – aber jede Gesellschaft muss sich entscheiden, welche anderen Risiken sie eingehen will, um $CO_2$ einzudämmen.

Interessant ist auch: Mit einer Kilowattstunde Strom kann man neun Liter Wasser zum Kochen bringen oder drei Hemden bügeln oder mit einer 60-Watt-Glühbirne 60 Stunden lang einen Raum beleuchten oder 133 Brote toasten – ach ja, 2500 Männer können sich mit einer Kilowattstunde Strom rasieren.

bild – »just in time« gearbeitet: Die Autositze oder Armaturenbretter werden von Zulieferbetrieben möglichst zeitgenau ans Montageband geliefert. »Just in time« hat Vorteile, denn nur so ist Vieles günstig und in großen Mengen produzierbar. Allerdings sind Tag für Tag Abermillionen von Lkw als rollende Lager auf den Straßen unterwegs. Die Staus muss man hinnehmen und die Umweltbelastung trägt die Gemeinschaft. Wir gehen mit Energie sehr verschwenderisch und unbewusst um.

Nicht jeder Mensch auf der Erde verbraucht gleich viel Energie. Wenn man einmal zusammenzieht, was bei einem durchschnittlichen Lebensstil zusammenkommt, und sich das Ganze dann in Tonnen Rohöl pro Kopf umrechnet, benötigt ein Bewohner im südlichen Afrika, in weiten Teilen Süd- und Mittelamerikas und in vielen asiatischen Staaten statistisch gesehen noch nicht einmal anderthalb Tonnen Rohöl pro Jahr. In den meisten EU-Staaten sind es zwischen drei und 4,5 Tonnen. Die Spitzengruppe bilden die USA, Kanada, Saudi-Arabien, Norwegen, Island, Belgien und Singapur. Dort verbraucht jeder Bürger mindestens sechs Tonnen Rohöl für sich.

Man kann aus dieser Statistik auch eine Rangliste ableiten: Anfang des 21. Jahrhunderts liegt der Golfstaat Qatar unangefochten auf Platz eins des Jahresverbrauchs pro Kopf, und weil verglaste Hochhäuser in der Wüste und große Geländewagen halt viel schlucken, versammeln sich fast alle Golfstaaten in der Spitzengruppe. Die USA liegen auf Platz sieben, Deutschland auf Platz 24. Mit Zahlen lässt sich prima spielen, deshalb hier auch noch der Kohlendioxidausstoß einzelner Nationen: Weil es viel mehr Amerikaner als Qataris gibt, liegen die USA seit 2008 auf Platz zwei, denn sie sind gerade von China als Spitzenreiter abgelöst worden. Dort fordert das rasante Wirtschaftswachstum seinen Preis. Weil die Technologien oft veraltet sind, wird für die gleiche Leistung ein Vielfaches an Kohlendioxid eingesetzt wie beispielsweise in europäischen Fabriken. Allerdings: Rechnet man den Kohlendioxidausstoß Chinas auf jeden Kopf der Bevölkerung um, erreicht man nur ein Fünftel der US-amerikanischen Werte. Noch.

## INDUSTRIALISIERUNG UND KEIN ENDE

Die Industrialisierung der Erde läuft auf Hochtouren. Inzwischen sind China und Indien mit ihren Milliardenbevölkerungen *die* Wachstumszentren der Wirtschaft – und damit auch des Konsums, denn die Menschen können sich endlich etwas leisten. Auch Thailand, Südafrika oder Mexiko schaffen den Sprung ins Industriezeitalter und zählen zu den »neuen Verbraucherländern«. Inzwischen laufen dort mehr Fernseher als in Europa oder Nordamerika – auch sie sind Zeichen des Wohlstands. Ein anderes ist, dass sich die Menschen mehr Essen leisten – und auch anderes Essen, sprich: mehr Fleisch. Während Fleisch in vielen Kulturen bislang eine eher untergeordnete Rolle spielte, wird es nun nach dem Vorbild Europas und Nordamerikas zum Grundnahrungsmittel. Es soll täglich und billig zur Verfügung stehen.

Und so kommen heute auf jeden Menschen drei Nutztiere. Mit Wiesen und Weiden allein lassen sie sich nicht mehr ernähren. Deshalb werden in den USA zwei Drittel des Getreides als Viehfutter eingesetzt – dazu kommen noch die Einfuhren aus Übersee. In Deutschland landet rund die Hälfte des erzeugten Getreides im Stall – plus Importe. Die Massentierhaltung verschlingt Futter in großem Maßstab: Es zu produzieren verlangt Saatgut, Dünger, das ganze Arsenal der chemischen Hilfsmittel der Landwirtschaftsindustrie. Knapp ein Sechstel der von der US-Wirtschaft verbrauchten Energie entfällt auf den Nahrungsmittelsektor, weltweit gesehen sorgt die Landwirtschaft für ein Fünftel des Kohlendioxidausstoßes. Weil Kühe und Schafe, der massive Einsatz von Dünger und Gülle oder die gefluteten Reisfelder ja auch noch die Produktion von Methan und Lachgas anheizen, ist der Gesamteffekt gewaltig.

Aber – wie sollen sechseinhalb Milliarden Menschen satt werden, wenn nicht durch eine intensive Landwirtschaft? Hungersnöte sind in Europa auch deshalb Vergangenheit, weil die Bauern in den vergangenen 100 Jahren immer mehr Nahrungsmittel herstellen konnten – und billige Energie war die Basis des Booms. In weiten Teilen der Welt ist es kaum vorstellbar, anders zu arbeiten als mit großen Ställen für die Viehhaltung, mit Maschinen für Feldbestellung, Ernte und Transport, mit viel Kunstdünger, Unkraut- und Insektenvernichtungsmitteln: Alles wird entweder aus Erdöl hergestellt oder mit Erdöl betrieben, oder man braucht bei der Produktion Energie aus fossilen Quellen. Heute setzen die Bauern in den USA für jede Kalorie Nahrungsmittel, die sie produzieren, umgerechnet sieben Kalorien Öl ein – und zwar nur bis zum Farmgatter. Da ist noch nichts auf dem Markt oder verpackt und verkauft. Wenn 2050 um die neun Milliarden Menschen auf dem Planeten leben, müssen doppelt so viele Nahrungsmittel produziert werden wie heute. Falls die Bauern dann immer noch am »Erdöltropf« hängen, wird es erstens sehr teuer und zweitens werden die Umweltfolgen explodieren.

## ZEICHEN AN DER WAND

Wir werden also nachdenken müssen, wie es anders geht, denn der Klimawandel gehört zu den großen Gefahren für die Menschheit. Er wird viele Gesichter haben. Die Niederschläge werden sich ändern. Modellrechnungen prophezeien mehr sintflutartige Regenfälle. Die Zahl der Stürme wird zwar nicht steigen, aber sie werden heftiger. In diesem Sinne gaben das Elbehochwasser im August 2002, Hurrikan Katrina am 29. August 2005 oder das Orkantief Kyrill am 18. Januar 2007 einen Vorgeschmack auf das Kommende. Allerdings: Katastrophen gibt es immer, ungewöhnliche Wetterlagen auch. Niemand kann sagen, ob diese Ereignisse schon Auswirkungen des Klimawandels sind oder nicht – aber die Möglichkeit besteht. Das gilt auch für den Sommer 2003. Damals lag die Hitze über weiten Teilen Europas wie eine Glocke. Die Temperaturen sanken gar nicht mehr unter 30 °C, in den Städten kletterten sie auf mehr als 40 °C. Die Ernteausfälle lagen bei mehr als zwölf Milliarden Dollar, und die Waldbrände wüteten. Selbst Atomkraftwerke mussten abgeschaltet werden, weil das Kühlwasser zu warm wurde.

Sicher ist, dass in den Hochgebirgen und an den Polen das Eis schmilzt. Zurzeit weckt das eher die Begehrlichkeiten der Anrainerstaaten, die von reichen Rohstoffvorkommen am Meeresgrund träumen und davon, dass der Schiffsverkehr zwischen Asien und Europa über den Nordpol sehr viel schneller läuft als durch den Panamakanal oder durch den Suezkanal. Aber wenn die Temperaturgegensätze zwischen dem Äquator und den Polen nicht mehr so groß sind, schwächelt der Antrieb der heute existierenden Meeresströmungen, und das wird die Meere verändern.

Was ist, wenn die globale Zirkulationsmaschine der Meeresströmungen reagiert? Besonders argwöhnisch betrachten die Ozeanographen den gewaltigen Golfstrom, der mehr Energie in Form von Wärme transportiert, als eine Million Großkraftwerke herstellen. Derzeit schafft er außerdem pro Sekunde 100-mal mehr Wasser vorwärts als alle Flüsse dieser Erde zusammen und sorgt wie eine Warmwasserheizung dafür, dass im norwegischen Bodø die Durchschnittstemperaturen im Januar bei nur minus 2 °C liegen und damit um 13 Grad höher als in Nome an der Westküste Alaskas, das auf derselben geographischen Breite liegt. Er lässt auch in Deutschland Laub- und Mischwälder gedeihen, während auf der kanadischen Halbinsel Labrador Tundra und nördliche Nadelwälder wachsen.

Angetrieben wird der Golfstrom, weil kaltes, salzreiches Wasser dichter und damit schwerer ist als warmes und salzarmes. Das warme, salzarme Wasser aus den Tropen strömt an der Oberfläche als breites Band in Richtung Norden. Es verdunstet, Salz bleibt zurück, reichert sich an. Weil der Meeresfluss auch abkühlt, wird sein Wasser – je weiter es in Richtung Pol kommt – dichter und schwerer und sinkt schließlich hoch oben im Norden an »Wasserfällen« ab.

Diese Wasserfälle gibt es an zwei sehr eng begrenzten Stellen: in der Labradorsee und zwischen Grönland und Norwegen. Dort sackt das Oberflächenwasser mehr als 2000 Meter fast senkrecht in die Tiefe, wo es dann einen Strom aus kaltem, salz- und vor allem sauerstoffreichem Tiefwasser bildet, der nach Süden in Richtung Antarktis abzieht. Der Sog, der durch die absinkenden Massen entsteht, zieht warmes Oberflächenwasser aus den Tropen nach, der Kreislauf läuft und läuft und läuft – und versorgt das riesige Ökosystem Tiefsee mit Sauerstoff. Messungen haben gezeigt, dass die Labradorsee vor allem im Winter zur Lunge wird und dass der »eingeatmete« Sauerstoff sich schnell im ganzen Ozean verteilt. Wenn sich der Golfstrom durch den Klimawandel abschwächt, könnte die Tiefsee ersticken. Im Lauf der Erdgeschichte ist das mehr als einmal

ALS DIE WELT IM SCHWITZKASTEN WAR

Wenn man Klimaforscher fragt, wann es in der Erdgeschichte einmal eine zumindest annähernd ähnliche Situation gegeben habe wie heute, dann erzählen sie von der Zeit vor 55 Millionen Jahren. Damals befanden sich die Kontinente noch nicht an ihrer heutigen Position und die Meeresströmungen waren vollkommen andere. Aber interessant ist der Blick zurück trotzdem, denn der Anstieg der Treibhausgase war ähnlich schnell wie jetzt. Damals setzte wahrscheinlich ein gigantischer Vulkanausbruch innerhalb kurzer Zeit Unmengen an Kohlendioxid frei – das Klima kippte. Die Erde war ohnehin sehr viel wärmer als heute – aber so verwandelte sie sich in eine Backstube. Am Nordpol herrschten Temperaturen von 23 °C, Krokodile und Palmen lebten in der Arktis. Außerdem löste sich das viele Kohlendioxid im Meerwasser, das plötzlich sauer wurde – zu sauer für viele Lebewesen, die Kalk brauchen, um ihre Schalen aufzubauen. Sie starben aus – wie viele andere Tiere und Pflanzen in dieser Zeit. Wenn wir uns nicht einschränken, wird durch unsere Aktivität die Kohlendioxidkonzentration bis zum Ende des Jahrhunderts auf ähnlich hohe Werte wie vor 55 Millionen Jahren angestiegen sein.

passiert. Das wäre das Ende für eine vielfältige Lebenswelt, die wir gerade erst zu entdecken beginnen und die wir doch schon plündern (siehe S. 168).

## SCHNEESCHMELZE

Auf der Antarktis lastet die größte Eismasse der Erde. 70 Prozent des gesamten Süßwasserbestandes der Erdoberfläche liegen dort gefroren. Schmölzen sie vollständig ab, stiege der Meeresspiegel weltweit um mehr als 60 Meter an. Allerdings würde das etliche Tausend Jahre dauern, genau wie in Grönland, denn die großen Eismassen kühlen sich selbst sehr effizient. Aber schon wenn sie anfangen zu schmelzen, kann das unangenehm werden.

Beispiel: Ostantarktis. Dort fließt ein gewaltiger Inlandeispanzer langsam über riesige Gletscherströme wie durch Arterien ins Meer. Bislang hielt man die Ostantarktis für einen starren Eisblock, den seit Jahrmillionen nichts mehr erschüttert hat – ein tief schlafender Riese. Aber nun enthüllen Messungen, dass die Gletscher auf einem weichen Bett aus Sand und Geröll ruhen. Das beunruhigt die Glaziologen aus zweierlei Gründen. Einmal, weil Sand und Geröll zusammen mit dem Schmelzwasser am Grund eines Gletschers wie eine Schmierschicht wirken, auf der das Eis Fahrt aufnimmt. Zum anderen dürften diese Sedimentpakete eigentlich gar nicht da sein, denn sie entstehen am Boden eines Fjords. Wäre die Ostantarktis stabil, müssten die Gletscher sie schon lange weggehobelt haben. Also reagiert selbst der Eisriese Ostantarktis empfindlich auf Tauwetter. Mindestens einmal vor gar nicht allzu langer Zeit müssen die Gletscher zurückgewichen sein, und das Meer drang vor, lagerte mächtige Sand- und Geröllagen ab. Der Riese Ostantarktis schläft also nicht so tief wie gedacht. Was aber passiert, wenn seine Eisarterien schmelzen?

Steigt die Temperatur ungebremst an, wird der Meeresspiegel steigen und auf sehr lange Sicht viel Land verloren gehen. Florida ist gefährdet, weite Gebiete am Golf von Mexiko, der Niederlande, Bangladesch … Als am Ende der jüngsten Eiszeit die Gletscher zurückwichen, hat Australien ein Drittel seiner Fläche verloren – und auch die Steinzeitmenschen in Europa mussten sich vor dem Wasser in

Sicherheit bringen. Bevor das Meer kam, waren Kontinentaleuropa und Großbritannien nur von einem großen Strom getrennt. Hätten am Ende der jüngsten Eiszeit schon mehr als sechs Milliarden Menschen auf der Erde gelebt, es wäre zu einer ungeheuren Katastrophe gekommen.

Genau da wird eine unserer kommenden Schwierigkeiten liegen: Der wachsenden Menschheit, die immer mehr Raum zum Leben und für die Nahrungsproduktion braucht, werden wichtige Gebiete verloren gehen. Schließlich gehören die Küstenzonen oft zu den fruchtbarsten Gebieten der Kontinente überhaupt. Deshalb bereiten dem Klimaforscher Michael Oppenheimer, Professor an der Princeton University und einer der Hauptautoren der Berichte des Weltklimarats, ein Schmelzen des Westantarktischen oder des grönländischen Eisschilds Kopfschmerzen: »Jedes dieser Ereignisse kann für sich genommen den Meeresspiegel um sechs, sieben Meter steigen lassen. Zusammen wären das gigantische zwölf Meter. Das wäre selbst für Städte wie New York, London oder Amsterdam schwierig, obwohl wir Jahrhunderte Zeit hätten, uns darauf einzustellen.«

In den Simulationen steigt der Meeresspiegel bis 2050 um zehn bis 40 Zentimeter an. Das liegt vor allem daran, dass das Wasser durch den Klimawandel wärmer geworden ist und sich deshalb stärker ausdehnen kann, aber allmählich kommen auch die abschmelzenden Gletscher zum Tragen. Für jeden Zentimeter, den der Meeresspiegel ansteigt, geht ein Meter Festland verloren. Bis 2050 ist dieser Verlust noch nicht wirklich tragisch, denn die Menschheit hat seit 1860 bereits einen Anstieg in dieser Größenordnung erlebt, ohne dass beispielsweise die Niederlande in den Fluten versunken wären. Es wird nur teuer, da die Befestigungsanlagen vor allem für Sturmfluten immer aufwendiger werden –

und wie soll das arme Bangladesch das bezahlen? Ohne Hilfe aus den reichen Ländern geht das nicht.

Und nach 2050 geht es ja weiter. Werden weiterhin so viele Treibhausgase in die Luft freigesetzt wie bisher, soll der Meeresspiegel bis zum nächsten Jahrhundert um einen oder vielleicht sogar zwei Meter steigen. Bei einem Anstieg von einem Meter leben derzeit etwa 180 Millionen Menschen in Gebieten, die 2100 im Meer versunken sein werden: Allein in Ägypten sind es zwölf Millionen, in Bangladesch 17 Millionen.

Aber selbst bei dem, was die Experten bis 2050 an Meeresspiegelanstieg erwarten, werden Deiche alleine nicht reichen, um sich gegen das Meer zu wehren. Das werden wir bald merken, denn in vielen Küstenregionen hängen die Menschen vom Grundwasser ab. Weil Salzwasser dichter als Süßwasser ist, bricht es ganz leicht in die Grundwasserleiter ein und ruiniert sie. In den Industrienationen wird das zu ersetzende Grundwasser einfach für viel Geld aus dem Inland herangeschafft werden, aber in Ägypten oder Indien funktioniert das nicht. Und wer soll in armen Ländern die Meerwasserentsalzung fürs Trinkwasser bezahlen?

Derzeit steigt jedoch besonders in den Entwicklungsländern die Zahl der Menschen, die in Küstennähe wohnen, stark an. Es gibt mehr Jobs, und das Leben in den explodierenden Städten erscheint leichter als auf dem Land. 60 Prozent der Weltbevölkerung konzentrieren sich in einem nicht mehr als 60 Kilometer breiten Küstenstreifen – und es werden immer mehr. Viele Megastädte liegen am Meer.

Deshalb denken in den reichen Ländern Ingenieure, Politiker und Visionäre darüber nach, wie sie die Zivilisation retten können. Sie setzen ganz auf die Technik: auf Deiche und Dämme, gewaltige Fluttore, schwimmende

Städte. Aber es gibt eine Grenze der Gegenwehr: Selbst im Lauf von Jahrhunderten wird nicht genügend Geld da sein, um jeden überall zu schützen. Eines Tages werden die Menschen die Küstengebiete verlassen müssen – so wie vor Jahrtausenden die Sahara. Damals wichen ein paar Zehntausend Menschen zurück. Ende des 21. Jahrhunderts wird es jedoch um Hunderte von Millionen gehen. Keine guten Voraussetzungen, um das Wunder von Ägypten zu wiederholen.

# KAPITEL 8: DICKE LUFT

*Am 5. Dezember 1952 führten die Londoner unfreiwillig ein Experiment zur Luftverschmutzung durch. Während des großen Smogs konnten sie im wahrsten Sinne des Wortes die Hand nicht vor Augen sehen. In den westlichen Industrienationen hat sich seit damals viel gebessert, aber jetzt leiden die Menschen in Indien oder China unter den Folgen von Luftverschmutzung und saurem Regen.*

Es begann am Freitag, dem 5. Dezember 1952. Morgens früh war die Welt noch in Ordnung. Allerdings bildeten sich in der feuchten Luft die ersten Nebel. Nichts Ungewöhnliches in London. Am Abend wurde der Nebel dichter. Zuerst konnte man die Häuser auf der anderen Straßenseite nicht mehr sehen. Auch nichts Ungewöhnliches. Es war kalt, und die Londoner heizten. In den Fabriken rauchten die Schlote, und statt der elektrischen Straßenbahnen fuhren seit Kurzem Busse durch die Stadt. Es roch nach Kohlenstaub, Ruß und Abgasen. Die Luft war zum Schneiden, eine richtige Erbsensuppe – wieder einmal.

Es herrschte eine seltsame Wetterlage: Am Boden strömte kalte Luft in die Stadt, während hoch oben eine Glocke aus warmer darüber lag: Sie dichtete die Stadt ab, ließ die Schadstoffe nicht entweichen, London lief regelrecht voll. Als es Nacht wurde, tasteten sich die Leute an den Hauswänden entlang, um ihren Weg zu finden. Verirrte Auto-

Am 5. Dezember 1952 begann in London der »Große Smog«. Der Nebel war so dicht, dass sich selbst Fußgänger verirrten, so schlecht war die Sicht. Wenn man seine Hände ausstreckte, verschwanden sie in ihm wie in grauer Watte.

fahrer ließen einfach ihre Wagen stehen. Busse verfuhren sich, selbst wenn der Schaffner voranlief und mit einer Laterne versuchte, den Weg zu Fuß zu weisen. Draußen konnte man seine eigenen Füße nicht mehr sehen. Streckte man die Hände aus, verschwanden sie wie in grauer Watte. Am nächsten Morgen war es nicht besser. Ruß rieselte aus der Luft. Der Smog drang in die Häuser ein. Abends wurde eine Opernaufführung nach dem ersten Akt abgebrochen:

Das Theater war voller Nebel. Viele Menschen litten an schweren Atemwegs- und Herzproblemen, die Notaufnahmen waren überlastet. Vier Tage dauerte der Spuk – und in diesen vier Tagen starben 4000 Menschen, dreimal mehr als sonst. Vor allem traf es Babys und Ältere.

Der Smog von London war Teil eines großen geophysikalischen Experiments, das die Menschheit seit Jahrtausenden durchführt, und dieses Experiment heißt Luftverschmutzung. Lange konnten unsere Urahnen mit dem Rauch von ihren absichtlich gelegten Waldbränden und ihren Feuerstellen nicht viel anrichten, aber sie lernten dazu. Schon 1273, im Mittelalter, musste König Eduard das Verbrennen von Kohle in London verbieten – wegen der Luftverschmutzung. Nach seiner Methode bekämpften auch die britischen Politiker 683 Jahre später den Smog: Mit dem »Clean Air Act« reduzierten sie 1956 die Zahl der Feuerstellen in London drastisch. Zu diesem Zeitpunkt verließ sich die Menschheit bei ihrem Experiment allerdings längst nicht mehr nur auf die heimischen Öfen, sondern setzte auf Kraftwerke, Fabriken und den Verkehr, um einen ganzen Cocktail von Gasen und Partikeln in die Luft zu blasen. Beim großen Smog von London war daraus eine tödliche Mischung entstanden.

## DAS GROSSE EXPERIMENT

Dass die Luft über Europa und Nordamerika heute besser ist als in den 1950er Jahren, verdanken wir den Filtern auf den Fabrikschornsteinen, den Katalysatoren und saubereren Kraftstoffen für die Autos. Allerdings ist Mailand immer noch Lichtjahre von einem Luftkurort entfernt, ebenso weite Teile Belgiens und Hollands oder London und das

UMWELTSÜNDER SCHIFFFAHRT

Die Schifffahrt boomt dank der Globalisierung, denn sie trägt rund 90 Prozent der globalen Handelsströme. Das Problem: Die Umweltschutzauflagen auf hoher See sind lächerlich, so dass viele Schiffe im Grunde eher schwimmende Müllverbrennungsanlagen sind. Sie fahren mit Schweröl, das nichts anderes ist als der Sondermüll aus den Raffinerien. Die Europäische Kommission erwartet, dass die Schifffahrt allein in den EU-Gewässern und in angrenzenden Seegebieten 2020 mehr Schwefeldioxid und Stickoxide ausstoßen wird als alle europäischen Schornsteine und Auspuffe an Land zusammen.

Ruhrgebiet. Aber der Himmel ist wieder halbwegs klar. Die Rote Laterne der Gebiete mit der schlimmsten Luft haben Städte wie Karatschi, Neu-Delhi, Kathmandu, Peking, Lima oder Kairo übernommen.

Bei der menschengemachten Luftverschmutzung stehen die klassischen Treibhausgase wie Kohlendioxid, Methan oder Lachgas ganz vorne. Dazu kommen die Stickoxide ($NO$, $NO_2$), Ammoniak ($NH_3$), Schwefeldioxid ($SO_2$), Kohlenmonoxid ($CO$) und sehr viele verschiedene Kohlenwasserstoffe, die oft als VOC (Volatile Organic Compounds) bezeichnet werden, also als flüchtige organische Verbindungen, aber auch das gefährliche Dioxin. Wir produzieren sie mit unseren Industrie- und Kraftwerksabgasen, mit unseren Heizungen, unseren Autos, mit Flugzeugen, Schiffen und der Landwirtschaft. Einmal in der Luft, können diese Schadstoffe, etwa mithilfe des Sonnenlichts, weiter reagieren und Neues bilden. So entsteht an heißen Sommertagen in der Troposphäre der Ozonsmog, der die Augen reizt und empfindliche Menschen quält. Daneben belastet Ruß die Luft, dazu feinste, in der Luft schwebende Tröpfchen, Aerosole genannt, oder der Feinstaub, der so winzig ist, dass er tief in die Lungen eindringen kann.

Sie alle können krank machen. Laut Weltgesundheitsorganisation WHO sterben jährlich 2,4 Millionen Menschen an Krankheiten, die sie durch die Luftverschmutzung bekommen: an Krebs, chronischen Lungen- oder Herzkrankheiten. Dabei fallen zwei Drittel von ihnen dem eigenen Herd zum Opfer, denn in den Entwicklungsländern Asiens, Lateinamerikas und Afrikas sind viele Öfen nachlässig gebaut – wenn es überhaupt Öfen gibt und das Feuer nicht einfach mitten in einem Raum brennt, dem nur ein Fensterchen als Abzug dient. Die Schadstoffe landen direkt in der

DER FORTSCHRITT RAUCHT

In Afrika, dem Pazifikraum, Lateinamerika, den karibischen Inseln und Westasien leiden die Menschen vor allem unter Luftverschmutzung in Innenräumen durch das Kochen an offenen Feuerstellen. Draußen trifft sie der Dreck durch den Einsatz von schlechter Kohle und Öl in der Industrie und beim Transport. Weil der Anteil des troposphärischen Ozons in der Luft steigt, wird die Versorgung der Menschen mit Lebensmitteln beeinträchtigt, denn es schädigt die Pflanzen.

In Europa und Nordamerika geht es vor allem um die Auswirkungen des Feinstaubs auf die Gesundheit, ebenso um das troposphärische Ozon, das auch hier die Gesundheit und die Landwirtschaft beeinträchtigt. Außerdem verändert der viele Stickstoff aus Verkehr und Landwirtschaft die Ökosysteme. Die Schwefel- und Rußemissionen werden hingegen inzwischen in der Industrie recht erfolgreich bekämpft und verlieren hier an Bedeutung.

Raumluft, und vor allem Frauen und Kinder sterben daran. Dabei könnten diese Todesfälle leicht vermieden werden – mit besseren Öfen oder Solarkochern.

Doch auch draußen vor der Tür ist die frische Luft nicht unbedingt frisch. Wer nach Peking oder Neu-Delhi fährt, sollte den Mundschutz nicht vergessen. Allerdings war das nach dem Zweiten Weltkrieg auch in Europa nicht anders. Damals war der schwarze Qualm aus zahllosen Schornsteinen *das* Symbol für Fortschritt und wirtschaftlichen Aufschwung. Die Kumpel in den Kneipen von Essen, Herne, Bochum oder Bottrop werden schallend gelacht haben, als der Kanzlerkandidat Willy Brandt am 28. April 1961 im Wahlkampf »den blauen Himmel über der Ruhr« forderte. Auch der Smog über dem Ruhrgebiet war so dick, dass man die Sonne selten sah. Dafür boomte die Wirtschaft, und es gab Arbeitsplätze und wachsenden Wohlstand – genau wie heute in China, Indien oder Indonesien. Die Schattenseite war und ist eine rapide Verschlechterung der Umwelt.

Die Luftverschmutzung in den Industriegebieten Asiens ist gewaltig – und der Himmel braun, selbst wenn gerade die Sonne scheint. Wer dort vor 15 Jahren geboren wurde, hat praktisch noch nie tiefblauen Himmel gesehen. Während des Wintermonsuns, wenn es keinen Regen gibt, der den Dreck aus der Luft wäscht, sieht man das Problem sogar aus dem Weltraum heraus. Dann lässt sich auf Satellitenaufnahmen über weiten Teilen Chinas, Indiens und Indonesiens, über weiten Teilen des Indischen Ozeans bis hinaus auf den Pazifik ein brauner Fleck erkennen. Das ist ein drei Kilometer dicker Schleier, in dem sich die verschmutzte Luft aus asiatischen Städten, Industriezentren und aus dem Verkehr ansammelt. Auf den ersten Blick hat diese Fahne wenigstens ein Gutes: Wo sie schwebt, bremst sie den Treibhauseffekt, denn sie lässt weniger Sonnenlicht durch. Aber den Preis für ein bisschen Abkühlung zahlen die Bauern bis hin nach Australien: Weil unter den kühlenden Wolken weniger Wasser verdunstet, fehlt der Nachschub für die Wolkenbildung und damit für den Regen. Außerdem liefert der feine Dreck in den Wolken Unmengen an »Keimen«, um die sich winzigste Wassertröpfchen bilden. Es sind so viele, dass keine dicken Regentropfen mehr heranwachsen, die zu dann Boden fallen. Der braune Schleier verändert den Wasserzyklus spürbar, die Dürreperioden dauern länger und länger. Allein in Indien ist die Reisernte in den betroffenen Regionen um zehn Prozent gesunken.

Weltweit sinken die Erträge auch da, wo an schönen Sonnentagen der Ozonsmog in der Troposphäre zum Problem wird. Vor allem Getreide wächst sehr viel schlechter. In Europa summieren sich die Verluste in der Landwirtschaft durch das troposphärische Ozon auf bis zu zwölf Milliarden US-Dollar pro Jahr. Auf Versuchsfeldern im pakistanischen Lahore wuchs das Getreide draußen um 40 Prozent schlechter als in Gewächshäusern, in denen das Ozon aus der Luft gefiltert wurde. Dabei hängen in Asien Milliarden Menschen von der Nahrungsmittelproduktion vor Ort ab. Dort lebt die Mehrheit der Weltbevölkerung auf engem Raum zusammen – und Importe kann man sich da nicht leisten.

Das macht ein anderes Problem besonders fatal, das inzwischen auch Indien, China und Pakistan erreicht hat und das in den 1970er und 1980er Jahren in Europa und Nordamerika für Schlagzeilen sorgte: der saure Regen. Dass Schwefelverbindungen in den Abgasen aus Regenwasser Säure machen, wussten schon die antiken Römer. Wo sie

Blei verarbeiteten, starben die Bäume. Man hielt das Ganze zunächst für ein lokales Problem. Erst in den 1960er Jahren fiel auf, dass es das nicht war. Tausende von schwedischen Seen übersäuerten, ebenso Seen in Großbritannien, den Alpen, Nordamerika. In manchen lebte nichts mehr. Der ätzende Regen löste hohe Konzentrationen an Aluminium aus dem Boden, das für Fische ebenso giftig war wie für Frösche, Kröten, Salamander, Fliegen, Mücken und Schnaken. Im Lauf der Nahrungskette reicherte sich das Gift an, und es machte beispielsweise die Eier der Raubvögel, die von den belasteten Fischen lebten, so weich, dass sie zerbrachen und die Küken darin starben.

## UND EWIG STERBEN DIE WÄLDER?

An Land kränkelten die Pflanzen, weil der saure Regen die Nährstoffe wie Calcium und Magnesium aus dem Boden wusch, allen voran mussten die Bäume leiden, die besonders viel davon zum Wachsen brauchen. Die Böden wurden weniger fruchtbar, vor allem, wenn sie kaum Kalk besaßen, der die Säure hätte abpuffern können. Dafür löste sich plötzlich das Aluminium aus den Mineralen – giftiges Aluminium. Es schädigte die Wurzelhaare der Pflanzen, die dadurch noch weniger Nährstoffe aufnehmen konnten. Die Pflanzen wurden schwächer. Und weil ihnen das Magnesium fehlte, das sie zum Aufbau des grünen Blattfarbstoffs Chlorophyll brauchten, hungerten sie.

Und (nicht nur) in Deutschland starben die Bäume. Braune Äste reckten sich in den Himmel – und eine Hysterie brach aus: In den 1980er Jahren verkündeten Schlagzeilen das »Waldsterben«, und Horrorszenarien machten die Runde: Binnen weniger Jahre sollten sich die Wälder Europas in Steppen verwandeln, Fotomontagen zeigten tote Baumskelette in kahlen Mittelgebirgen. Ein »ökologisches Hiroshima« sollte bevorstehen, die Katastrophe war nah.

Um den Untergang zu protokollieren, wurde im Sommer 1983 die Waldschadenserhebung eingeführt. Seitdem ziehen Forstleute Jahr für Jahr aus, um den Zustand der Wälder zu dokumentieren. Sie schätzen an festgelegten Einzelbäumen, wie viel Laub oder Nadeln zu einer voll ausgebildeten Krone fehlen, und im November oder Dezember wird das Bulletin zur Waldgesundheit vorgestellt. Die Horrorszenarien erwiesen sich als falsch, weshalb die »Waldschadenserhebung« in »Waldzustandsbericht« umbenannt wurde. Inzwischen ist klar, dass der saure Regen den Bäumen und allen anderen Pflanzen spürbar schadet, aber er löst kein Massensterben aus. Wenn es einem Wald schlecht geht, liegt es nicht nur am sauren Regen, sondern viele komplexe Faktoren wie Frostschäden, Borkenkäfer und vor allem Trockenheit – sie ist Problem Nummer eins – spielen eine Rolle.

Schäden durch sauren Regen gibt es aber wirklich, und derzeit sind sie besonders in Fernost groß. Dort existiert das Problem seit den 1970er Jahren, und es wächst und wächst, weil der große Energiehunger der boomenden Volkswirtschaften durch das Verbrennen von Öl und Unmengen an schwefelhaltiger Kohle gestillt werden muss. Dazu kommen die Abgase einer wachsenden Zahl von Autos, Flugzeugen und Schiffen. In Südostchina, Nordostindien, Thailand und der Republik Korea machen viele Millionen Tonnen Schwefelverbindungen den Regen sauer. Besonders drastisch ist die Lage in China: Es hat seine Marktnische gefunden, indem es Produkte möglichst billig herstellt, ohne nach Arbeitsbedingungen oder Umwelt-

ÜBERLEBENSSTRATEGIEN: WALD IM 21. JAHRHUNDERT

Die Bäume haben im Lauf von mehr als 300 Millionen Jahren Evolution Anpassungsmechanismen an die verschiedensten Widrigkeiten entwickelt. Sie holen sich notfalls die Nährstoffe direkt aus den Steinen. Dabei haben sie Helfer: die sogenannten Mykorrhiza-Pilze. Die sind regelrechte Felsenfresser, weil sie in feinste Risse im Gestein eindringen und die Nährsalze daraus lösen können. Dann wird getauscht: Die Pilze erhalten von den Bäumen organische Verbindungen aus der Photosynthese – und liefern dafür das Magnesium und was die großen Bäume sonst noch so alles brauchen. Sie wappnen sich also gegen Notzeiten. Aber warum wachsen sie seit Jahren in Mitteleuropa besser als je zuvor? Das liegt zum einen am Klimawandel: Weil der Frühling früher kommt und der Herbst länger dauert, dehnt sich die Wachstumsperiode aus. Außerdem sind die Winter milder, und damit gibt es weniger Frostschäden. Desweiteren versorgen nicht nur die steinfressenden Pilze die Bäume mit Nährstoffen, sondern auch die Umweltverschmutzung in Form der Stickstoffverbindungen aus dem Verkehr und der landwirtschaftlichen Düngung. Auch das viele Kohlendioxid in der Luft beschleunigt das Wachstum. Boom-Zeiten für den Wald? Das gilt nur für die Pflanzen, die viel Nährstoffe brauchen. Wer es mager liebt, droht zu verschwinden, ebenso alle, die Hitze nicht vertragen oder Trockenheit. Bäume wie die Fichte, die uns heute noch aus dem Wald vertraut sind, bekommen Schwierigkeiten, während andere wie Eiche, Esche, Buche, Kiefer, Linde oder Hainbuche profitieren werden, weil sie mit höheren Temperaturen und weniger Niederschlag auskommen. Eines wird ihnen aber allen nicht gefallen: die stärkeren Stürme, die die Erderwärmung mit sich bringt, denn schnell gewachsene Bäume sind nicht sehr widerstandsfähig.

belastungen zu fragen. So ist China in der Liste der stärksten Wirtschaftsnationen ganz nach vorn gestürmt und gleichzeitig zum größten Verursacher von Ruß- und Schwefeldioxidemissionen weltweit geworden. Die gesundheitlichen und wirtschaftlichen Schäden sind gigantisch.

Im Südwesten Chinas, in den Provinzen Sichuan und Guizhou, sind zwei Drittel des Ackerlands von saurem Regen betroffen und etwa 16 Prozent der Feldfrüchte weisen erkennbare Schäden auf. Auch in Indien wirkt der saure Regen: Rund um Kraftwerke mit hohen Schwefelemissionen bringen die Felder nur halb so viel Ertrag wie die in relativ unbelasteten Gebieten in der Nähe.

## POLITIK MIT DEM BAUM

In Deutschland war die Waldsterbensdebatte der 1980er Jahre vor allem eine politische. Die Luftreinhaltung sollte auf den Weg gebracht werden – und Untergangsszenarien passten wunderbar zum Zeitgeist. Aber das Ganze hatte trotz aller Übertreibungen ein Gutes: Der Schwefelausstoß aus Kraftwerken und Fabriken ist durch strenge Grenzwerte erheblich gesunken. Und Filter und moderne Umwelttechnik würden auch in Indien und China die Probleme beseitigen.

# KAPITEL 9: WIE SICH DIE MENSCHHEIT FAST SELBST VERNICHTET HÄTTE

*Thomas Midgley war wohl, ohne es zu wollen, der gefährlichste Mensch aller Zeiten. Er hätte fast das Leben auf der Erde, so wie wir es kennen, vernichtet. Er ist der Vater der FCKW – und dass deren Gefährlichkeit noch gerade rechtzeitig entdeckt wurde, haben wir nur dem Zufall zu verdanken.*

Es war eine Erfindung der Cyanobakterien, die im Lauf von Jahrmilliarden die Welt von heute entstehen ließ: die Photosynthese. Mit der Produktion von freiem Sauerstoff gaben diese Cyanobakterien den Anstoß für die größte Umwälzung, die dieser Planet je erlebt hat – und wie alle Vielzeller verdanken auch wir ihnen unsere Existenz. Wahrscheinlich gab es bislang nur einen einzigen Menschen, der ähnlich tief in das System Erde eingegriffen hat wie die Bakterien: Thomas Midgley junior, ein unglückseliger Erfinder aus Ohio, USA.

Geboren 1889 in Beaver Falls, hatte er als Angestellter von General Motors zunächst das verbleite Benzin erfunden. Aber Blei ist ein Nervengift, das im Gehirn und im zentralen Nervensystem irreparable Schäden anrichten kann. Wer zu viel Blei im Körper hat, kann erblinden, die Nieren versagen, Lähmungserscheinungen treten auf, Krebs, grauenhafte Halluzinationen – Koma und Tod. Anfang des 20. Jahrhunderts war es trotzdem allgegenwärtig.

Es steckte in Konservendosen (ein Umstand, der beispielsweise die Mitglieder der Franklin-Arktis-Expedition 1845 getötet hat) ebenso wie in Zahnpasta- und Cremetuben, man spritzte es als Pestizid auf Früchte und kleidete Wassertanks damit aus. Es war giftig, sicher, das wusste man auch, aber es war einfach zu verarbeiten und billig. Warum es also nicht nutzen? Denn im Benzin beispielsweise verhindert es in Form von Tetraethylblei das Klopfen der Motoren. Also griffen die drei großen Firmen General Motors, DuPont und Standard Oil 1923 die Erfindung von Thomas Midgley auf und gründeten die Ethyl Gasoline Corporation, um für den Weltmarkt in großen Mengen Tetraethylblei – kurz TEL genannt – zu produzieren.

Da TEL auch durch die Haut aufgenommen wird und sich im Körper anreichert, vergiftete es nicht nur viele Mitglieder des Forschungsteams, das die Substanz in den Laboratorien von General Motors entwickelt hatte, sondern auch viele Arbeiter, die in der Produktion beschäftigt waren. Sie stolperten als menschliche Wracks durch die Gegend, manche litten sogar an Wahnvorstellungen. Die Presse bekam Wind davon, fragte nach. Da führte Thomas Midgley den Journalisten vor, wie unbedenklich seine Erfindung doch sei. Er wusch sich vor ihren Augen die Hände mit Tetraethylblei und atmete es ein. Er behauptete, das sei völlig ungefährlich – dabei war er gerade selbst an einer schweren Bleivergiftung erkrankt.

Die zweite Erfindung des 1944 verstorbenen Ingenieurs erwies sich als noch katastrophaler: die Fluorchlorkohlenwasserstoffe (FCKW). Daran hatte er in den 1920er Jahren gearbeitet. Damals häuften sich die tödlichen Unfälle mit Kühlschränken, die man bis dahin mit giftigen oder explosiven Substanzen betrieben hatte. Und Thomas Midgley

Thomas Midgley ist eine tragische Figur.
Er wollte den Menschen helfen und sichere
Kühlschränke bauen – und hat dabei das Leben
auf der Erde in ernste Gefahr gebracht.

wollte helfen. Er wollte ein Gas herstellen, das weder brennt noch ätzt, das nicht giftig – kurz: das chemisch inaktiv ist. Es gelang – und das Produkt setzte sich im Handumdrehen durch. Die Techniker entwickelten zahllose Einsatzmöglichkeiten. Sie steckten es in Kühlschränke und Klimaanlagen oder als Treibmittel in Spraydosen, später wurde es in der Schaumstoffproduktion eingesetzt und schließlich auch in der Mikroelektronik.

Mehr als 40 Millionen Tonnen FCKW wurden hergestellt, bis heute. Bezogen auf die gesamte Atmosphäre ist das nicht besonders viel: Ein Teilchen von einer Milliarde Teilchen ist ein FCKW. Aber selbst diese geringe Menge hätte fast gereicht, um die Menschheit in sehr ernste Schwierigkeiten zu bringen – und fast hätte sie es zu spät bemerkt. Denn wie gefährlich FCKW sind, das fanden wir erst lange nach dem Tod von Mr Midgley heraus.

## PROFESSOR ZUFALL KLÄRT AUF

Es geht dabei ums Ozon. Während Ozon in der Troposphäre giftig ist, können wir ohne es in der Stratosphäre nicht leben, denn es ist unser Sonnenschirm, der uns vor den harten UV-Strahlen der Sonne schützt. Im Grunde geht es dabei nur einen feinen Film. Alles Ozon in der Atmosphäre zusammengenommen ergäbe nur eine drei Millimeter dicke Schicht – und von diesen drei Millimetern hängt unser Überleben ab.

Doch warum sind die FCKW in der Troposphäre harmlos und in der Stratosphäre gefährlich? Das liegt daran, dass dort oben unter dem Einfluss der harschen UV-Strahlung andere Reaktionen ablaufen als hier unten bei uns. Das

### EIN SCHUTZSCHIRM HOCH OBEN

Ozon ist eine besondere Form des Sauerstoffs, bei dem jedes Molekül nicht aus zwei, sondern aus drei Atomen besteht. Es entsteht in der Ozonschicht, wenn dort, 20 bis 50 Kilometer über dem Boden, die energiereiche UV-Strahlung der Sonne auf normale Sauerstoffmoleküle trifft. Diese Reaktion ist keine Einbahnstraße, denn die UV-Strahlung zerstört das Ozon auch wieder. Mit der Zeit hat sich ein Gleichgewicht eingestellt, und das Resultat dieses Gleichgewichts ist unsere Ozonschicht. Aber gleichgültig, in welche Richtung die Prozesse nun laufen: Die besonders harte UV-Strahlung wird immer absorbiert – und deshalb schützt uns die Ozonschicht.

harte UV-Licht zerstört die FCKW. Dadurch entstehen freie Chloratome, die in einer photochemischen Reaktion den Ozonabbau beschleunigen. Die Ozonschicht wird löchrig. Aber das wusste man nicht.

Die Entdeckungsgeschichte begann damit, dass ein pensionierter englischer Wissenschaftler namens James Lovelock eine große Leidenschaft für Messgeräte hatte. Er tüftelte eines aus, um sehr niedrige Gehalte an organischen Gasen in der Luft feststellen zu können. Aus schlichter Neugier schrieb er auf, wie viel FCKW er maß. Dann wollte er wissen, woher sie stammten, etwa aus einem Fabrikschlot irgendwo in der Nähe, und ob sie sich konzentrierten oder in der ganzen Luft verteilt sind. Das Ergebnis: Es gibt sie überall. Zufälligerweise kam Lovelock auf einem Kongress während einer Kaffeepause mit dem Forschungsleiter des FCKW-Produzenten DuPont ins Gespräch. Man verglich die Zahlen, und sie stimmten ganz gut überein. Die Schlussfolgerung: Offenbar wird FCKW in der Atmosphäre nicht abgebaut – eine beruhigende Nachricht, dachten die beiden. Wenn es keine Reaktion gibt, dann wohl auch keine Nebenwirkungen. Und 1973 veröffentlichte James Lovelock, dass sich sämtliche bis dahin produzierten FCKW rund um die Welt verteilt hätten.

Das regte niemanden auf. Allerdings lief damals auch die Entwicklung der Überschallflugzeuge. Dabei fragte man sich, was die vielleicht in der Stratosphäre anrichten könnten, denn dort oben sollten sie schließlich fliegen. Darüber dachten Atmosphärenforscher – allen voran Paul Crutzen – nach. Sie hatten dabei die chlorhaltigen Treibstoffe im Blick, die bei den Flügen in die Stratosphäre gelangen würden, und Crutzen fand heraus, dass das Chlor dort oben das Ozon zerstören kann. Was man damals nicht wusste, war, dass in der Troposphäre gigantische Mengen an chlorhaltigen FCKW bereits darauf warteten, in die Stratosphäre aufzusteigen – und man wusste auch nicht, dass etliche Tonnen es schon geschafft hatten.

Ein anderer Kongress. Der Atmosphärenforscher Frank Sherwood Rowland hört seinen Kollegen zu, die sich über die FCKW unterhalten. Aus ihren Gesprächen kann er sich in etwa ausrechnen, wie viel davon in der Luft ist. Er wusste, dass es einen geringen Austausch zwischen den Atmosphärenstockwerken gibt, und fragte sich, was dort oben wohl mit den FCKW passieren würde. Weihnachten 1973 konnte Rowland es sich vorstellen. Zusammen mit seinem Kollegen Mario Molina wagte er eine Prognose über die Gefährdung der Ozonschicht durch die FCKW: Sie sollte um mehrere Prozent abnehmen. Es dauerte Monate, ehe eine wissenschaftliche Zeitschrift die Ergebnisse veröffentlichte. Aber schließlich gab das britische Wissenschaftsjournal *Nature* nach. Rowlands und Molinas Artikel erschien. Die beiden wussten, dass die FCKW ein Umweltproblem sind – aber noch fehlte ein wichtiges Teil im Puzzle, das das ganze Ausmaß zeigen würde. Zunächst jedoch mussten sich Rowland und Molina gegen die Kritik der chemischen Industrie und mancher Forscherkollegen wehren. Und die Leute auf der Straße lachten: Die FCKW wurden damals vor allem in Spraydosen eingesetzt – wie sollte ein Deo der Umwelt schaden?

Das sollte der nächste Zufall klären. Der bestand darin, dass der Britische Antarktische Dienst Ende der 1970er Jahre nicht so recht wusste, was die Wissenschaftler in seiner Station Halley Bey am Südpol eigentlich so alles messen sollten. Man beschloss, dass es doch eine gute Idee sei, einmal die Ozongehalte in der Atmosphäre zu prüfen. Mit besonderen Ergebnissen rechnete niemand, denn alle erwarteten »aus dem Bauch heraus«, dass die FCKW die Ozonschicht gleichmäßig rund um die Erde angreifen müssten. Außerdem maß die amerikanische Weltraumbehörde NASA mit ihren Satelliten den Ozongehalt in der Luft, und der war noch nie etwas Ungewöhnliches aufgefallen. Was also sollte schon sein?

Joe Farman übernahm die Aufgabe, die etwas von Beschäftigungstherapie hatte. Als er die Messungen auswertete, konnte er es nicht glauben. Während des antarktischen Frühlings gingen die Ozonwerte deutlich zurück. Das musste ein Messfehler sein. Farman verbesserte seine Geräte, bekam 1982 sogar neue – aber die Resultate blieben gleich. Doch die NASA fand immer noch nichts Ungewöhnliches, und Joe Farman zweifelte an sich selbst. Erst 1984 schrieb er einen Artikel, in dem er angab, dass das Ozon über dem Südpol schwindet.

Wieder dauerte es lange, ehe der Artikel veröffentlicht wurde. Frank Sherwood Rowland setzte sich als Gutachter mit seiner ganzen Autorität dafür ein, schließlich war es die Arbeit irgendeines unbekannten »Messknechts«. Und Rowland gab dem Phänomen auch seinen Namen: Ozonloch.

## DIE ÜBERSEHENE KATASTROPHE

Der Artikel traf die NASA wie ein Blitz. Hatte man etwas übersehen? Man schaute sich die Daten erneut an und erkannte: Es war alles im Rechner – und man entdeckte ein grundlegendes Softwareproblem: Die Daten waren aussortiert worden. Der Grund: Die Satelliten lieferten Unmengen an Messwerten, die automatisch von Computern ausgewertet wurden. Sonst wäre man mit der Flut nicht fertig geworden. Und weil man immer damit rechnen musste, dass es bei den Werten einmal Ausreißer gab, die aber gar nichts zu bedeuten hatten, war die Auswertungssoftware so programmiert, dass nicht Passendes als »nicht verlässlich« aussortiert wurde.

Zwar wunderte sich 1983 ein Mitarbeiter der NASA über die große Zahl an Ausreißern und wandte sich an die Qualitätssicherung. Aber weil man sich nicht alle Daten anschaute, sah alles normal aus, und man ließ die Sache auf sich beruhen. So verpasste die mit vielen Milliarden Dollar finanzierte Weltraumagentur eine Chance auf wissenschaftlichen Ruhm. Immerhin: Sie zog schnell nach, denn die NASA konnte aus ihren Werten Bilder berechnen lassen, Bilder vom Loch in der irdischen Ozonschicht. Das war der Durchbruch – alle Welt akzeptierte nun, dass es das Ozonloch wirklich gab.

Bis jetzt war die Erforschung des Ozonlochs von Zufällen bestimmt – und es kam noch einer dazu. 1976 hatte die Sowjetunion begonnen, ihre älteren stationären Atomraketen durch moderne auf mobilen Abschussrampen auszutauschen, die genauer zielten, weiter flogen und vor allem auch mit Mehrfachgefechtsköpfen bestückt werden konnten. Diese Raketen, die auf Europa zielten, seien eine Reaktion auf die wachsende Zahl von französischen und britischen Mittelstreckenraketen, die auf das Gebiet des Warschauer Pakts gerichtet seien, hieß es aus Moskau.

Die europäischen NATO-Staaten fühlten sich bedroht. Diese sowjetischen SS-20-Raketen gefährdeten das Gleichgewicht des Schreckens, denn sie waren durchaus in der Lage, in einem Krieg die europäischen Atombasen auf dem Festland zu zerstören. Die Europäer trauten dem »großen

Bruder« in Amerika aber auch nicht so recht: Würden die Amerikaner im Ernstfall wirklich den atomaren Schutzschild über Europa aufspannen und die Interkontinentalraketen losschicken? Es sollte nachgerüstet werden – mit westlichen Mittelstreckenraketen. Und so passten auch die USA ihre eigene Militärstrategie an die neuen Waffen an.

Beiden Seiten ging es Ende der 1970er, Anfang der 1980er Jahre um die Frage, ob ein Atomkrieg zu führen und zu gewinnen sei. Da war es sinnvoll, erst einmal die Folgen einer solchen Auseinandersetzung näher zu untersuchen. Heraus kam unter anderem, dass ein nuklearer Schlagabtausch die Ozonschicht schwer schädigen würde – und es war wieder der Atmosphärenchemiker Paul Crutzen, der erkannte, welche fatalen Folgen das für die Erde hätte: Ohne oder mit sehr löchriger Ozonschicht wäre das Leben auf der Erde unmittelbar bedroht – und schließlich waren da doch diese FCKW.

Die Gefahr war erkannt: Langsam, aber sicher sickern die FCKW in die Stratosphäre ein. Dort laufen permanent die Reaktionen, mit denen das harte UV-Licht der Sonne Ozon auf- und abbaut. Alles ist im Gleichgewicht – es sei denn, die FCKW kommen dazu. Die treffen in der Stratosphäre zum ersten Mal auf das starke UV-B-Licht, schließlich sind sie in der Troposphäre durch die Ozonschicht davor geschützt. Das UV-B-Licht aber zerschlägt sie, Chlor- und Fluorradikale werden frei. Eine Kettenreaktion kann beginnen, bei der die Chlorradikale als Katalysatoren wirken, sprich: Sie kurbeln die chemische Reaktion an und werden selbst dabei nicht verbraucht, sondern immer wieder recycelt. Das ist teuflisch.

Lange passiert in diesem Prozess jedoch nicht sehr viel, weil Chlor und Fluor ausgesprochen reaktionsfreudig sind und andere Verbindungen eingehen, in denen sie nicht mehr am Ozonfressen »interessiert« sind. Wirklich gefährlich wird es aber über der Antarktis während der langen Polarnacht. Dann dringt dorthin ein halbes Jahr lang kein Sonnenstrahl vor, und es wird in der Stratosphäre immens kalt. Auf minus 80 °C und darunter sinken die Temperaturen. Das ist so kalt, dass sich aus dem bisschen Salpetersäure und der Spur von Wasser, die es dort gibt, stratosphärische Eiswolken bilden. An diesen Wolken laufen weitere chemische Reaktionen ab, die aus den vielen chlorhaltigen Verbindungen, die aus den FCKW-Bruchstücken entstanden sind, reines Chlorgas machen. Das reagiert in dieser kalten Phase zwar noch nicht mit Ozon, aber es sammelt sich den ganzen Winter über an – und dann wird es Frühling. Nun passiert es: Das erste Sonnenlicht beginnt sofort mit der Arbeit und spaltet das Chlorgas – die Chlorradikale überschwemmen die Stratosphäre regelrecht und machen sich über das Ozon her. Erst wenn die Sonne wieder so hoch steht, dass sie die Eiswolken tauen kann, geht der Spuk zu Ende. Dann sind die die anderen Reaktionspartner frei und fischen die Chlorradikale weg.

Über der Antarktis lief der Ozonabbau in jedem Frühling ab, denn dort baut sich in jedem Winter ein stabiles Windsystem (Polarvortex) auf, welches das Chlor im Herzen der Ozonschicht konzentriert. Und über der Antarktis wird es fast immer kalt genug für die Reaktion. Über der Arktis dagegen ist das System durch den Einfluss der Kontinente nicht so stabil, weshalb die Forscher den Effekt dort lange Zeit nicht fanden. Aber nun wird er immer wieder gemessen, und wenn es schlimm kommt, hat das auch für Deutschland Auswirkungen.

## DIE RETTUNG

Als endlich alle Mechanismen durchschaut waren, ging es Schlag auf Schlag. Die USA machten sich zum Vorreiter. Die Produktion der FCKW sollte auslaufen. 1987 wurden die FCKW durch das Montreal-Protokoll zunächst drastisch eingeschränkt und 1990 von der Internationalen Konferenz zum Schutz der Ozonschicht in London weitgehend gebannt. Allerdings dürfen Entwicklungsländer Thomas Midgleys Erfindung noch bis 2010 herstellen, so dass immer noch FCKW produziert werden, wenn auch sehr viel weniger.

Als das Ozonloch entdeckt wurde, war es bereits eine Minute nach zwölf – und als die Politik handelte, zwei Minuten danach. Ohne die vielen Zufälle hätten wir wohl erst durch katastrophale Umweltfolgen und einen sprunghaften Anstieg der Krebsrate gemerkt, was los ist. Dann gäbe es Jahr für Jahr nicht nur über der Antarktis ein riesiges Ozonloch und manchmal eines über der Arktis. Die Ozonschicht schwände global. Weltweit wäre die Intensität der UV-Strahlen um 20 Prozent höher, die Hautkrebsrate um 30 Prozent. Wäre damals nichts passiert, würden heute Tiere und Menschen erblinden, fürchten Mediziner, die Landwirtschaft wäre massiv betroffen, weil viele Pflanzen nicht mehr wachsen würden – und, und, und. Wir haben Glück gehabt, wahnsinniges Glück.

Wäre die Ozonschicht ausgefallen, hätten wir Pflanzen durch Folien oder Ähnliches schützen müssen – was offen gewachsen wäre, wäre meistens abgestorben. Man hätte natürlich noch versucht, Lebensmittel zu erzeugen, aber wer hätte sich die explodierten Preise leisten können? Außerdem – es wäre nur ein kurzer Aufschub gewesen. Das Plankton wäre verbrannt, die Wälder stark geschädigt –

Wenn sich das Ozonloch über der Antarktis öffnet, dringt mehr gefährliche UV-Strahlung auf den Boden. Wären die FCKW nicht verboten worden, hätten sie inzwischen drastische Folgen: Das Plankton kann regelrecht verbrennen, Tiere wie die hier abgebildeten Kaiserpinguine können erblinden und beim Menschen kann Hautkrebs entstehen.

und damit wäre der Sauerstoffnachschub schwer gestört gewesen. Die Ökosysteme hätten das nicht lange ausgehalten, zu viele Organismen wären herausgefallen – das hätte durchaus das Ende unserer Zivilisation gewesen sein können, und vielleicht hätten wir das System Erde sogar bis in die Basis hinein erschüttert.

Es war wirklich knapp. Hätte Thomas Midgley beispielsweise damals Brom statt Chlor in sein neues Kühlmittel gepackt, wäre das Desaster nicht zu vermeiden gewesen (so landeten diese sogenannten Halone »nur« in den Feuerlöschern): Dann wäre das Ozonloch schon global gewesen, ehe wir es – wahrscheinlich durch seine Folgen – entdeckt hätten. Niemand, selbst die Wissenschaftler nicht, hätten es vor der Entdeckung des Ozonlochs für möglich gehalten,

NOBELPREISE FÜR DREI

1995 erhielten Mario Molina, Frank Sherwood Rowland und Paul Crutzen als Pioniere bei der Erforschung des Ozonlochs den Nobelpreis für Chemie. Der »Messknecht« Joe Farman ging leer aus, da der Preis höchstens auf drei Personen aufgeteilt werden darf.

dass der kleine Mensch so tief in das System Erde eingreifen könnte. Und wer weiß, welche Überraschungen bei anderen Gelegenheiten noch auf uns warten.

Zwar ist der Einsatz von FCKW und anderer Substanzen, die das Ozon zerstören, mittlerweile durch das Montrealer Protokoll verboten, aber die FCKW leben lange. Noch etwa 50 Jahre wird es dauern, ehe sie wieder aus der Stratosphäre verschwunden sind und sich die Ozonschicht wieder vollkommen erholt hat. Wahrscheinlich hatte das Ozonloch um das Jahr 2000 seine größte Ausdehnung erreicht, aber es kann immer wieder – je nach Witterung – gigantisch werden. Aber auch das Umgekehrte ist möglich. In dem besonders warmen antarktischen Winter von 2002 trat das Ozonloch gar nicht auf, weil sich kein stabiler Polarwirbel gebildet hatte. 2003 war dann alles wieder beim Alten. Es wird noch dauern, ehe die Ozonschicht geheilt ist.

Und Thomas Midgley? Letztlich war ihm eine seiner Erfindungen zum Verhängnis geworden. Mit 51 Jahren erkrankte er an Polio, und er baute sich ein Spezialbett mit Seilzügen, mit deren Hilfe er sich hinsetzen oder umdrehen wollte. Er erdrosselte sich selbst, als er sich in den Seilen verhedderte.

# KAPITEL 10: TIEFE WASSER

*Wir sind 6,7 Milliarden Menschen auf der Welt, und mehr als ein Drittel von uns hat keinen Zugang zu sauberem Trinkwasser oder zu Toiletten. Wasser ist heute schon knapp, vor allem sauberes Wasser. Umdenken und neue Ideen sind gefragt, damit 2050 neun Milliarden Menschen trinken können.*

Vor ein paar Jahren lebten hier 80 Nilkrokodile. Fünf, sechs Meter lange Riesen, die große Welse verschlangen und hin und wieder ein unvorsichtiges Impala. Jetzt zählen die Ranger nur noch sechs Tiere, allesamt zu jung, um sich fortzupflanzen – und auch die werden wohl nicht mehr lange leben. Am Loskop-Damm in Südafrika sterben die Krokodile.

Mit dem Wasser stimmt etwas nicht, und deshalb bastelt Jan Mybergh gerade an einem der Außenbordmotoren herum. Die Spritversorgung hakelt. Der Tierarzt von der Universität Pretoria überprüft die Benzinleitungen und die Tanks unter dem Mittelsitz. Nach ein paar Minuten hat er den Fehler gefunden, beide Motoren tauchen ins dunkelblaue Wasser ein, und ab geht's – an einer Halbinsel vorbei, auf der sich zwischen den Bäumen die Silhouette einer Giraffe abzeichnet. Hier und da schauen noch die ausgebleichten Äste von Bäumen, die bei der Flutung des Staudamms abgestorben sind, aus dem Wasser heraus. Auf ihnen sitzen Kormorane, ein Afrikanischer Weißkopfseeadler ruht sich aus.

Unser Ziel ist die Mündung des Olifants-Rivers, am anderen Ende des Loskop-Stausees, wo Wasser- und Sedimentproben genommen werden sollen. Der Olifants entspringt im Witwatersrand – *der* Goldlagerstätte Südafrikas, und so bekommt er auf seinem Lauf die Abwässer von Gold-, Platin- und Kupferminen und auch die der metallverarbeitenden Industrie ab. Außerdem dient er als Abfluss für das schwefelsaure Abwasser aus bestehenden und längst aufgegebenen Kohlengruben, aus denen ständig säurehaltiges Wasser sickert. Die Landwirtschaft mischt überschüssigen Dünger sowie Insekten- und Unkrautvernichtungsmittel hinzu, und dann sind da noch die ungeklärten Abwassermassen aus den Gemeinden. Dabei ist der Olifants kein beeindruckender Strom, sondern eher ein Flüsschen wie die Wupper oder die Altmühl. Und weil er durch eine Halbwüste fließt, schwankt sein Wasserstand stark. Jetzt, am Ende der Trockenzeit, rinnt der Olifants eher kümmerlich dahin. In Dürrejahren stockt er sogar ganz und verwandelt sich in eine Kette aus stehenden Tümpeln. Erst im November, wenn die Regenzeit beginnt, füllt er sich wieder. Der Loskop-Stausee, den er speist, wird für die Bewässerung genutzt. Ohne ihn wäre die intensive Landwirtschaft der Gegend nicht möglich. In Südafrika mit seiner schnell wachsenden Bevölkerung ist Wasser Mangelware.

Und nicht nur da. Heute nutzen wir Menschen mehr als die Hälfte aller erreichbaren Süßwasserressourcen für uns. Wasser wird für alles Mögliche gebraucht, nicht nur fürs Trinken, Duschen oder Waschen. Durch Bevölkerungswachstum, mehr Landwirtschaft, mehr Industrie, mehr Energieerzeugung und höhere Ansprüche, weil es immer mehr Menschen besser geht, steigt der Konsum. Wenn wir das Wasser verwendet haben, ist es mehr oder weniger verschmutzt, und wir reinigen längst nicht alles wieder gründlich. Also geraten die Weltreserven an Süßwasser zunehmend durch Übernutzung und Verschmutzung unter Druck.

Laut Weltbank fließen 22 Prozent des weltweiten Wasserverbrauchs in die Industrie. Allein ein Kilo Aluminium zu produzieren kostet 100 000 Liter Wasser, auch die Papier- und Zellstoffindustrie nimmt sich reichlich, ebenso die Stromproduktion. Pro Kilo Zement werden 30 Liter Wasser eingesetzt, in den Raffinerien liegt das Verhältnis bei der Kraftstoffproduktion bei eins zu zehn. Der größte Posten beim Weltwasserverbrauch entfällt jedoch auf die Landwirtschaft und die anschließende Produktion von Lebensmitteln: Ein Kilogramm Zucker verbraucht 8000 Liter, ein Kilogramm Reis 4500 Liter, Getreide schlägt mit 1500 Litern pro Kilo zu Buche, Mais mit 400. Und ehe die Kälbchen, die wir auf der Fahrt zum Loskop-Stausee auf den Weiden gesehen haben, als Rinder geschlachtet werden, haben sie insgesamt 15 000 Liter Wasser pro Kilo Fleisch verbraucht.

Heute kommt der Wind aus der Kalahari, und das Thermometer zeigte schon um 9 Uhr morgens 30 °C. Inzwischen ist es noch heißer geworden. Der Ranger Yanni Coetzee bremst das Boot ab und fährt sehr vorsichtig zwischen zwei Bojen durch. Er will sich nicht in der Kette verheddern, die den Stausee vom Naturschutzgebiet trennt. Dorthin dürfen weder Angler noch Sonntagsausflügler, sondern nur Ranger und Wissenschaftler. Jetzt geht die Fahrt langsamer weiter.

Die Ufer rücken zusammen, der Stausee wird schmaler, gleicht mehr einem Fluss. Hinter der nächsten Biegung färbt sich das Wasser plötzlich rötlich. Paul Oberholster, Mikrobiologe vom Rat für wissenschaftliche und industrielle

Forschung in Südafrika, legt ein äußerst feines Netz aus. Es sieht aus wie eine Reuse mit einem Ventil am Ende. Während es durchs Wasser gleitet, fährt das Boot langsam weiter. Nach ein paar Metern zieht Paul das Netz ein und lässt etwas vom Inhalt in ein Plastikröhrchen laufen. Ein schmieriger, rötlich brauner Algenschleim hat sich da in der Reuse gesammelt. »Früher war er im Sommer so dick, dass die Fische kaum noch Luft bekamen. Aber jetzt haben wir ja erst zeitiges Frühjahr, und trotzdem ist alles voller Algen. Wenn die absterben, sinken sie ab, und wenn sie sich dann zersetzen, verbrauchen sie den ganzen Sauerstoff im Wasser«, erklärt der Mikrobiologe. Das ist die Wirkung des vielen Düngers, den der Olifants von den Feldern mitschleppt und vor allem der ungeklärten Abwässer. Auf der Oberfläche der Algensuppe schwimmen ein paar grüne Tupfen: »Das sind Cyanobakterien. Diese hier heißen Microcystis, und sie sind giftig.«

Microcystis bereitet auch im Kruger-Nationalpark Probleme. Dort haben solche Cyanobakterien Dutzende von Nilpferden, Zebras, Büffeln und Nashörnern getötet: »In den sechziger Jahren sind da viele künstliche Wasserbecken angelegt worden, damit die Besucher die Tiere besser beobachten können. Die sind natürlich Paradiese für Nilpferde, und ihre Fäkalien düngen das Wasser und lassen die giftigen Cyanobakterien gedeihen.« Sie treiben oben auf dem Wasser, und der Wind bläst sie zusammen. Zebras oder Nashörner trinken immer das Wasser von der Oberfläche und stehen so, dass der Wind ihnen den Geruch eines herannahenden Feindes zutragen kann – aber genau an dieser Stelle ist die höchste Konzentration an tödlichen Bakterien. Das Gift wirkt schnell. Oft können sie nur noch ein paar Meter laufen, ehe sie tot zusammenbrechen.

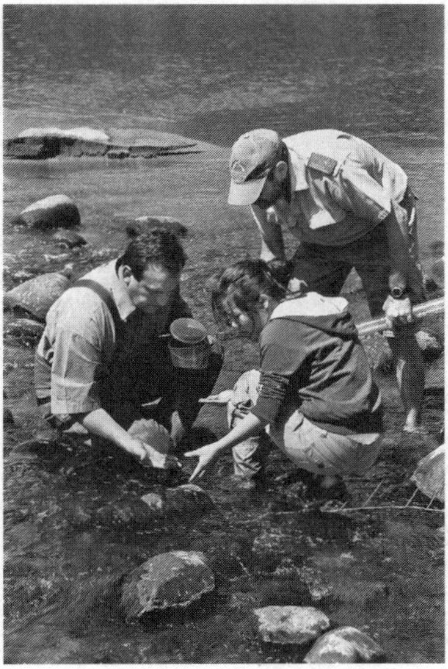

Der Mikrobiologe Paul Oberholster (l) von der südafrikanischen Forschungsorganisation CSIR prüft zusammen mit Ranger Yanni Coetzee und Judy Lee Algen, die an der Mündung des stark belasteten Olifants in den Loskop-Stausee wachsen.

Am Loskop-Stausee vermuten die Biologen, dass die giftigen Cyanobakterien Büffel getötet haben. Deshalb landet das Plastikröhrchen sorgfältig verstöpselt in einer eisgefüllten Kühlkiste, und die Fahrt geht langsam weiter. Eine Gruppe Nilpferde hebt mürrisch ihre Köpfe halb aus dem Wasser und verfolgt misstrauisch das Treiben der Wissenschaftler. Es wäre keine gute Idee, ihnen nahezukommen. Vor zwei Jahren haben die Mikrobiologen einmal an dem Ufer dort eine Probe aus dem Seegrund ziehen können. Sie wollten sehen, ob es dort giftige Stoffe gibt. Doch noch während die Männer arbeiteten, musste Yanni sie zur Eile drängen: Die grauen Herrscher des Sees kamen zurück und schienen sehr schlechter Laune zu sein, als sie Menschen an ihrer Lieblingsstelle erblickten. Seitdem haben die Nilpferde die Wissenschaftler nicht wieder dorthin gelassen. »Die sind ziemlich aggressiv, und hier wollen sie uns auf keinen Fall haben, das ist ihr Reich«, erklärt der Wildhüter. Mit Nilpferden ist nicht zu spaßen. Sie sind gefährlicher als Krokodile.

Jetzt werden die Ufer sandiger, der See noch schmaler – und dann ist der Olifants zu sehen. Noch vor ein, zwei Jahren lagen hier immer einige Krokodile herum, erinnert sich Jan, während er das Boot an Land zieht. Jetzt verraten die Spuren im Sand, dass hier vor Kurzem Impalas gewesen sind und ein Leopard – aber kein Krokodil. Um Proben zu nehmen, stapfen Paul und Jan an die Flussmündung und drücken ein Plexiglasrohr in den weichen Sand, ziehen es wieder heraus und füllen den Schlick in kleine Töpfe. Die Stelle ist optimal, denn was immer auch der Olifants auf seinem Lauf an Sedimenten mitschleppt, lässt er fallen, sobald er in den Stausee mündet. Und alles, was er mitbringt, ist stark mit Schwermetallen belastet. »In diesem Teil des Sees leben Buntbarsche, Tilapia«, erzählt Jan. Die Männchen bauen mit ihren Mäulern Nester in den Schlamm, in die sie die Weibchen locken. Doch hier sterben sie daran. Denn die Schwermetalle vergiften die Männchen.

Richtig schlimm wird es jedoch zu Beginn der Regenzeit. Dann dürfen die Kohlengruben ihre in Auffangbecken gestauten Abwässer in den Olifants einleiten, weil sie sich schnell verdünnen, wenn es reichlich regnet. Theoretisch. Denn weil alle Firmen schon nach dem ersten Gewitter gleichzeitig ihre übervollen Staubecken leeren, verwandelt sich das Flusswasser in Säure, und im Loskop-Stausee sterben die Fische massenhaft – und werden zum Festessen für die Krokodile. Allerdings zu einem tödlichen, denn es schwimmen zu viele Fische bäuchlings, und selbst die hungrigste Echsenmeute wird mit dem ganzen Aas nicht fertig, so dass es verrottet. Das stört die Krokodile nicht: Sie fressen und fressen. Doch wenn sie das verdorbene Fut-

> WOFÜR WIR WASSER BENUTZEN
>
> Wasser wird für die Trinkwasserversorgung gebraucht, aber auch für die Erzeugung von Energie, für die Industrie, Landwirtschaft und den Tourismus. In der EU werden 44 Prozent des Wassers zur Energieerzeugung, 24 Prozent in der Landwirtschaft, 17 Prozent für die öffentliche Wasserversorgung und 15 Prozent in der Industrie benötigt. Weltweit betrachtet werden 70 Prozent des Wassers für die Bewässerung in der Landwirtschaft eingesetzt.

ter verdauen, brauchen sie ihren ganzen körpereigenen Vorrat an Antioxidantien auf. Die Krokodile erkranken an Pansteatitis: Das Fettgewebe entzündet sich und verhärtet zu einer gummiartigen gelben Masse. Das Tier kann sich nicht mehr bewegen – und stirbt einen langsamen, qualvollen Tod.

Hinzu kommt die Luftverschmutzung. Der Loskop-Stausee sieht aus wie ein Paradies, die Hügel, die ihn umgeben, sind bewaldet und wilde Tiere ziehen zwischen den Bäumen dahin. Aber jenseits der Hügelkette verändert sich das Bild. Dort sind nicht nur die Slums, sondern auch die großen Kohlekraftwerke, die fast ganz Südafrika mit Energie versorgen, und die vielen anderen Fabriken. Filteranlagen, um den Schwefel herauszuholen, haben sie nicht.

Der Regen ist so sauer, dass er das Spurenelement Selen aus den Böden wäscht. Dabei sind winzigste Mengen von Selen lebenswichtig. Zunächst erkrankten die Rinder und Schafe an Selenmangel. Inzwischen müssen die Farmer ihren Tieren das Spurenelement spritzen. Außerdem nutzen entlang des Olifants, des Crocodile oder des Limpopo viele Menschen die Flüsse als Wasserquelle, so wie es vor 100 Jahren in Europa auch üblich war. Ihnen geht es dann nicht besser als dem Vieh auf den Weiden. Sie werden krank. »Sie bekommen Leberschäden, und die Ärzte sagen ihnen dann, dass sie zu viel trinken würden. Aber das muss nicht unbedingt stimmen, denn auch sie leiden an Selenmangel und bekommen keine Ausgleichsspritze«, meint der Professor für Tiermedizin Jan Mybergh bitter, als er wieder ins Boot klettert.

Der Olifants zeigt im Kleinen, worum es in der Wasserfrage geht. Anfang des 21. Jahrhunderts besitzen weltweit 2,6 Milliarden Menschen keinen Zugang zu sauberem Trinkwasser oder zu Toiletten – das ist mehr als ein Drittel

### WASSERSPIELE

Im heißen Griechenland liegt der jährliche Pro-Kopf-Verbrauch bei 2389 m³ Wasser, im kühlen Lettland sind es 684 m³ im Jahr. Der Durchschnitts-Chinese benötigt 700 m³ pro Jahr, der Deutsche rund 750 m³, der Japaner 1150 m³, ein US-Bürger 2500 m³. In unseren Leitungssystemen geht fast die Hälfte dieses Wassers verloren: Es sickert aus undichten Rohren in den Untergrund oder verdunstet auf den Feldern. Rechnet man den Wasserverbrauch von Industrie und Landwirtschaft heraus, ist Schweden in Europa das Land mit dem höchstem Verbrauch: Er liegt bei 121 m³ pro Kopf und Jahr, während die Niederländer mit einem jährlichen Pro-Kopf-Verbrauch von 26 m³ am überlegtesten mit dem Wasser umgehen. Vor allem in den Entwicklungsländern ist sauberes Wasser knapp. Schon heute. Dabei soll der Verbrauch dort wegen des Bevölkerungswachstums bis 2025 um 50 Prozent zulegen. Wir werden uns also etwas einfallen lassen müssen. Die Vereinten Nationen fordern ein Grundrecht auf 20 Liter sauberes Wasser pro Kopf und Tag.

der Weltbevölkerung, und darunter befinden sich fast eine Milliarde Kinder. Die meisten leben in Südostasien und in Afrika südlich der Sahara. Selbst in Südafrika, das als erstes Land des Kontinents den Sprung zur Industrienation schaffen könnte, sind die sanitären Verhältnisse in den Slums immer noch schrecklich. Mancherorts wird mit Tankwagen Trinkwasser aus schmutzigen Flüssen gesaugt und dann in Kanistern an die Menschen verkauft.

## MANGELWARE TRINKWASSER

In Afrika herrscht fast überall chronischer Wassermangel. In weiten Teilen Asiens wird der Schatz Wasser unter anderem auch deshalb knapp, weil dort inzwischen etwa 60 Prozent aller Menschen leben. Um Trinkwasser zu sparen, werden in Indien, China, Afrika und Lateinamerika viele Felder mit ungeklärtem Abwasser bewässert: So gelangen Unmengen an Krankheitskeimen in die Nahrung. Wer verschmutztes Wasser trinken und belastete Lebensmittel essen muss und keine hygienische Toilette benutzen kann, leidet oft unter Durchfallerkrankungen. Allein an ihnen sterben Jahr für Jahr 1,5 Millionen Menschen, vor allem Kinder.

Schaut man sich nur die Zahlen an, kann man sich eigentlich nicht vorstellen, dass es einen Wasserengpass geben könnte. Jahr für Jahr fällt so viel Regen und Schnee, dass sich damit 750 Billionen Badewannen mit je 150 Litern Fassungsvermögen füllen ließen. Das macht derzeit pro Mensch 320 Badewannen pro Tag. Das meiste allerdings verdunstet sofort wieder, so dass im Grunde nur ein verschwindend kleiner Rest für das System Erde bleibt. Ohne natürliche Speicher würde nichts funktionieren.

Einer dieser Speicher sind Hochgebirge wie der Himalaja, die Alpen oder die Anden. Sie sind so etwas wie natürliche Wassertürme. Ohne die Alpen litten selbst die Niederländer unter Wasserknappheit. Die hohen Berge sammeln mit dem Schnee die Niederschläge des Winters und geben sie bei der Schneeschmelze im Frühling und Frühsommer an die Bäche und Flüsse wieder ab. Im Hochsommer versorgen die Gletscher die Bäche und Flüsse mit Nachschub. In tropischen Regionen wie Kolumbien oder Ecuador, Äthiopien oder Kenia sind Gletscher uninteressant. Ihre Rolle übernehmen hoch gelegene Feuchtgebiete und Bergregenwälder. Sie saugen die Niederschläge wie Schwämme auf und geben sie zuverlässig und gleichmäßig wieder ab. Weltweit hängt die Hälfte der Menschen vom Wasser aus den Bergen ab. Im Westen der USA wären die Flüsse ohne die Rocky Mountains traurige Rinnsale. In den Subtropen mit ihrem ausgeprägten Wechsel zwischen Regen- und Trockenzeiten geht nichts ohne hohe Berge. Im tropischen Südamerika sind 100 Millionen Menschen auf das Wasser aus den Anden angewiesen.

Regen, Gletscher, Schnee und Bergregenwälder als Speicher – da ist klar, was das im 21. Jahrhundert bedeutet: Die Wasserspeicher Hochgebirge reagieren empfindlich auf den Klimawandel und das Abholzen oder das Trockenlegen von Feuchtgebieten. Weniger Wald, geringere Schneemengen und schmelzende Gletscher schlagen sich auf die Wasserversorgung der Menschen nieder: Die Lage in Teilen der Rocky Mountains, Südafrikas oder Afghanistans ist bereits kritisch. Die Menschen im Tiefland können sich während der Sommermonate nicht mehr auf die gewohnte »Lieferung« verlassen. Das wird sich noch weiter zuspitzen: In wenigen Jahren soll es in 44 Prozent aller Bergregionen

WASSERFRESSER SCHNEEKANONE

Die Beschneiungsanlagen, die trotz Klimawandels das Geschäft mit dem Wintersport retten sollen, greifen tief in den Wasserhaushalt ein. Mittlerweile werden jährlich 95 Millionen Kubikmeter Wasser für Kunstschnee-Erzeugung eingesetzt – das entspricht dem Verbrauch einer Stadt mit 1,5 Millionen Einwohnern. Um so viel Wasser für den Kunstschnee zu gewinnen, wird aus Bächen und Flüssen Wasser abgezweigt – und es werden Staubecken angelegt. Manche Gemeinde in den französischen Alpen nimmt schon so viel Trinkwasser aus ihren Bächen und Seen für die Kunstschneeproduktion, dass sie für die Menschen Grundwasser pumpen muss. Durch die Kunstschneeproduktion entziehen wir den Bergen Wasser: Wenn die Maschinen ihre Eiskristalle auf die Pisten sprühen, geht ein Drittel des eingesetzten Wassers durch die Verdunstung verloren. Im Frühling bleibt der Kunstschnee zwei bis drei Wochen länger auf den Almen liegen, sodass bei der ohnehin schon kurzen Vegetationsperiode in den Alpen den Pflanzen viel wertvolle Zeit verloren geht, um zu blühen und Samen zu produzieren – und das in Zeiten, wo sie in den Sommermonaten ohnehin schon unter Hitzestress leiden.

ernst werden – auch in den Alpen. Die Folgen sind bereits spürbar: Durch die vielen direkten Eingriffe des Menschen und durch den Klimawandel entsteht beispielsweise in Kärnten seit einem halben Jahrhundert immer weniger neues Grundwasser – der Mangel baut sich auf.

Wenn die Hochgebirge die Wassertürme sind, sind die Grundwasserleiter unterirdische Speicherbecken. Überhaupt: Das Grundwasser ist die wichtigste Süßwasserreserve, die wir haben. Rund 1,1 Prozent des Wassers auf der Erde sind Grundwasser. Das hört sich nach wenig an, aber es ist das Zehnfache dessen, was in allen Seen und Flüssen der Welt zusammen steckt. Grundwasser entsteht, wenn der Regen im Untergrund versickert. Das passiert besonders effizient in Feuchtgebieten oder in Wäldern. Doch allein im

GEFÄHRDETES GRUNDWASSER

In einem Dorf wird ein Brunnen gebohrt, um an das Grundwasser heranzukommen. Das ist recht sauber, denn es ist durch den Untergrund geflossen, der die Verunreinigungen herausgeholt hat. Dann wächst das Dorf zur Stadt. Das Wasser kommt immer noch aus dem Untergrund, aber die Brunnen müssen tiefer gebohrt werden, denn der Grundwasserspiegel sinkt. Deshalb kann sich der Boden senken und unterirdische Hohlräume können entstehen. Weil der Untergrund nicht mehr mit der Verschmutzung fertig wird, müssen Kläranlagen eingerichtet werden. Dennoch versickert ein Teil der Abwässer verschmutzt im Boden. Die Stadt wächst weiter – und das Grundwasser unter ihr ist aufgebraucht. Man stellt die Förderung ein. Daraufhin steigt der Grundwasserspiegel wieder, aber weil die Abwasserleitungen nicht ganz dicht sind und außerdem aus etlichen Betrieben Schadstoffe in den Untergrund dringen, ist das Wasser unbrauchbar. Weil die Menschen aus dem Umland versorgt werden, sinkt auch da der Grundwasserspiegel. Entwickelt sich die Stadt dann zum Ballungszentrum, reicht auch das Grundwasser aus dem Umland nicht mehr. Es wird von weit her geholt und mit teuren Leitungen herangeschafft. Gleichzeitig ist das Abwassersystem in die Jahre gekommen und marode, aber das Geld reicht nicht für eine wirkliche Sanierung. Das Grundwasser unter der Stadt ist nur noch eine Brühe, die zu nichts mehr gebraucht werden kann.

vergangenen Jahrhundert wurde weltweit die Hälfte aller Feuchtgebiete gerodet und trockengelegt, um Äcker und Weiden daraus zu gewinnen. Tag für Tag werden Wälder abgeholzt, und die wachsenden Städte versiegeln die Landschaft. Gleichzeitig setzen wir mehr und mehr Grundwasser ein: als Trinkwasser oder zur Bewässerung. Denn die Flüsse, die man früher vor allem genutzt hat, reichen schon lange nicht mehr. Die Folge: In vielen Regionen fallen die Grundwasserpegel rapide. Weil gleichzeitig in vielen Gegenden, die von der Bewässerung abhängig sind, der Klimawandel für geringere Regenmengen sorgt, wird die Ressource Grundwasser wohl schnell an ihre Grenzen stoßen.

## WEG VOM ALTERTUM

Wenn 2025 etwa acht Milliarden Menschen auf diesem Planeten leben, steht jedem von ihnen ein Drittel weniger Wasser zu als heute. 2050 oder 2070 werden wir mehr als neun Milliarden sein – und spätestens dann gibt es einfach nicht mehr genügend sauberes Wasser für alle, falls wir es weiterhin so nutzen wie derzeit. Wir müssen also klüger werden. Etwa in der Landwirtschaft.

Heute stammen 80 Prozent des Getreides, das in Indien oder China geerntet wird, von bewässerten Feldern. Auch in den Entwicklungsländern, beispielsweise in Afrika, wird kein Weg an der Bewässerung vorbeiführen, wenn die Menschen satt werden sollen. Das geht dort in weiten Gebieten nicht ohne den Einsatz von Grundwasser, denn es gibt schlicht nichts anderes. Das Problem: Dieses Grundwasser ist oft fossil, stammt also aus feuchteren Zeiten in der Erdgeschichte und ist genauso endlich wie eine Ölquelle. Deshalb hat der ehemalige UN-Generalsekretär Kofi Annan im Jahr 2000 die Devise ausgegeben: »More Crop per Drop«. Man soll mit der gleichen Menge Wasser künftig mindestens doppelt so viele Nahrungsmittel erzeugen wie heute.

Die Frage ist nur – wie? Bis vor Kurzem hielt man eine teure und technisch aufwendige Bewässerung, bei der Tröpfchen für Tröpfchen direkt an die Pflanzenwurzel gebracht wird, für den Königsweg. Es scheint auch einsichtig, dass das weniger Wasser verbraucht, als wenn man es mehr oder weniger großzügig über das ganze Feld verteilt. Aber der Eindruck kann trügen: Beispielsweise wachsen die Pflanzen mit dieser Methode so viel besser, dass sie mehr Wasser verbrauchen als bei der klassischen. Also erklären Wissenschaftler in einer Bilanz, dass die Tröpfchenbewässerung durchaus manchmal schlechter abschneiden kann, dass es kein Patentrezept für das Wassersparen in der Landwirtschaft ist. Andererseits verhindert die Tröpfchenbewässerung in heißen Ländern das Versalzen der Böden, denn wenn auf die Feldern reichlich Wasser verdunstet, bleibt Salz zurück und verdirbt die Fruchtbarkeit. Auch das fällt ins Gewicht. Wir werden in Zukunft also mehr nachdenken und prüfen müssen, ehe wir handeln. Um das Wasserproblem zu lösen, wird man wohl an vielen Ecken ansetzen müssen, etwa indem man neue Sorten züchtet, die mehr Ertrag bringen und gleichzeitig weniger Wasser verbrauchen. Dann wäre schon einiges gewonnen.

Um mit den beschränkten Ressourcen länger auskommen zu können, muss Grundwasser auch recycelt werden. Beispiel Australien. Dort hat man damit angefangen, schließlich sind viele Menschen aufs Grundwasser angewiesen, leben im Grunde vom Regen, der vor Jahrmillionen fiel. Man lässt das Brauchwasser nach einer ersten Reinigung wieder im Boden versickern und überlässt den Mikroben und Mineralien den Rest, ehe man es sauber wieder herauspumpt, um es erneut einzusetzen. Im Prinzip klappt das hervorragend, aber es gab in der Vergangenheit auch schon eine böse Überraschung. Böden sind voller organischer Bestandteile – und die reagieren mit dem Chlor, das dem Trinkwasser zugesetzt wurde. Giftige Substanzen entstehen. Ehe man das bemerkte, waren bereits einige Babys mit Geburtsfehlern auf die Welt gekommen. Man musste das Wasser also mit mehr Technik weiter aufbereiten, als man anfangs gedacht hatte.

Für arme Länder könnten aber auch einfachere Lösungen hilfreich sein, die ganz ohne Technik funktionieren. Wie, das zeigt die Region Zinder im Süden des Niger. Sie liegt im Sahel, dem Synonym für Trockenheit, Wüstenbildung und Hungersnot. In den 1970er und 1980er Jahren sah es in Zinder genauso aus wie überall im Sahel: verdorrt. Damals suchten katastrophale Dürren die Gegend heim, die Menschen starben. Wer aber heute hier auf einer Anhöhe steht und übers Land blickt, glaubt, auf einen Wald zu schauen. So weit der Blick reicht, stehen Bäume. Damals, während der Dürren, standen die Bauern mit dem Rücken zur Wand. Auf den Feldern wuchsen keine Bäume mehr, die waren längst zu Brennholz geworden, und Sonne und Wind hatten leichtes Spiel, trockneten den Boden aus. Was sollten sie tun? Da erzählte jemand den Bauern, dass Bäume den Boden schützen. Weil ihnen nichts anderes blieb, pflanzten sie in Eigenregie 120 Millionen Bäume – und zwar einer einheimischen Art, die wenig Wasser braucht.

Heute stehen ihre Hütten im Schatten der Akazien, das Vieh weidet darunter, und sie wachsen auf den Äckern. Diese Bäume können den Stickstoff aus der Luft fixieren –

und düngen so die Felder. Gleichzeitig kann der Wind den Boden nicht mehr fortwehen, die Blätter mildern das Sonnenlicht und die Wurzeln halten das Wasser im Boden fest. Es gibt mehr zu ernten, die Tiere finden mehr Nahrung und die Frauen haben genügend Feuerholz, was ihre Arbeit sehr erleichtert.

Als die Menschen im Niger 2005 an einer schweren Dürre und Hungersnot litten und die Kinder verhungerten, starb in Zinder kein Kind. Aber schon in den Nachbardörfern, die nicht am Projekt teilgenommen hatten, mussten die Mütter ihre Kleinkinder zu Hilfsstationen bringen – und hoffen, dass sie überleben.

Am Loskop-Damm könnte das Schlimmste noch bevorstehen: Der Stausee droht durch den sauren Regen ebenso zu kippen wie die Seen in den 1970er und 1980er Jahren in Schweden. Das Wasser kann die Säure kaum noch puffern. Wenn es umschlägt, sterben nicht nur die Fische, dann werden auch die Felder mit dem sauren Wasser berieselt und die Böden noch mehr geschädigt als ohnehin schon: Schwermetalle werden frei, die die Pflanzen vergiften. Verhindern lässt sich das wohl nicht, denn der Verweis auf Werksschließungen führt in Südafrika zu den gleichen Reaktionen wie überall. In den Slums brauchen die Menschen Arbeit: Sie wollen überleben – und da sind Umweltfragen nicht wichtig, denn Hunger tut weh.

# KAPITEL 11: ANSICHTEN EINES BLAUEN PLANETEN

*Im norwegischen Lurefjord hat eine Tiefseequalle die Herrschaft übernommen. Dort lebt nichts anderes mehr. Biologen haben den Eindruck, dass Quallen ohnehin auf dem Vormarsch sind – unter anderem, weil wir Menschen ihnen mit der Industriefischerei und Raubbau den Weg bereiten.*

Der Anleger Marineholm in der norwegischen Hansestadt Bergen. Es ist kurz nach 22 Uhr, und es regnet in Strömen. Auf dem Heck des Forschungsschiffs *Håkon Mosby* herrscht Hochbetrieb. Gleich brechen wir zum Lurefjord nördlich von Bergen auf. Die Meeresbiologen wollen auf die Jagd gehen: nach der Tiefseequalle *Periphylla periphylla.* Sie ist die uneingeschränkte Herrscherin des Lurefjords. Ihre Feinde, die Fische, hat sie ausgeschaltet. Seit 30 Jahren leben dort statt Kabeljau und Hering nur noch Quallen, nur noch rote Nesseltiere.

Quallen gibt es schon »ewig«: seit mehr als 550 Millionen Jahren. Ihre fragile Gestalt ist ein uralter Entwurf des Lebens, der sich kaum verändert hat. Kein anderes Tier hat so gut die unwirtlichsten Zeiten auf der Erde überstanden. Die Qualle eroberte die Meere, von der Tiefsee bis ins Flachwasser, fand sogar den Weg in Süßwasserseen. Vorurteilslos betrachtet, sind Quallen mit ihren zarten Schirmkörpern elegante Tiere. Sie bestehen aus zwei durchsichtigen Hautschichten mit Gallerte dazwischen. Sie haben weder Hirn, noch Blut, kein Herz, sind im Grunde nur Haut, Magen und Mund – plus Nervensystem. Dieses Nervensystem liegt unter der äußeren Haut. Mit einem Netz von Nervenzellen empfängt die Qualle Licht, Wärme oder Schwingungen. Sie nimmt Geschmack wahr, unterscheidet zwischen hell und dunkel – Fähigkeiten, die sie für die Jagd braucht, und Quallen sind gefährliche Jäger.

Kurz nach Mitternacht. Wir laufen aus. *Periphylla* gibt den Forschern Rätsel auf. Auf hoher See trifft man sie nur einzeln an. Sie ist ein Weltbürger, der in Tiefen von mehr als 1000 Metern lebt. Der Lurefjord ist jedoch nur 600 Meter tief. Warum hat sie ihn erobert? Und wie? Ist es ein natürliches Phänomen, oder hat der Mensch da seine Finger im Spiel? Denn auch in Teilen des Schwarzen Meeres hat eine Verwandte *Periphyllas* die Herrschaft übernommen.

2.30 Uhr, angekommen. Wolken jagen über den Himmel, verdecken immer wieder den Vollmond. Im Scheinwerferlicht der *Håkon Mosby* tanzen Dutzende roter Tiefseegeschöpfe an der Oberfläche. Gerade lassen die Forscher eine Batterie von Sensoren hinab. *Periphylla* kommt aus der Finsternis der Tiefsee. Dort schützt sie ihre rote Farbe wie eine Tarnkappe. Aber im Licht zerfällt das rote Pigment, zersetzt ihre Organe, tötet sie. Im Kontrollraum laufen die Messungen ein. Temperatur, Sauerstoff- und Salzgehalt scheinen unterhalb von etwa 100 Metern abwärts recht konstant zu sein.

9.15 Uhr. Der Lurefjord glitzert in der Sonne. Er ist nicht der einzige Fjord in Norwegen, den sich *Periphylla* untertan gemacht hat. Allen ist gemeinsam, dass sie sehr tief sind und zum Meer hin hohe Felsbarrieren haben, so dass der Fjord zu einer Art Miniatur-Ozean wird, aus dem die Tiere nicht mehr von den Meeresströmungen heraus-

Marsh Youngblouth vom Harbor Branch Oceanographic Institute in Florida seziert an Bord der *Håkon Mosby* eine Tiefseequalle. *Periphylla periphylla* hat in Norwegen den Lurefjord übernommen. Dort lebt nur noch sie.

geschwemmt werden können. Dort finden sie mehr als genug an Nahrung, die ihnen niemand mehr streitig macht, und sie können sich ungehindert fortpflanzen. Deshalb leben heute auch so einige 100 Millionen Tiefseequallen im Lurefjord. Auf dem Tiefensonar zeichnen sie ein dichtes Band, das sich im Lauf des Tages mal höher, mal tiefer durchs Wasser zieht.

21.05 Uhr. Das Tauchboot *Aglantha* wird ausgesetzt. Der Kran hebt es ins Wasser, dann wird es ausgehakt, verschwindet in der Tiefe. Auf dem Radar sind zahllose Quallen zu erkennen. Die Großen streben nach oben, während sich die Kleinen in der Tiefe zusammendrängen. Die Arbeit im Computerraum beginnt.

21.40 Uhr. Das Tauchboot ist auf dem Boden angelangt. Die Kamera zeigt Seeanemonen. Auch die sind hier recht häufig, denn sie fressen Quallen, wenn ihnen die Strömung zufällig ein Tier in die Tentakel treibt. Aber gegen die Übermacht können sie nichts ausrichten.

Meeresbiologen wie Ulf Båmstedt von der Universität Umeå in Schweden, der die seltsame Machtübernahme der Qualle erforscht, glauben, dass Quallen weltweit auf dem Vormarsch sind. An der Atlantikküste verstopfen sie Fischernetze, an der Ostsee leiden Badegäste unter Schwärmen von Ohrenquallen, im Golf von Mexiko frisst die eingeschleppte Wurzelmundqualle die Fischgründe leer. Zwar gibt es natürliche Rhythmen, aber explodierende Quallenbestände weisen auf Stress im Ökosystem hin – oft verursacht durch den Menschen.

Da die Jugendstadien fast aller Quallen Steine zum Siedeln brauchen, fördern wir sie mit jeder Mole, Hafenanlage und Boje. Dazu kommt die Überdüngung der Meere, denn das bedeutet mehr Plankton, und mehr Plankton bedeutet mehr Nahrung für *Periphylla* und Co. Der wichtigste Faktor ist jedoch die Überfischung: Fehlen die Fische, übernehmen Quallen die Spitze der Nahrungskette. Zum Beispiel in der Beringsee zwischen Nordamerika und Asien. Die Fischlarven in den überfischten Zonen werden von Braunen Nesselquallen gefressen, denn nichts hält sie in Schranken. Der Beringsee könnte also ein ähnliches Schicksal drohen wie dem kleinen Lurefjord.

## DER GROSSE FISCHZUG

Die Meere bedecken mehr als zwei Drittel der Erdoberfläche, aber wir kennen die Welt unter den Wellen kaum: Hunderte, ja Tausende von Metern unter den Schiffen liegt eine schier endlose Landschaft aus Schlick, aus der einzelne

Seeberge aufragen und die von langen Ketten aus vulkanischen Gebirgen durchschnitten wird, den mittelozeanischen Rücken. Von den Lebewesen, die dort unten wohnen, kennen wir nur einen Bruchteil, und wir lernen gerade erst mehr über die ökologischen Zusammenhänge. Vielleicht ein bisschen spät, denn wir haben diesen riesigen Lebensraum bereits kräftig geplündert. Bislang lieferten die Ozeane etwa 80 Prozent aller aus dem Wasser gewonnenen Nahrungsmittel, und dabei interessieren uns Menschen vor allem die Fische. 2006 lag die weltweite Fangmenge bei etwa 80 Millionen Tonnen – plus dem, was durch die illegale Fischerei in den Netzen landet. Vieles, was aus dem Wasser geholt wurde, wird keineswegs von den Menschen verspeist, sondern endet als Fischmehl in den Trögen der Massentierhaltung oder füttert andere Fische in den Fischfarmen.

Noch vor 50 Jahren schien der scheinbar unerschöpfliche Reichtum der Meere problemlos selbst eine stetig wachsende Weltbevölkerung satt machen zu können. Ein Irrtum: Inzwischen setzt der Mensch einige Zehntausend Industrieschiffe ein, die den Fang sofort vor Ort verarbeiten. Die Brücke eines Hightech-Trawlers mit Fischfabrik und Gefrieranlage gleicht mehr der eines Raumschiffs: mit Computern, Bildschirmen, Joysticks zur Steuerung des Schiffes und der Netze, Satellitennavigation und hohen Sesseln, in denen man scheinbar schwerelos im Raum schwebt.

Moderne Fangflotten orten ihre Beute mit hoch genauen 3-D-Sonargeräten, die Schallwellen aussenden und damit die großen Schwärme entdecken können. Mit digitalen Karten und GPS lassen sich die Meere selbst direkt an scharfkantigen Riffen oder Wracks plündern, ohne die teuren Schleppnetze zu zerreißen. Auf offener See umfahren die Trawler die Schwärme mit ausgelegten Netzen und holen sie dann bis auf den letzten Fisch ein. Starke Motoren ziehen diese riesigen Netze selbst noch aus 2000 Metern Wassertiefe wieder hoch. Bis zu 100 Kilometer lange Treibnetze spannen sich wie senkrecht stehende Vorhänge auf und warten auf Beute, ebenso wie die bis zu 130 Kilometer langen Langleinen mit Zehntausenden von Haken dran. Selbst der Meeresboden ist nicht mehr sicher. Ihm rücken die Fischer mit Grundschleppnetzen zu Leibe. Mit zentnerschweren Metallreifen beschwert, fräsen sie durch den Meeresboden und zerschlagen wahllos Muschelbänke, Riffe und Seegraswiesen – und damit die Kinderstuben vieler Fischarten. Die schweren Metallketten, die die am Boden sitzenden Fische aufscheuchen, sind auch nicht besser. Zurück bleibt Zerstörung.

Die moderne Technik der Industriefischerei ist nur ein Grund für den Niedergang der Meere. Ein anderer ist der »Beifang«. Das Wort klingt harmlos, aber Schätzungen zufolge gehört etwa ein Drittel des Fanges nicht in die Netze, bei den Schollen und Krabben sind es sogar 80 Prozent. Beifang entsteht, weil weder Netze noch Langleinen zwischen den Arten unterscheiden können: Krabben, Seesterne, Albatrosse, Meeresschildkröten, Delfine, Robben, Haie, Rochen – selbst Buckelwale enden versehentlich im Fang. Fische werden auch dann zu Beifang, wenn nicht alles verarbeitet werden kann oder wenn sie zu klein sind, um verkauft werden zu dürfen.

Oder wenn sie nicht zur Fangquote passen. Die soll die Tiere eigentlich schützen, indem politisch festlegt wird, wie viel gefangen werden darf. Aber erstens sorgen Nationen mit großen Fangflotten wie Großbritannien, Spanien oder Frankreich meist dafür, dass diese Quote nicht zu knapp ausfällt, und zweitens führt sie zu einer beispiellosen Verschwendung. Gezählt und registriert wird nur der letztlich an Land verkaufte Fisch. Wer Kabeljau fischt, will sich nicht die Fangquote für andere Fische verderben: Also wird alles andere zu Müll. Die Tiere werden aussortiert und zurück ins Wasser geworfen. Wer nicht schon im Netz gestorben ist, verendet an Bord und landet tot oder halbtot wieder im Wasser.

Es geht aber noch absurder – Geisternetze. Früher, als die Netze noch aus Hanf oder Baumwolle gefertigt waren, verrotteten sie im Wasser, wenn sie verloren gingen oder im Sturm gekappt werden mussten. Seitdem Plastik in der Fischerei Einzug gehalten hat, schweben zahllose Geisternetze im Meer. In einem einzigen Seegebiet vor Schottland werden Tausende von Geisternetzen vermutet. Etwa 50 Fischereischiffe arbeiten dort regelmäßig. Auf einer einzigen Fahrt wirft jedes von ihnen bis zu 1000 Stellnetze aus – da ist Verlust schon eingeplant. Wenn Stürme die Bergung unmöglich machen oder die Besatzungen die Netze nicht wiederfinden, werden sie zu sinnlos tötenden Fallen.

Geisternetze können für Hunderte von Jahren fischen. Wo sie herrenlos durchs Wasser ziehen, fangen sie alles, was in ihre Nähe kommt: Fische, Meeressäuger und Seevögel. Sie fischen einfach immer weiter. Sind sie voll, sinken sie ab, die Kadaver verrotten – und die Netze steigen wieder auf und machen weiter, bis sie sich vielleicht eines Tages an einem Felsen verheddern und hängen bleiben. Vor allem in den schlammigen Weiten der Tiefsee sind sie nicht zu stoppen. Dort unten, wo Nahrung Mangelware ist, duften die verrottenden Kadaver unwiderstehlich – die hungrigen Tiefseewesen schwimmen in die Falle. So werden Geisternetze niemals leer. 2006 ließen irische und britische Fischereibehörden in drei Fanggebieten vor Schottland nach ihnen suchen: Innerhalb eines Monats wurden 236 eingesammelt. Nicht mehr als ein netter Versuch, denn weltweit kommen täglich Hunderte neuer Netze dazu. Die Experten haben noch nicht einmal eine Ahnung, wie viele Tonnen Fisch sie vernichten.

Da wundert es nicht, dass der Bestand an begehrten und teuren Fischarten wie Thunfisch, Schwertfisch oder Hai um 90 Prozent zurückgegangen ist. Mehr als die Hälfte aller Fischbestände gelten als bis an die biologische Grenze befischt. Das heißt, man muss sie in Ruhe lassen, wenn sie nicht verschwinden sollen. Ein weiteres Viertel gilt sogar als überfischt beziehungsweise völlig erschöpft – auch weil die für die Fortpflanzung wichtigen Altfische auf den Tellern oder in den Futtertrögen dieser Welt landen.

Fast alle leicht erreichbaren Fischgründe sind schon seit Langem nahezu vollständig ausgebeutet. Deshalb haben es die vielleicht 3,5 Millionen kleinen Fischer, die morgens früh in ihren Booten auf das Meer hinausfahren und ein paar Kilo oder auch Zentner Fisch zurückbringen, immer schwerer. Sie stehen mit dem Rücken zur Wand.

## DIE GESCHICHTE DES ROTEN GRANATBARSCHS

Als der Fisch rar wurde, wichen die Fangflotten aus, zunächst in immer entferntere Fischgründe. Dann waren auch die leer, und man sah sich nach neuen Quellen um. Die Fischer entdeckten in der Tiefsee die Pelagischen Panzerköpfe. Das war Ende der 1960er Jahre. Russische und japanische Fangflotten machten bei den Emperor Seamounts nordwestlich von Hawaii Jagd auf den Fisch und fingen 900 000 Tonnen. Und das war es dann. Die Russen und Japaner haben sie alle aufgegessen.

Eine neue Beute musste her. In den Gewässern vor Neuseeland tauchten russische und japanische Forschungsexpeditionen auf – und entdeckten den Granatbarsch, der damals noch Schleimkopf hieß. Zunächst hatte er Glück: Die dicke Schleimschicht, die ihn überzieht, wirkt wie eine halbe Flasche Lebertran. Als die Besatzung den neuen Fisch an Bord probierte, bekamen sie schrecklichen Durchfall – und ließ die Netze davon. Aber dann gingen die Neuseeländer selbst in ihren Gewässern auf Tiefseefischfang. Unmengen an Granatbarsch ging in die Netze, aber niemand wollte diese seltsamen orangeroten Fische essen – bis man den Schleim entfernte und den Fisch marktwirksam in Granatbarsch umtaufte. Er schmeckte gut, und das war sein »Durchbruch«, erinnert sich Tony Koslow vom Scripps Institute in La Jolla, Kalifornien.

Wir sitzen im Büro von Tony Koslow. Unter dem Rauschen der Klimaanlage ahnt man die Brandung des nahen Pazifiks, und auf dem Fensterbrett versammeln sich filigrane Tiefseeschwämme neben ausdrucksvoll gewundenen Hirnkorallen. Tony Koslow ist Meeresbiologe und einer der Pioniere in der Erforschung des Granatbarschs. Der Granatbarsch ist ein Fisch, der sich Zeit lässt: Er wird bis zu 150 Jahre alt und pflanzt sich mit 35 Jahren zum ersten Mal fort. Tony Koslow hatte Ende der 1980er Jahre einen Job bei der australischen Regierung angenommen. Er sollte ein Forschungsprogramm zum Granatbarsch leiten. Kurz bevor er damit begann, war auf Tasmanien eine Art Goldrausch ausgebrochen. Im Hafen von Hobart liefen Schleppnetzfischer ein, die fast überquollen: In ihren Laderäumen steckten 100 Tonnen Granatbarsch – Wert: 100 Millionen Dollar. Jede Fahrt brachte ein Vermögen ein – da war es egal, dass man an den untermeerischen Vulkankegeln, die die Granatbarsche als Lebensraum bevorzugten, immer Gefahr lief, ein Netz zu verlieren. Der Gewinn war das Risiko wert. Dicht an dicht standen die orangefarbenen Fische dort unten, man musste sie nur einsammeln.

Besonders ergiebig war St. Helens Hill, ein kleiner Vulkan, der etwa 500 Meter über den Meeresboden aufragte. Unterwasserberge wie dieser sind so etwas wie die Urwälder der Tiefsee. Niemand weiß, wie viele es gibt, 100 000, 200 000, ein paar Millionen? Aber anscheinend ist fast jeder von ihnen ein kleines, ökologisch höchst wichtiges Paradies. Denn während der Schlick des Tiefseebodens vor allem das Reich der Würmer und Schnecken ist, die sich dort von der kargen, herabrieselnden Kost aus abgestorbenem Plankton und Fischkot ernähren, sind die Unterwasserberge für Tiefseeverhältnisse geradezu ein Schlaraffenland. Sie ragen auf, stören die Strömungen. Dort sammeln sich die winzigen Planktonwesen an, die im Wasser schweben und zur Mahlzeit der Tiere werden, die sich an den Fels der Unterwasserberge klammern – allen voran die Tiefwasserkorallen. Die müssen in der ewigen Nacht der Tiefsee allein klarkommen: Sie haben keine Algenpartner, die ihnen bei der Ernährung helfen, aber trotzdem bauen sie gewaltige Riffe auf. Diese Korallenwälder sind reiche Ökosysteme, in denen Krabben leben und dürre Schlangensterne, Würmer und Schwämme – und Fische, jede Menge Fische. Einer von ihnen ist der Granatbarsch. Und am St. Helens Hill waren sie besonders häufig, denn es war ihr Laichplatz: In jedem Juli kamen sie von weither vor die Küste Tasmaniens und drängten sich dort zusammen. Das Fanggebiet war so klein, dass immer nur ein Trawler fischen konnte, erzählt Tony Koslow. Und während der eine arbeitete, warteten Dutzende anderer in der Reihe darauf, sich die Lagerräume vollstopfen zu können.

St. Helens Hill blieb zerstört zurück. Die Granatbarsche sind verspeist, die Korallenwälder zerschlagen – so wie an Hunderten von anderen Seebergen auch. Die Schleppnetze brauchten nur zwei, drei Minuten, um 70 Tonnen Granatbarsche vom Meeresboden zu holen – und nach fünf Jahren war in Tasmanien alles vorbei. Tony Koslow konnte das damals nicht verhindern. Er erinnert sich: »Als die Fischer erkannten, wie alt die Granatbarsche waren, wie langsam sie sich fortpflanzten und wie klein der Bestand war, wurden sie nicht etwa vorsichtiger, sondern sie wollten alles einsammeln, was noch da war, keinen Dollar versäumen.«

Und danach? Danach zogen die Schiffe weiter, wie Heuschreckenschwärme des Meeres. Jetzt gab es ein paar fette Fangjahre an den Unterwasserbergen im Indischen Ozean. Inzwischen sind die im Nordatlantik dran. Dort arbeiten selbst Fischer aus Neuseeland. Und wo sie gewesen sind, verschwinden die Granatbarsche. Zwar werden Unterwasserberge zunehmend unter Schutz gestellt – zumindest einige von ihnen –, aber die Trawler sind schnell, und es wird nicht nur legal gefischt … Es besteht durchaus die Gefahr, dass der Granatbarsch das Schicksal des Pelagischen Panzerkopfes teilt.

## ZUCHTFISCH AUS DEM MEER

Weil nur noch drei Prozent der weltweiten Fischbestände als wenig befischt gelten, ist die Aquakultur in Mode gekommen. Warum die Fische nicht einfach züchten? Tatsächlich ist die Aquakultur der am stärksten wachsende Zweig der Fischereiwirtschaft. In den Geschäften gibt es kaum noch Lachs zu kaufen, der nicht aus Zuchtbetrieben stammt. Zu Tausenden leben diese Tiere dicht an dicht gedrängt in einer Art Schwimmkäfig aus Netzen. Das größte Problem ist die Ernährung der Zuchttiere – um ein Kilogramm Zuchtfisch zu erzeugen, muss das Tier mit mehreren Kilogramm Wildfisch gefüttert werden. Die intensive Haltung funktioniert außerdem nur mit reichlich Medikamenten. Krankheiten der in schwimmenden Netzen gehaltenen Fische greifen auf die Wildbestände über. 1995 wurde an der australischen Küste der gesamte Bestand an Anchovis und Sardinen von einem Herpesvirus ausgelöscht, das mit amerikanischen Futtersardinen für Thunfischfarmen eingeschleppt worden war.

Ohnehin ist die Aquakultur bei den vom Aussterben bedrohten Thunfischen pervers. Die stammen nicht aus Zuchtprogrammen, sondern aus Wildfängen. Die Fischer kreisen dazu mit riesigen Netzen einfach ganze Schwärme auf hoher See ein und ziehen sie zu den in Küstennähe liegenden Käfigen. Dort werden sie gemästet, bis sie den in Japan begehrten Fettgehalt erreicht haben. Rund 65 000 Euro ist ein erstklassiger Blauflossenthunfisch auf dem Tokioter Großmarkt Tsukiji wert. Fortpflanzen können sich diese Thunfische nie – die Aquakultur beschleunigt eher ihren Niedergang. Es ist abzusehen, was passieren wird.

## GEHÖRT DIE ZUKUNFT DEN QUALLEN?

Im Jahr 1497 entdeckte ein gewisser Giovanni Caboto – genannt John Cabot –, der völlig verschuldet aus Venedig hatte fliehen müssen, im Auftrag König Heinrichs VII. von England neues Land: Neufundland. Was er fand, war Kabeljau, Kabeljau, nichts als Kabeljau. Schon bald darauf wurde mehr als die Hälfte des Fischs, der im fernen Europa verspeist wurde, in Neufundland gefangen, gesalzen und getrocknet. 1602 berichtete der Engländer Bartholomew Gosmold von einer Stelle, an der es so viel Kabeljau gab, dass die Fischer sich durch die Fische geradezu belästigt fühlten. Noch heute heißt der Ort Cape Cod – Kabeljaukap. Über Jahrhunderte hinweg bot der Kabeljau den Menschen ein gutes Einkommen. Eine ganze Industrie baute auf dem Reichtum des Meeres auf – bis zum 2. Juli 1992. Damals musste die Canadian Grand Banks Northern Cod Fishery aufgeben, denn seit den 1960er Jahren war der Kabeljaubestand um 99,9 Prozent zurückgegangen: Der Bankrott kam nach einem halben Jahrtausend der Firmenexistenz. 30 Jahre Industriefischerei haben gereicht.

Bis heute haben sich die Kabeljaubestände trotz des Fangverbots weder in Kanada noch in den USA erholt. Dazu wurden sie zu sehr überfischt, denn das bedeutet viel mehr, als dass einfach kaum noch Fische da sind. Die Fischer haben immer nur die größten und ältesten Exemplare weggefangen – und die kleinen, schmächtigen, die langsamer erwachsen, sprich geschlechtsreif wurden als die anderen, ließen sie zurück. So verschwanden die Gene der kräftigen Fische aus dem Pool der fortpflanzungsfähigen Tiere.

Als die Bestände durch die Überfischung mehr und mehr schrumpften, kam es zu einer Stressreaktion. Ähnlich wie ein Baum, der bei einer Dürre versucht, durch die Notreife Samen zu produzieren, wurden auch die Fische immer früher und bei immer kleineren Größen fruchtbar. Und es ging weiter bergab. Es kam, wie es kommen musste. Anstatt weit oben in der Nahrungskette zu stehen und die anderen Fische zu verspeisen, wurde der Kabeljau selbst zum

Gejagten. Seine Eier und Larven wurden zur Mahlzeit für Krebse und Kleinfische, die sich ohne ihren einstigen Fressfeind ungebremst vermehren konnten. Das Ökosystem war auf dem Kopf gestellt – aber wenn sich erst einmal ein neues Gleichgewicht eingestellt hat, kommt der Kabeljau nie mehr zurück. Und nicht nur er. Ob Schwertfisch, Thunfisch, Hai, Rochen, Heilbutt oder Steinbutt – alle großen Fische sind verschwunden. Das ändert die Struktur der Ökosysteme – mit ungeahnten Folgen.

Die Meere leeren sich – und das lieben nicht nur die Quallen, sondern auch die Algen und Bakterien. Durch die Überdüngung an Land finden Stickstoff und Co. ihren Weg über das Grundwasser und die Flüsse auch in die Meere. Die Folge sind Algenblüten, die nach ihrem Absterben den Sauerstoffgehalt im Wasser sinken lassen, weil die Blüten ihn bei ihrer Zersetzung aufbrauchen. Dass dies in Seen schnell katastrophal werden kann, ist klar, aber inzwischen wachsen auch in den Ozeanen die »Sauerstoffmangelgebiete«. Zunächst sterben dort die Bodenlebewesen, später dann die Fische, die im freien Wasser schwimmen – und dann ist das Gebiet biologisch tot.

Entdeckt wurden solche Todeszonen in den 1930er Jahren in der Ostsee. Die Ostsee ist ein flaches Binnenmeer und leidet deshalb ohnehin unter Sauerstoffmangel. Aber in den 1960er Jahren weitete sich das Problem aus – genau zu der Zeit, als der Einsatz von Düngemitteln in der Landwirtschaft rasant zunahm. Was den Menschen volle Teller bescherte, schadete den Meeren. 1995 waren 305 Meeresregionen von Sauerstoffarmut betroffen, heute sind es über 400, darunter auch so prominente Gebiete wie das Kattegat vor Schweden. Auf einer Fläche, die etwa zwei Dritteln Deutschlands entspricht, fühlen sich nur noch Bakterien wohl. Geschieht nichts, könnten sie sich bald wieder ausbreiten wie vor Jahrmilliarden, als es noch keine Tiere gab – oder wie es in den Tiefen des Schwarzen Meeres bereits passiert ist. Dort wachsen im sauerstofffreien Wasser wieder Bakterienriffe.

Vielleicht ist der Lurefjord mit seinen Tiefseequallen der Zeit ja nur voraus. Mit dem Netz haben die Meeresbiologen einen Sack voll *Periphylla* gefangen. Dicht an dicht schwimmen die Tiere, wollen fort vom Licht. Zwar treten in jedem Sommer auch anderswo auf der Welt Quallenplagen auf. Aber eine Flachwasserqualle lebt nur ein Jahr, kann in ihrer Saison ihr Gebiet beherrschen und alles auffressen. Dann stirbt sie und andere Tiere übernehmen ihr Territorium. Bei *Periphylla* ist das anders: Diese Tiefseequalle lebt viele Jahre und beherrscht den Fjord auf Dauer.

# KAPITEL 12: DER MÜLL UND DAS MEER

*Der 10. Januar 1992 war ein Albtraum für 28 800 gelbe Entchen, blaue Schildkröten, grüne Frösche und rote Biber. Der Container, in dem sie steckten, ging mitten im Pazifik über Bord, und seitdem treiben sie im Meer. Die Badewannentiere sind zum Symbol geworden: für die gigantische Umweltverschmutzung der Meere.*

Der 10. Januar 1992 war ein verhängnisvoller Tag für 28 800 gelbe Entchen, blaue Schildkröten, grüne Frösche und rote Biber. Der Frachter, der sie von Hongkong nach Tacoma, USA, bringen sollte, kämpfte in schwerer See gegen haushohe Wellen. Drei Container gerieten ins Rutschen – auch der, in dem die bunten Badewannentiere steckten. Mitten im Nordpazifik, ganz in der Nähe der Datumsgrenze, gingen sie über Bord: kein Land weit und breit. Die Monate vergingen. Im Sommer strandeten die ersten Plastiktiere an einer felsigen Küste bei Sitka, Alaska, nach einer Reise von immerhin 3500 Kilometern. Die anderen schwammen weiter. Sie fädelten sich in die Ringströmung im Pazifik ein. Ein paar stiegen in Hawaii aus, andere an den Stränden Australiens, Indonesiens oder Kolumbiens. Seitdem verfolgen Ozeanographen und Weltöffentlichkeit staunend die Odyssee der Planschtier-Armada, die treibt, wohin die Meeresströmungen sie trägt. Sie trotzt nicht nur dem stürmischen Nordpazifik und der Hitze des Äquators, sondern auch der jahrelangen Drift im Eismeer – eben-

Seit 1992 sind 28 800 gelbe Entchen, grüne Frösche, blaue Schildkröten und rote Biber auf einer Reise durch die Weltmeere. Sie sind das niedliche Gesicht eines riesigen Problems: der Meeresverschmutzung.

so wie Milliarden und Abermilliarden anderer Plastikteile.

Kunststoffe werden seit den 1940er Jahren hergestellt. Sie sind leicht, haltbar und billig, und wir haben ungeheuer viel davon: Die Produktion ist von etwa fünf Millionen Tonnen im Jahr 1950 auf jährlich weit mehr als 200 Millionen Tonnen angewachsen. 40 Prozent davon setzen wir als Verpackungsmaterial ein. Erfahrungsgemäß ist das spätestens nach einem Jahr Müll. Dazu kommen noch die Einmalartikel aus Kunststoff, macht insgesamt 80 Prozent – bei einem Material, das Jahrhunderte oder Jahrtausende übersteht.

Vieles davon sammelt sich in der Umwelt an – auch in den Ozeanen. Nach einer Studie des UN-Umweltprogramms

UNEP treiben mittlerweile auf jedem Quadratkilometer Meeresoberfläche 18 000 Plastikteile: Vom Äquator bis zu den Polen – überall dümpelt Plastik. Es geht um gigantische Mengen. Jahr für Jahr werfen Schiffsbesatzungen allein fünf Millionen Tonnen Plastikmüll über Bord, trotz eines internationalen Verbots. Dazu kommt, was die Flüsse mit sich schleppen und was Wind und Wellen von den Stränden und offenen Mülldeponien mitnehmen und vieles mehr.

Plastik ist leicht und schwimmt. Mit der Zeit siedeln sich Mikroorganismen darauf an, auch Algen oder kleine Schalentiere. So wird der Kunststoff irgendwann zu schwer und sinkt. Die UNEP schätzt, dass sich der weitaus meiste Abfall, der im Ozean landet, eines Tages auf dem Meeresboden wiederfindet – vor der Küste ebenso wie in den entlegensten Ecken der Tiefsee. Vor allem in der Tiefsee könnte Plastik ewig halten. Dort unten ist es kalt, es gibt kein Licht, wenig Sauerstoff und die Zerfallsprozesse laufen anders ab als an Land. Sogenannter »biologisch abbaubarer Kunststoff« zersetzt sich dort bei Temperaturen um –1 °C bis 4 °C nicht: An Land brauchen viele dieser Kunststoffsorten um 40 °C.

Im nordwestlichen Mittelmeer liegen vielleicht 300 Millionen größere Plastikstücke am Tiefseeboden, am Boden der Nordsee vor Dänemark 150 Millionen. Hier ist der Traum vom Vereinten Europa wahr geworden, denn im Meer gehört der Müll allen. Am Strand ebenso: Ob Europa, Nord- oder Südamerika, Australien oder Afrika, Indien oder Indonesien, sowohl der Sand als auch das Wasser sind voller winziger Plastikfragmente.

Es gibt keine müllfreie Zone mehr. Noch nicht einmal da, wo das Land ganz weit fort ist. Mitten im Zentralpazifik erstreckt sich eine Wasserwüste – fast so groß wie Afrika.

Die Fischer meiden sie, weil es für sie nichts zu holen gibt. Auch die Segler halten sich fern, denn hier schläft selbst der Wind. Wenn früher Tier-Transportsegler über Wochen in den Rossbreiten in der Flaute steckten und Wasser und Futter knapp wurden, warf man die Pferde, Schafe und Schweine einfach über Bord. In dieser trostlosen Gegend formen die Meeresströmungen den großen Nordpazifischen Wirbel, den größten Mahlstrom dieser Erde. In ihm sammelt sich der schwimmende Müll, ob er nun irgendwo von einer offenen Müllkippe aufs Meer geweht wurde oder von einem Frachter verloren ging. Nach ein paar Jahren tanzt alles im großen Wirbel mit. Also treibt zwischen Nordamerika und Asien die größte Mülldeponie der Welt – so groß wie Zentraleuropa. Alle zwei bis drei Jahre hat es das Treibgut geschafft: Dann hat der Nordpazifische Wirbel es nach 13 000 Kilometern wieder an seinen Ausgangspunkt getragen.

In diesem Wirbel schwimmen pro Quadratkilometer 3 340 000 Stücke Plastikmüll – und dabei sind die Teile, die kleiner sind als ein DIN-A5-Blatt, noch nicht mitgezählt. Mitten im Müllstrom liegen auch die Midway-Islands, im Nirgendwo zwischen Honolulu und Tokio. Berühmt wurden die kleinen Vulkaninseln zum einen als US-Militärbasis im Korea- und im Vietnamkrieg, zum anderen, weil auf ihnen fast zwei Millionen Vögel leben, darunter eine große Albatros-Population, die den Flugplatz gerne für die eigenen Starts und Landungen nutzt. Dort kommen jährlich etwa eine halbe Million Albatros-Küken zur Welt, von denen 200 000 verenden. Als Biologen das näher untersuchten, fanden sie in vielen der Tiere alle möglichen Plastikstücke, von Dübeln bis hin zu Fischködern.

Albatrosse fressen vor allem in der Nacht, wenn die Tintenfische an die Meeresoberfläche steigen, aber sie verschmähen weder Fisch, Fischeier noch Aas, ganz nach dem Motto: Besser den Schnabel voll als wählerisch herumpicken. Wo sich viel Plastikmüll ansammelt, ist das eine gefährliche Strategie. Einige Albatrosse haben Gegenstände verschluckt, die so groß sind wie Feuerzeuge und die sie natürlich nicht verdauen konnten. Sie blieben in ihren Eingeweiden stecken. Die Vögel konnten nicht mehr richtig fressen und starben irgendwann. Wenn man so will, verhungerten sie bei vollem Magen.

Nicht nur Albatrossen ergeht es so. Auch Bilder von Schildkröten, die Plastiktüten für Quallen – ihre Leibspeise – hielten und qualvoll verendeten, gingen um die Welt. Vor allem die Tierarten, die sich ihre Nahrung an der Meeresoberfläche suchen, verwechseln die treibenden Plastikstücke mit dem, was sie normalerweise fressen. Mehr als 95 Prozent der an der Nordsee tot an den Strand gespülten Sturmvögel hatten Plastikteile in ihren Mägen. Durchschnittlich 44 Stück. Auf einen menschlichen Körper umgerechnet, entspräche die Plastikmenge in einigen der sezierten Seevögel einem Ball von mehr als zwei Kilogramm Gewicht und einem Durchmesser von 15 bis 20 Zentimetern.

80 Prozent des Plastikmülls an niederländischen Küsten trägt Schnabelspuren: Die Meeresvögel haben versucht, ihn zu fressen. Auf den nordwestlichen Inseln von Hawaii hat man die seltenen Hawaiianischen Mönchsrobben tot in verlorenen Fischernetzen gefunden, in denen sie sich verheddert hatten, oder sie waren erstickt im Polyethylenring eines Sixpacks. Für Meeresökologen wie Richard Thompson von der Universität von Plymouth sind die Entchen und Frösche deshalb nichts anderes als das friedlich-freund-

liche Gesicht eines ernsten Themas. Wie ernst, zeigt ein Besuch an einem beliebigen Strand dieser Welt. Gleichgültig wo man ist, der Müll ist schon da. Auch in Plymouth. Wenn Richard Thompson am Strand spazieren geht, braucht er sich nur zu bücken und aufzuheben, was die letzte Flut angeschleppt hat: ein halbes Dutzend Flaschenverschlüsse, eine Zahnbürste, drei Plastikflaschen, ein Feuerzeug, Fetzen von Plastiktüten. »Plastik im Meer ist ein riesiges Problem, eines, das wir meist nicht im Blick haben. Es geht um gewaltige Mengen, die sowohl von Land kommen, als auch von Schiffen. Der Plastikmüll nimmt nicht nur Tag für Tag zu, vielmehr ist auch alles, was in den vergangenen 50 Jahren in den Ozeanen gelandet ist, immer noch da.«

Er verändert sich allerdings. Die Brandung schlägt gegen die Felsen, Tag für Tag, Woche für Woche, Monat für Monat, Jahr für Jahr. Im Lauf der Zeit nagt sie so selbst die größten Steine zu feinstem Sand – ebenso wie die Drehverschlüsse, Plastikhelme, CD-Hüllen, Wattestäbchen, Einkaufstüten und was sonst noch alles an Plastikmüll im Meer landet. Er wird zerrieben, bis nicht mehr übrig ist als die »Tränen der Meerjungfrau«: winzige Kunststoffkörnchen, die massenweise in jeder Handvoll Sand stecken.

Der Gehalt an Mikroplastikmüll im Meer steigt schnell an. Dank der Idee des Plymouther Meeresbiologen Alistar Hardy lässt sich das sogar beweisen. Er hatte in den 1930er Jahren Handelsschiffe auf den Nordatlantikrouten überredet, Planktonfallen hinter sich herzuschleppen, die wie gigantische Handtuchspender funktionieren: Ein langes Seidentuch wird über die Öffnung gezogen und filtert das Plankton aus dem Wasserstrom heraus.

Jede Seidenrolle dokumentiert 500 Seemeilen – und sie sind heute eines der wertvollsten Archive der Ozeanographie überhaupt: Es zeigt, dass der Anteil des Mikroplastikmülls in den vergangenen 40 Jahren stark zugenommen hat. 1990 enthielten die Proben dreimal mehr als in den 1960er Jahren. Es kann ungeheuer viel Mikroplastik im Wasser treiben: Im großen pazifischen Müllwirbel gibt es in der obersten Schicht an manchen Stellen sechsmal mehr Mikroplastikmüll als Plankton.

Richard Thompson hat mit seinem Team Sand- und Wasserproben auf winzige Plastikpartikel hin untersucht. Die kleinsten waren feiner als der Durchmesser eines menschlichen Haars. Diese winzige Plastikmüllfraktion bereitet den Forschern besondere Sorgen. Dabei ist es nicht nur der Zahn der Zeit, der zur Vermehrung des Mikroplastiks beiträgt. Inzwischen stecken in vielen Haushaltsreinigern oder in Peelingcremes für Gesicht und Körper statt pulverisierter Kerne oder Meersalz Plastikkügelchen. Die sind oft so klein, dass sie durch die Kläranlagen »rutschen«. Es gibt keine Filter, die so feine Stoffe zurückhalten.

Plastikkügelchen werden auch eingesetzt, um alte Farbe oder Überzüge von Flugzeugen oder Schiffen zu entfernen. Früher nahm man dafür Sand, aber Plastik reinigt sanfter, weshalb man es besonders zur Reinigung empfindlicher Flächen einsetzt. Prinzipiell ist auch nichts falsch daran, aber dummerweise werden die mit Farbstoffen beladenen Kügelchen längst nicht immer ordentlich entsorgt. Wenn diese sehr, sehr kleinen Plastikteilchen im Abwasser enden, landen sie irgendwann im Meer – und zeigen dort ihr anderes Gesicht.

Wenn Plastik erst einmal puderfein zermahlen ist, ist die Oberfläche der Körnchen insgesamt gesehen ungeheuer groß. So groß, dass Meerwasser die Additive wie Flammschutzmittel, Weichmacher oder antimikrobielle Substanzen, die bei der Produktion der Kügelchen zugefügt worden sind, freisetzen können. Außerdem saugt Mikroplastik Chemikalien auf wie ein Schwamm – und Gifte wie DDT, Dioxine und PCB gibt es im Meer reichlich. An den Oberflächen des Plastikmülls liegen ihre Konzentrationen tausendmal höher als im Meerwasser.

Weil Mikroplastik so klein ist, wird es von Lebewesen wie Muscheln oder Würmern sehr leicht gefressen. Ist der feine Plastiksand für die Muscheln und Würmer das, was die Plastikfeuerzeuge für Vögel sind? Um das herauszubekommen, hat Richard Thompson Aquariumsexperimente mit Entenmuscheln durchgeführt, die Plankton aus dem Wasser filtern, ebenso mit Wattwürmern, die im Schlamm leben und ihre Nahrung von den Sandkörnern schlürfen, und auch mit Sandflöhen, die organische Strandabfälle verarbeiten. Diese Organismen stehen unten in der Nahrungskette. Für Richard Thompson war es deshalb erschreckend, dass sie sich regelrecht auf die mundgerechten Plastikhäppchen stürzten und den Mikroplastikmüll fraßen. Waren die Bissen zu groß, blieben sie im Verdauungstrakt stecken. Waren sie klein genug, passierten sie ihn scheinbar unverändert – aber wohl nur scheinbar. »Wir haben Mikroplastikmüll, der mit Schadstoffen beladen war, im Laborexperiment den Bedingungen ausgesetzt, der im Verdauungstrakt der Wattwürmer herrscht. Und tatsächlich wurden die Schadstoffe freigesetzt. Schon kleine Mengen an Plastik erhöhen die Schadstoffbelastung eines Wattwurms also erheblich«, so Thompson. Und der Wattwurm wird schließlich ja auch gefressen … Je höher ein Tier in der Nahrungskette steht, umso mehr Gift sammelt sich in ihm an. Selbst Tiefseefische weisen heute so hohe Gehalte an Chemikalien auf, dass man in den Vereinigten Staaten Schwangere vor dem reichlichen Verzehr warnt. Was wir in die Umwelt verklappen, landet also irgendwann wieder auf unserem Tisch.

## DER SCHWARZE TOD VON DER EXXON VALDEZ

Dabei geht es nicht »nur« um unseren Plastikmüll und das, was er aufsaugt. Es geht um alle Schadstoffe, die wir freisetzen. Da ist Plutonium aus den Atomwiederaufbereitungsanlagen, diverse Industrieabwässer, Quecksilber, organische Umweltgifte wie polychlorierte Biphenyle (PCB). Das Meer bekommt über Flüsse, Grundwasser und Abflussrohre so einiges ab: die Abwässer, die Rückstände von Düngemitteln und Pestiziden – und jede Menge Öl.

Das meiste stammt von Land. Öl, das in den Boden versickert und ins Grundwasser gelangt oder als Film auf einem Fluss schwimmt – irgendwann erreicht es das Meer. Ein weiterer Teil gelangt direkt durch chronische kleine Schweinereien hinein, wie etwa das »kostenlose« Reinigen der Tanks auf hoher See, indem man sie mit Meerwasser ausspült, um im nächsten Hafen die Gebühren für eine umweltverträgliche Reinigung zu sparen. Das Öl kann auch aus undichten Pipelines sickern oder direkt von den Ölplattformen kommen. Die fördern ein Gemisch aus Öl, Gas und Wasser nach oben, wo das Wasser vom Öl getrennt und das Wasser als sogenanntes Produktionswasser ins Meer zurückgeleitet wird – je länger an einer Stelle gefördert wird, desto mehr Produktionswasser muss verklappt werden.

*Das* Symbol für die Ölverschmutzung der Meere sind jedoch die Tankerhavarien. Sie machen zwar nur fünf Prozent der Gesamtbelastung aus, aber dafür ist die Verschmutzung konzentriert und umso gravierender für die Umwelt. Besonders die *Exxon Valdez* hat sich in das Gedächtnis der Menschheit eingegraben. Sie ist im Bereich Ölunfall das, was Tschernobyl bei den nuklearen Katastrophen ist.

Alles begann am 23. März 1989. Der Supertanker *Exxon Valdez* befand sich auf dem Weg von der Ölverladestation der Trans-Alaska-Pipeline in der Hafenstadt Valdez in Richtung Kalifornien. 163 000 Tonnen Rohöl schwappten an Bord des 300 Meter langen Schiffes. Der Lotse, der das Schiff sicher durch die Valdez-Meerenge gebracht hatte, ging von Bord. Kapitän Joseph Hazelwood übernahm das Kommando. Weil Eisberge auf der normalen Route gemeldet worden waren, ordnete er an, den Kurs zu verlassen, ging in seine Kajüte und betrank sich. Das Kommando hatte er einem seiner Offiziere überlassen.

Aus unerfindlichen Gründen kehrte das Schiff nicht auf seine alte Route zurück – und das Unglück nahm seinen Lauf: Um 0.04 Uhr rammte die *Exxon Valdez* durch einen Manövrierfehler das Bligh Riff vor der Südküste Alaskas. Die *Exxon Valdez* war zwar ein Riese, aber ein sehr verwundbarer, denn das ganze Öl war nur von einer einfachen Schiffswand umgeben. Als sie leck schlug, gab es keine Rettung mehr. Große Mengen Rohöl liefen aus.

Zunächst war das Wetter ruhig – aber das für Notsituationen bereitstehende Schiff war nicht einsatzfähig, und weil man auch nicht genügend Ausrüstung hatte, eine solche Menge Öl zu bergen, geschah erst einmal so gut wie nichts. Man hoffte einfach nur. Doch dann breitete sich der Ölteppich aus und ein Sturm zog auf. Der riss den zunächst sieben Kilometer langen Ölteppich auseinander, verteilte ihn auf eine Länge von mehr als 70 Kilometern. Das Öl

TÖDLICHE LANDUNG

Öl ist leichter als Wasser und bildet deshalb an der Oberfläche einen Ölteppich, der die Wellenbewegung dämpft. Das ruhige Wasser zieht Seevögel an – aber die Landung auf dem verlockenden Areal ist tödlich. Das zähflüssige Öl verklebt ihr Gefieder, und sie sterben.

Um das Öl zu bekämpfen, wird es mit Spezialschiffen abgesaugt – falls das funktioniert. Chemische Mittel, die das Öl verklumpen und auf den Meeresgrund absinken lassen, sind problematisch, weil sie den Ozeanboden vergiften.

Erreicht das Öl die Küste, ist die Katastrophe perfekt, denn es gelangt auch in tiefere Sandschichten, wo es nicht mehr abgebaut wird. Gegen Ölkatastrophen hilft nur eines: sie verhindern. Unter anderem, indem man doppelwandige Tankschiffe einsetzt, aus denen die tödliche Fracht nicht so leicht hinausläuft.

trieb auch an Land und verschmutzte mehr als 2000 Kilometer empfindlicher arktischer Meeresküste.

Seit damals geht der Schwarze Tod um in Alaska. Erst tötete das Öl direkt. Kormorane, dick mit Öl überzogen, das höllisch in ihren Augen brennt, auf der Zunge klebt und alles verkleistert, zu schwach, um zu stehen. Sie versuchen, ihre Flügel zum Trocknen auszubreiten. Es geht nicht mehr. Verzweifelt reinigen Freiwillige die weniger mit Öl verdreckten Tiere, baden sie geduldig in warmem Spülwasser. Wenigstens ein paar wollen sie retten. Meist vergebens, denn das Öl vergiftet die Tiere, zerstört ihre inneren Organe.

Die erste Bilanz 1989: Mindestens 250 000 Seevögel starben, es können aber auch bis zu 675 000 gewesen sein.

3500 Seeotter verendeten. 300 Robben überlebten das Desaster nicht, ebenso 22 Schwertwale. Am Meeresboden verendeten ungezählte Muscheln, Seesterne, Krabben, Krebse, Schnecken und Bodenfische. Milliarden von Fischeiern in den Laichgründen des Prinz-William-Sunds wurden vernichtet. Die Nahrungskette riss. Für die Menschen, die bis dahin als Fischer vom Meer abhingen, war ihr altes Leben von einem Tag auf den anderen vorbei. Die Wirtschaft einer ganzen Region brach zusammen, und die Fischbestände haben sich bis heute kaum erholt.

Auch 20 Jahre später verhindert das Öl, das an manchen Stellen noch tonnenweise im Sand verborgen ist, dass sich Vögel und Seeotter erfolgreich fortpflanzen. Es tötet immer noch, wenn Tiere auf der Nahrungssuche im Sand graben. Ehe das Öl auf natürliche Weise verschwunden ist, werden wohl noch Jahrzehnte vergehen: In den kalten, arktischen Gebieten baut es sich sehr viel langsamer ab als anderswo.

Die Gerichte bescheinigten Exxon, fahrlässig gehandelt zu haben, da die Alkoholkrankheit von Kapitän Joseph Hazelwood aktenkundig war. Man ließ ihm trotzdem das Kommando über einen gewaltigen Öltanker. Der Konzern wurde zu einer Strafe von fünf Milliarden US-Dollar verurteilt – zu zahlen an die kommerziellen Fischer, die Ein-

> NUR EIN PAAR TANKERUNGLÜCKE …
>
> 1991 verseuchte die *Amoco* den Golf von Genua in Italien, 1999 havarierte der überalterte Tanker *Erika* vor der Bretagne. 2002 brach die *Prestige* vor der Küste Spaniens auseinander, und 70 000 Tonnen Schweröl landeten im Atlantik, vernichteten die Existenz vieler Familien, töteten Hunderttausende von Seevögeln und Fischen.

wohner Alaskas und weitere Betroffene – und zu 287 Millionen US-Dollar Entschädigung für die wirtschaftlichen Auswirkungen des Ölunfalls. Hazelwood musste 5000 Dollar Strafe zahlen. Nach langem gerichtlichem Hin und Her erklärte sich Exxon am 27. August 2008 bereit, 75 Prozent des auf 507 Millionen US-Dollar geschätzten Schadens zu zahlen. Die Milliarden-Strafe, zu der sie zunächst verurteilt worden waren, hatte der Oberste Gerichtshof der USA ihnen erlassen. So kam Exxon mit 383 Millionen US-Dollar davon, die an die 33 000 kommerziellen Fischer und andere Geschädigte, die den Konzern verklagt hatten, weil sie ihre Arbeit durch die Katastrophe verloren, ausgezahlt wird.

## WENN MEERE SAUER WERDEN

Vieles von dem, was wir den Meeren antun, ließe sich leicht vermeiden. Die Folgen von Tankerhavarien wären geringer, wenn nur noch Schiffe mit doppelten Wänden fahren dürften – und wenn sie ordentlich instand gehalten würden. Und der Plastikmüll ließe sich stark eindämmen, wenn die Mülldeponien an Land richtig abgedeckt wären, wenn das Verbot des Entsorgens von Plastik auf hoher See von allen eingehalten, wenn Plastiktüten oder die gefährlichen Plastikringe um Sixpacks einfach verboten wären – so wie es in einigen Küstenorten bereits der Fall ist.

Gegen anderes können wir nichts machen. Wir haben es zwar verursacht, aber es geht uns wie Goethes Zauberlehrling: Die Geister, die wir riefen, werden wir nicht mehr los. Das gilt vor allem für die Meeresversauerung. Ein beträchtlicher Teil des Kohlendioxids löst sich im Meerwasser. Wind und Wellen arbeiten es ein. Dadurch schwächt sich zwar der Treibhauseffekt ab, aber auf der anderen Seite wird das Meerwasser sauer. Deshalb schwimmen während des Sommers im dunklen Wasser des norwegischen Raunefjords südlich von Bergen seltsame Behälter: jeweils zehn Meter lang, zwei Meter breit, mit einer hohen lichtdurchlässigen Haube bedeckt. In diesen überdimensionierten Reagenzgläsern stecken Modellökosysteme: 27 Kubikmeter Zukunftsozean, erklärt der Kieler Meeresbiologe Ulf Riebesell vom Leibniz-Institut für Meereswissenschaften, der in den Modellwelten diesmal Plankton auf eine Zeitreise geschickt hat – und zwar ins Jahr 2100 und ins Jahr 2150. Während die vielen Klimaprognosen daran kranken, dass niemand sagen kann, ob die mittlere Temperatur der Erde bis 2100 nun um 1,8 °C steigen wird oder um 4,1 °C, lässt sich ganz einfach ausrechnen, wie sich die Meereschemie verändern wird. »Vorausgesetzt, dass die Menschheit weiterhin so viel $CO_2$ ausstößt wie bisher. Dann haben wir zwei- bis dreimal so viel Kohlendioxid in der Luft wie heute.«

Mehr Kohlendioxid in der Atmosphäre bedeutet nicht nur, dass sich die Erde aufheizt, sondern die chemische Reaktion sorgt zusätzlich für Schwierigkeiten, über die vor zehn Jahren kaum jemand nachgedacht hat. Vor ähnlichen Überraschungen werden wir wohl auch künftig immer wieder stehen. Also: Das Kohlendioxid löst sich im Wasser, die Ozeane werden sauer – und zwar so sauer wie sie es das letzte Mal beim Aussterben der Saurier waren. Nicht so leicht vorhersagen lässt sich, wie die Tiere und Pflanzen darauf reagieren. Genau deshalb schwimmen die Behälter im Fjord.

In ihnen stecken Planktonwesen. Es sind solche, die keinen Kalk für ihren Körperbau brauchen. Wochenlang wurden sie von den Wissenschaftlern beobachtet – aber der saure

Ozean schien ihnen nichts auszumachen. Die Algen nutzten sogar das viele Kohlendioxid und kurbelten die Photosynthese an: Bis zu 40 Prozent mehr Kohlenstoff zogen sie für ihre Biomasse aus der Luft heraus. Auch die Bakterien gediehen. Alles halb so schlimm also?

Nicht unbedingt. Frühere Experimente haben gezeigt, dass diese Situation anderen Planktonlebewesen wie den hübschen Kalkalgen gar nicht gut bekommt: Je saurer das Wasser ist, umso mehr Schwierigkeiten haben die Organismen, die für ihre Körper Kalk brauchen. Kalkalgen beispielsweise verlieren ihre Form. In den Laborversuchen sehen sie dann nicht mehr aus wie kleine Kunstwerke, sondern wie gerupfte Wollbälle. Ob sie in dieser Verfassung fit sind fürs Überleben, ist fraglich.

Auch Korallenriffe sind sehr empfindliche Lebensräume, die im Lauf der Erdgeschichte bei jeder größeren Krise verschwunden sind. Allerdings ist die »Idee« von der Wohngemeinschaft im Licht und nahe an der Meeresoberfläche auch so attraktiv, dass sich nach jeder Krise andere Arten dazu entschlossen, eigene Riffe aufzubauen – und irgendwann scheiterten. Auch unsere Korallenriffe könnten verschwinden, denn es ist nicht nur der Klimawandel, der ihnen zu schaffen macht, sondern auch die sauren Ozeane der Zukunft. Laborversuche haben gezeigt, dass die Korallenpolypen zwar überleben, wenn ihr Kalkskelett weggeätzt wird, aber sie sind dann sehr empfindlich und viele sterben – und sei es nur, weil sie gefressen werden.

Die Auswirkungen der sauren Meere setzen sich in die Nahrungskette hinein fort. Selbst wenn ein paar der Planktonalgen unter den neuen Bedingungen schneller wachsen, den Krebschen, die mit diesem »Fastfood« gefüttert werden, bekommen sie nicht gut. Sie gedeihen schlechter und haben weniger Nachkommen – und damit hätten all die Meeresbewohner weniger zu fressen, bei denen die Krebschen auf dem Speisezettel stehen. Auch wer Muschellarven liebt, müsste suchen. Die reagieren sehr empfindlich auf Veränderungen in der Chemie und verschwinden mit steigendem Kohlendioxidgehalt zunehmend. Selbst die Fische leiden. Sie brauchen Kalk für den Aufbau der Gleichgewichtsorgane in ihrem Gehör. Ist das Meer zu sauer, funktioniert das nicht – und die Larvenentwicklung ist gestört. Wenn der Mensch so weitermacht wie bisher, werden Fische in 50 bis 70 Jahren nicht mehr erwachsen werden und damit keine Nachkommen mehr zeugen können.

Die Fischlarven sind nicht nur für die Erhaltung der eigenen Art wichtig, sie sind auch ein bedeutender Teil der Nahrungskette. Ebenso die Muscheln oder die Kalkalgen. Wer von ihnen abhängt, wird sich umstellen müssen oder verschwinden. »In den Zukunftsozeanen werden wohl viele Gruppen von Organismen nicht mehr konkurrenzfähig sein«, erzählt Ulf Riebesell, »das heißt, sie werden möglicherweise aus der Nahrungskette herausbrechen, und dann werden Lücken entstehen. Die Frage ist dann, ob die ökologischen Nischen, die sich dann auftun, mit anderen Organismen gefüllt werden oder ob sie offen bleiben.«

Im Lauf der Erdgeschichte war der Kohlendioxidgehalt in der Luft oft höher als heute – und den Meeren ging es trotzdem gut. Denn alles war im Gleichgewicht. Etwa vor 100 Millionen Jahren. Damals waren die Vulkane sehr viel aktiver als derzeit und der natürliche Kohlendioxidgehalt in der Luft lag höher. Dieses Kohlendioxid löste sich auch im Oberflächenwasser der Ozeane – und im Regenwasser. Nicht nur das Meer wurde sauer, sondern auch der Regen, und der griff die Steine stärker an. Die Verwitterung lief also auf Hochtouren und löste viel Kalk aus den Steinen heraus. Dieser gelöste Kalk landete über viele Stationen im Meer und brachte das System wieder ins Lot. Im Prinzip ist es also kein Problem, wenn der Kohlendioxidgehalt ansteigt – das gilt allerdings nur über lange Zeiträume hinweg. Über Zehntausende oder Hunderttausende von Jahren können sich die Meereschemie und Organismen darauf einstellen. Aber heute läuft der Kohlendioxidausstoß um den Faktor 50 schneller, als es die natürlichen Quellen wie Vulkane oder hydrothermale Quellen je könnten.

Das System steht sozusagen auf der Turbostufe. Auch so etwas ist schon einmal passiert, nämlich vor 55 Millionen Jahren. Damals war es wahrscheinlich der mit der Öffnung des Atlantiks verbundene Vulkanismus, der das ohnehin schon sehr warme Klima in einen Backofen verwandelte. Damals wurden auch die Meere sauer – und ein Massensterben vieler Arten war die Folge.

## DAS LETZTE ENTLEIN

Während die Wissenschaftler allmählich lernten, die Gefahr der Meeresversauerung einzuschätzen, war die regenbogenbunte Plastiktier-Armada weitergeschwommen. Die Sonne und das Meerwasser bleichten die gelben Entchen und roten Biber aus, aber die grünen Frösche und blauen Schildkröten leuchteten auch nach Jahren noch wie an jenem Tag, an dem sie über Bord gegangen waren. Damals hatten ein paar Tausend vor Alaska die Nordroute gewählt: Wie stürmisch die See auch werden mochte, sie schaukelten unbeirrt durch die Beringstraße, bis sie auf das Eis des Nordpolarmeers stießen. Das Eis schloss sie ein, nahm sie mit sich fort und schleppte sie nach Grönland. Erst nach Jahren brach es wieder auf und gab sie wieder frei. Zwischen schmelzenden Eisschollen schwammen die Quietschetiere nach Süden, nach Maine und Massachusetts. Vor North Carolina bestiegen ein paar den Golfstrom und nahmen Kurs auf Europa. Im August 2007 landete ein erstes Entchen am Strand von Devon in England – nach 27 000 Kilometern.

# KAPITEL 13: DARWINS ALBTRAUM

*Als der australische Großgrundbesitzer Thomas Austin am Weihnachten 1859 die 24 Kaninchen freiließ, die ihm sein Bruder geschickt hatte, ahnte er nicht, was er damit auslöste. Wie der Mensch die Vielfalt der Lebewesen bedroht.*

Es begann am 25. Dezember 1859 in Geelong im australischen Victoria. An jenem Weihnachtstag ging für Großgrundbesitzer Thomas Austin ein Traum in Erfüllung: Endlich waren die 24 Kaninchen angekommen, die ihm sein Bruder geschickt hatte. Der Hobbyjäger ließ sie in seinem Park frei – und löste damit eine ungeahnte Umweltkatastrophe aus: Innerhalb von 100 Jahren sollten die fruchtbaren Kleinsäuger ganz Australien erobern. 1930 lebten dort mehr als eine Milliarde Kaninchen. Wohin man sah – Kaninchen. Wie ein graues Laken überzogen sie den Kontinent.

Wer es nicht erlebt hat, für den sind die Ausmaße der Tierplagen von Maus, Kaninchen und Fuchs in Australien unvorstellbar. In »guten« Mäusejahren etwa kann sich aus einem Schrank eine braungraue Flut von Nagern wie ein Wasserfall ergießen. Sie sind dann überall: in Wohnungen, Krankenhäusern, Hotelzimmern, Getreidespeichern – nichts scheint vor ihnen sicher.

Kommen sie in eine neue Umgebung, können Tiere oder Pflanzen zur Plage werden. In Australien ist das auch mit dem Fuchs passiert. Wie das Kaninchen wurde er der Jagdleidenschaft wegen nach Australien eingeführt – und hat dann unter den Beuteltieren ein Massaker angerichtet. Gerät ein Fuchs etwa in eine Kolonie von Quokkas, von Kurzschwanzkängurus, verfällt er oft in einen Blutrausch und tötet alle. Welche Vielfalt der Fuchs – zusammen mit dem Dingo, den die Aborigines vor Zehntausenden von Jahren mit nach Australien gebracht hatten – zerstört hat, zeigt Tasmanien. Dort gibt es weder Fuchs noch Dingo, aber dafür viele kleine Beuteltiere, die auf dem Festland längst verschwunden sind. Wer sie sehen will, muss sich allerdings beeilen, denn die ersten Füchse sind bereits eingeschmuggelt worden: Anscheinend gibt es viele Menschen, die sich von den kleinen Beuteltieren gestört fühlen, von den kleinen Filandern etwa, scheuen Miniatur-Kängurus, die im dichten Unterholz des Regenwalds leben.

Die traurige Erfahrung lehrt: Mit der Jagd ist dem intelligenten Räuber nicht beizukommen, ebenso wenig mit Giftködern, die auf dem Festland großflächig aus Flugzeugen abgeworfen werden. Ihm nicht und auch nicht den vielen anderen, die der Mensch mitbrachte und die sich zur Plage entwickelt haben: verwilderte Hunde und Katzen, Kamele, Wildkaninchen, Mäuse, Füchse – in Australien belaufen sich in jedem Jahr die Schäden allein durch Tierplagen auf Hunderte von Millionen Euro. Sieben Kaninchen fressen so viel wie ein Schaf – und im trockenen, nahrungsarmen Outback leben 3000 Karnickel pro Quadratkilometer: viel zu viele. Sie bedrohen die Nahrungsgrundlage sowohl für das Nutzvieh als auch für die einheimischen Beuteltiere.

Dass neu eingewanderte Arten außer Kontrolle geraten, ist kein australisches Phänomen. Das gibt es auf allen Kontinenten: Die hundert schlimmsten »Plagen« haben Um-

Der Tasmanische Teufel ist der größte noch lebende Raubbeutler. Im 14. Jahrhundert wurde er auf dem australischen Kontinent ausgerottet, wohl weil die Dingos ihm zu schaffen machten und die Aborigines ihn jagten. Auch auf Tasmanien könnten seine Tage gezählt sein. Die Tiere sterben seit den 1990er Jahren massenhaft an einer Krebserkrankung.

weltschützer in einer Liste zusammengestellt, darunter die Regenbogenforelle, die Wasserhyazinthe oder die Rote Feuerameise. Sie sind die Spitze des Eisbergs. Ob Tier, Pflanze oder Krankheitserreger, eingewanderte Arten haben schon immer die Welt umgekrempelt. So ist die Geschichte Europas durch solche Invasionen von neuen Arten grundlegend verändert worden – der Erreger der Schwarzen Pest etwa hat im Mittelalter mit der Ratte den Kontinent erreicht und Millionen Menschen getötet. Was sich geändert hat und das Problem so drängend macht, ist der globale Handel. Das Ausmaß des weltweiten Warenverkehrs ist dramatisch angestiegen.

Während früher reiche Sammler aufwendige Expeditionen losschickten, um in den Besitz von exotischen Tieren und Pflanzen zu kommen, bieten heute Gartencenter und Tierhändler ein breites Sortiment ungewöhnlichster Arten preisgünstig an. Während früher Segelschiffe monatelang zu fernen Häfen unterwegs waren, erreichen heute Flugzeuge die entlegensten Winkel der Erde binnen weniger Stunden.

In jeder Sekunde sind mehr als sechs Millionen Container mit Schiffen rund um die Welt unterwegs – und wir haben nicht die geringste Ahnung, was alles in diesen Containern steckt. Auch das Ballastwasser der Schiffe ist voll mit fremden Arten, die um den ganzen Globus geschafft werden. So haben seit 1982 unbeabsichtigt ins Schwarze Meer eingeschleppte Rippenquallen das Ökosystem übernommen und große Fischpopulationen getötet. In den chilenischen Lachsfarmen wurde norwegischer Zuchtlachs eingesetzt – und nun sorgen die entkommenen Tiere dafür, dass der nordpazifische Wildlachs verschwindet.

Das amerikanische Grauhörnchen ist größer als unser rotes Eichhörnchen, sammelt mehr Wintervorräte zusammen und räubert die der anderen – und es überträgt eine Krankheit, der die europäischen Eichhörnchen zum Opfer fallen. Deshalb hat es in Großbritannien seine europäischen Vettern fast vollständig verdrängt. »Tierfreunde« führten dann das Grauhörnchen als Haustier nach Italien ein – und läuteten damit auch auf dem Kontinent das Ende des Europäischen Eichhörnchens ein. Es wäre noch Zeit zum Handeln gewesen. Aber Tierrechtsgruppen zogen vor Gericht. Sie sahen nicht den unglaublichen Schaden, den sie ihrer einheimischen Art zufügten, sondern waren um jedes einzelne Grauhörnchen besorgt, das getötet werden sollte. Sie verzögerten den Kampf gegen den Eindringling bis zum Juli 2000. Doch da war es zu spät. Das Grauhörnchen hat sich etabliert und ist nicht mehr aufzuhalten – unsere Enkel werden die roten und braunen Eichhörnchen wohl kaum mehr kennenlernen.

Der Amerikanische Ochsenfrosch erobert Europa, weil man ihn als Quelle für Froschschenkel eingeführt hat und weil er als bizarre Kaulquappe in die Gartenteiche gesetzt worden ist. Wie es seiner Natur entspricht, machte er sich – sobald er entkam oder laufen konnte – auf die Wanderschaft, und nun bedroht der vermehrungsfreudige Vielfraß die europäischen Amphibien. Ausgewachsene Ochsenfrösche fressen alles, was sie überwältigen können: Insekten, Regenwürmer, Panzerkrebse, Schnecken, kleinere Frösche, Schlangen, Schildkröten und Eidechsen, Fische, Vögel und andere Kleintiere. Feinde hat er nicht. Das hilft ihm ebenso wie den anderen Eindringlingen, wenn es darum geht, die heimischen Arten zu verdrängen. Zum Beispiel brachten Kaninchen und Hausmäuse nur etwa die Hälfte aller Krankheiten und Parasiten, die sie in Europa befallen können, mit nach Australien. Der Zufall, womit sie gerade infiziert waren und womit nicht, hatte sie gewissermaßen befreit – und weil sie auch noch keine Konkurrenten hatten, wurden sie schier verrückt vor Freude.

Neue Arten können unvorhersehbare Folgen haben – wie der Viktoriabarsch: In Wirklichkeit ist er ein Nilbarsch und wurde in den ostafrikanischen Viktoriasee eingesetzt, als die heimischen Fischbestände nach der Einführung der Treibnetzfischerei zur Neige gingen. Der Fremde nistete sich ein – und während die Wirtschaft von ihm profitiert, weil er sich hervorragend in alle Welt verkaufen lässt, ist er ökologisch gesehen eine Katastrophe. Die im Viktoriasee heimischen Barscharten hat der neue, sehr viel größere Raubfisch bis an den Rand der Ausrottung aufgefressen. Seine Fäkalien sorgen – gemeinsam mit den ungeklärten Abwässern von immer mehr Menschen, die an den Ufern leben, und den Düngemitteln der neu entstandenen Tee- und Kaffeeplantagen – für giftige Algenblüten. Die machen dann auch noch den letzten der einheimischen Barsche den Garaus, denn die brauchen klares Wasser. Nur die aus Brasilien eingeführte Wasserhyazinthe profitiert davon: Sie ist eine wahre Pest: Sie ist vermehrungsfreudig, kann schwimmen und sich überall andocken und wuchert große Flächen zu – und da sind Nährstoffe hochwillkommen. Alle zehn bis 20 Tage verdoppelt sie ihre Ausdehnung. Das Ökosystem Viktoriasee steht vor der Zerstörung.

Die Bevölkerung muss mit den Folgen fertig werden: Der Exportschlager Viktoriabarsch ist für sie zu teuer, und sie kann ihn auch nicht lagern, weil er zu groß ist, um an der Luft zu trocknen. Kühlschränke haben nur die Reichen. Die heimischen Fische sind fort, also bleiben vielen nur die Fischabfälle, die beim Filetieren übrig bleiben. Ob die Programme zur Rettung des Sees Erfolg haben werden, ist offen. Der Viktoriabarsch bleibt auf jeden Fall, und es wird teuer, der Wasserhyazinthe wieder Herr zu werden.

Die Liste solcher kleiner und großer »Unglücke« ließe sich fortsetzen: Tagtäglich sind Zehntausende von Arten auf ihrem Weg zu »neuen Ufern«. Von 100 schaffen es zehn, sich in der Fremde zu etablieren – und davon wird eine zu einer Pest. Welche Art außer Kontrolle gerät, merkt man leider meist erst, wenn es zu spät ist. Oft verhalten sich Neulinge erst einmal unauffällig. Und dann – auch Jahrzehnte später – breiten sie sich scheinbar grundlos aus, urplötzlich und explosionsartig.

Diese Aliens, die außer Kontrolle geraten und die einheimische Arten verdrängen, sind ein wichtiger Faktor im sechsten Massenaussterben, von dem Biologen fürchten, dass wir es gerade lostreten. Zwar kommen normalerweise das Leben und die Erde gut miteinander aus, aber hin und wieder gibt es Krisenzeiten, Massenaussterben genannt, in denen mehr als die Hälfte der bekannten Arten verschwinden. Fünf dieser Desaster hat die Erde erlebt, und es waren unter anderem Klimakatastrophen durch Vulkanausbrüche oder Asteroiden, die sie ausgelöst haben sollen. Und ist es nun der Mensch?

## WIE VIEL ERDE BRAUCHT DER MENSCH?

Es ist eine romantische Illusion, zu glauben, dass die Menschen jemals in Harmonie mit der Natur gelebt haben, schließlich wären sie ohne ihr fähiges Gehirn und ihren Willen, sich an die Spitze zu setzen, ein benachteiligter Organismus, der weder über das Gebiss eines Löwen, die Kraft eines Elefanten noch die Geschwindigkeit eines Geparden verfügt. Der Mensch musste Technik einsetzen, sonst wäre er als Mahlzeit geendet. Er lernte sogar, auf Distanz zu töten. Wenn man von ein paar Schlangen absieht, die ihr Gift in die Augen ihrer Opfer spucken, gehört er zu den ganz wenigen Lebewesen, die das können.

Der Mensch hat von Anfang an seine Umwelt verändert – nur war er nicht immer so zahlreich wie heute. Vor 6000 Jahren etwa lebten vielleicht zwölf Millionen Menschen auf der Erde – ungefähr ein Viertel der derzeitigen Bevölkerung Großbritanniens. Heute sind wir 6,6 Milliarden. Gleichzeitig haben wir das Steinzeit-Niveau längst verlassen. Uns stehen sehr viel effizientere Mittel zur Verfügung als Speere oder Buschbrände, wenn wir uns die Erde untertan machen wollen. Wir fahren Auto, produzieren Strom, stellen Plastik her, essen Unmengen an Fleisch … Und so sind wir die Ursache für das schnelle Aussterben so vieler Arten.

Dabei sorgt die Natur dafür, dass wir zu essen haben, Holz, Baumwolle oder Leinen für unsere Kleider – aber auch das Öl und die Kohle, um uns zu wärmen oder die vielen nützlichen Produkte daraus herzustellen, mit denen wir uns tagtäglich umgeben. Mikroben säubern unser Wasser, solange wir es nicht zu stark verschmutzen, und bereiten im Verein mit Pilzen und anderen Kleinlebewesen die Böden, damit überhaupt etwas wächst. Bienen sorgen in einer Welt voller Blütenpflanzen für die Fruchtbarkeit. Ohne sie wären nicht nur unsere Ernten sehr viel magerer. Wenn die bestäubenden Insekten verschwänden, verschwänden auch viele der Pflanzen, die von ihnen abhängen. Ökosysteme sind sehr komplex – und meist lässt es sich nur schwer vorhersagen, welche Art für das Funktionieren des einen oder anderen Ökosystems entscheidend ist.

Nimmt man das, was ein Mensch an Nahrung, Energie und Infrastruktur braucht, und rechnet es in die entsprechend benötigte Landfläche um, kommt man pro Kopf auf 2,2 Hektar. Ein Deutscher nimmt sich jedoch bei seinem derzeitigen Lebensstil etwa 4,8 Hektar, ein US-Amerikaner 9,7. Wer in Schanghai lebt, beansprucht für sich sieben Hektar Land. Während sich ein Chinese auf dem Land noch mit 1,6 Hektar zufriedengibt, nähert sich sein wohlhabender Bruder in der Stadt schon den internationalen Werten. Das Problem: Zählt man die gesamte tatsächlich zur Verfügung stehende Fläche zusammen und verteilt sie auf jeden derzeit lebenden Erdenbürger, gibt es pro Kopf

WARUM ARTEN VERSCHWINDEN

Gründe für das Artensterben gibt es viele, und der Mensch hat oft seine Finger im Spiel. Etwa durch den milliardenschweren Handel mit seltenen Tieren und Pflanzen. Selbst Elfenbein ist begehrt wie eh und je. Seit der Handel wieder freigegeben worden ist, machen die Wilderer ein gutes Geschäft – die Stoßzähne gehen vor allem nach China und Fernost. Auch die Heilkraft der Natur kann dazu führen, dass Arten aussterben. Die meisten Menschen können nicht zu einem Arzt oder in ein Krankenhaus gehen, sie sind abhängig von dem, was in ihrer Gegend an Heilpflanzen wächst. Etwa 50 000 Pflanzenarten, einige Tausend Tierarten und Hunderte von Pilz- und Bakterienarten werden so genutzt. Dazu kommt der Bedarf der traditionellen chinesischen Medizin, die bedrohte Arten als Medizin nutzt, der von Ayurveda oder der europäischen Naturheilkunde. Die Nachfrage wächst weltweit – mit tragischen Folgen. Immer mehr Wildpflanzenarten wie der wilde Ginseng oder das afrikanische Stinkholz werden unkontrolliert geerntet und manche Tierarten rücksichtslos bejagt. Sie landen auf der Roten Liste gefährdeter Arten – und verschwinden eines Tages.

lediglich 1,8 Hektar. Wir werden also unseren Lebensstil ändern und vor allem anders produzieren müssen, seien es Kleider, Computer oder Lebensmittel.

Wir sitzen in Wien, in einem kleinen Büro. Es gehört zum Institut für Soziale Ökologie der Universität Klagenfurt und ist in einem schmucklosen Achtzigerjahrebau untergebracht. Helmut Haberl lehrt und arbeitet hier – und hat herausgetüftelt, wie viel von dem, was die Pflanzen an Biomasse produzieren, von uns verbraucht wird. »Die Zahlen sind erschreckend«, urteilt der Humanökologe. »Weltweit gesehen, beanspruchen wir schon heute ein Viertel dessen, was in den Ökosystemen verfügbar wäre: Entweder direkt, weil wir es ernten oder von unseren Nutztieren fressen lassen, oder indirekt, indem wir Wachstum durch die Art, wie wir das Land nutzen, verhindern, also indem wir Häuser bauen oder Straßen und damit den Boden versiegeln.« Wo die Häuser Wiens stehen, wüchse ohne menschliche Eingriffe ein Auwald – und was dessen Pflanzen für das Ökosystem produziert hätten, schlägt sich negativ in Haberls Bilanz nieder. Auch viele Äcker oder Wiesen sind weniger produktiv, als es ein Wald oder ein Moor wäre. Nur durch intensive Landwirtschaft mit hohem Düngereinsatz wird der Boden fruchtbarer als ohne menschliche Eingriffe – und das gilt nicht immer.

Durchschnittlich ein Viertel von allem, was an Pflanzen auf dem Land wächst, greift sich der Mensch. Das klingt nicht beunruhigend. Aber es ist aufgrund der großen regionalen Unterschiede brisant: Im dicht besiedelten Indien verbrauchen die Menschen mittlerweile drei Viertel der gesamten Biomasseproduktion – obwohl sie pro Kopf sehr viel weniger essen als ein Europäer oder Amerikaner. Die Bevölkerung Indiens explodiert: Vor 60 Jahren lebten 350 Millionen Menschen auf dem Subkontinent, inzwischen sind es dreimal so viele. »Nein, man kann nicht sagen, das ist ja bislang gut gegangen, das wird es auch weiterhin tun«, erläutert Helmut Haberl. »Die Frage ist vielmehr: Wie viel Vielfalt hat das in Indien bereits gekostet? Und wie viel wird es kosten, wenn es über Jahrzehnte oder Jahrhunderte so weitergeht?«

Wenn die Menschen mehr und mehr für sich beanspruchen, brechen die Systeme nicht sofort zusammen. Der Ruin beginnt unmerklich, denn obwohl wir es nicht wahrhaben wollen, hängen wir von funktionierenden Ökosystemen ab, denn die erfüllen schließlich viele Funktionen. So speichern Wälder Regen. Werden sie abgeholzt, versteppt das Land – und starke Niederschläge lassen die Flüsse und Bäche schnell über die Ufer treten. So wie es heute schon passiert, nicht nur in Indien, sondern auch in Europa. Wenn die Ökosysteme verarmen, weil mehr und mehr Arten herausfallen, werden sie empfindlicher – und gleichzeitig können sie sich schlechter an Veränderungen wie den Klimawandel anpassen. Der Klimawandel wird dazu führen, dass Arten verschwinden. Die Kaiserpinguine und Eisbären etwa sind dafür zum Symbol geworden, weil ihnen eines Tages schlicht und einfach das Eis ausgehen wird.

## DAS PECH DER LANGSAMEN

In der Erdgeschichte ist es mehrfach passiert, dass Klimaumschwünge der Auslöser für große Artensterben waren. Wahrscheinlich spielten sie auch beim Ende der Saurier eine Rolle. Bei diesen großen Ereignissen geht es dann nicht so sehr um die Frage, ob die Temperaturen steigen oder fallen, sondern um die großen Verwerfungen, die die Veränderungen im System auslösen, erklärt Klimaforscher Michael Oppenheimer von der Princeton University: »Die Erde könnte ein Drittel aller Tier- und Pflanzenarten verlieren, wenn sie sich um zwei Grad erwärmt, bei drei bis vier Grad sind 70 Prozent aller Arten bedroht – und damit ganze Ökosysteme.« Nicht, dass die meisten Lebewesen nicht mit ein paar Grad wärmer fertig würden: Das Problem ist, dass diese Erwärmung im Lauf von 100 Jahren erwartet wird. Die Geschwindigkeit des Wandels könnte sie überfordern, vor allem die Pflanzen. Sie können einfach nicht schnell genug ihr Verbreitungsgebiet verändern. Wenn eine alte Fichte plötzlich am falschen Platz wächst, kann sie der Trockenheit nichts entgegensetzen, Schädlinge haben ein leichtes Spiel – und der Baum stirbt. Schafft es der Mensch, unter anderem durch seinen hausgemachten Klimawandel und dessen Folgen wie die Meeresversauerung die Ökosysteme an ihrer Basis zu treffen? So, wie es die großen Massenaussterben getan haben?

Heute ist vor allem die intensive Landwirtschaft mit ihren Monokulturen und ihrem hohen Kunstdüngereinsatz ein starker Motor für den Verlust von Arten und Lebensräumen. Dabei trägt der Kunstdünger zum Klimawandel bei. Ein Teil von ihm wird auf dem Acker zu Lachgas, das 310-mal so stark als Treibhausgas wirkt wie Kohlendioxid. Außerdem bringen Kali, Phosphor und Stickstoff das ökologische Gleichgewicht durcheinander. Mehr als die Hälfte des gesamten, von Pflanzen nutzbaren Stickstoffs auf der Welt stammt inzwischen vom Menschen: aus den Kunstdüngern und der Gülle, aus dem großmaßstäblichen Einsatz von stickstoffspeichernden Pflanzen oder auch aus den Industrie- und Autoabgasen. Was an Nährstoffen so in die Luft gelangt, kann auch auf den Blättern und dem Boden landen – und düngen.

Das ist Pech für alle langsam wachsenden Pflanzen, die auf magere Bedingungen spezialisiert sind: Sie können mit der schnell wachsenden Konkurrenz nicht mehr mithalten. Auch von dem Stickstoff, der in den Boden gelangt, landet nicht alles bei den Pflanzenwurzeln. Ein Teil davon wandert ins Grundwasser, dann in die Flüsse und die Seen und Meere, überdüngt sie – manchmal sind giftige Algenblüten die Folge, nach deren Absterben kein Sauerstoff im Wasser zurückbleibt. Die Tiere sterben. Die Landwirtschaft muss Milliarden Menschen satt machen – und vielleicht geht das nicht ohne Kunstdünger. Aber wie wir sie angesichts der stetig wachsenden Nachfrage nach Lebensmitteln einsetzen, wird sich stark verändern, gezielter werden müssen. Inzwischen gibt es effizientere Düngemethoden – einmal mithilfe von Maschinen, die den schwer löslichen Stickstoff im Frühjahr acht Zentimeter tief in den Boden spritzen und so eine Art Depot anlegen, aus dem sich die Pflanze über das Jahr versorgt. Ein Drittel Dünger soll das sparen. Außerdem können sich Bauern zusammentun – der Viehbauer hat zu viel Gülle und entsorgt sie in Massen auf zu wenig Fläche, während der Getreideproduzent Kunstdünger für seinen Acker kauft ... Vielleicht hilft Kooperation weiter, auch wenn es die Arten, die es mager lieben, nicht retten wird.

Alle Wildarten im Ökosystem wird es treffen, dass der Sektor Landwirtschaft noch weiter industrialisiert werden könnte. Denn weil Pflanzen nachwachsen, sind sie als klimafreundliche Rohstoffe ins Visier der Politiker gerückt. Der Hunger des Menschen richtet sich nicht nur auf die Nahrung, sondern in Zeiten, in denen Erdöl rarer und teurer wird und der Treibhauseffekt Schlagzeilen macht, auch auf Energie. Für diese Art der Brennstoffproduktion werden derzeit international ungeheure Kapazitäten aufgebaut. Allerdings dienen als Rohmaterial nicht die Agrarabfälle – das ist eine wirklich gute Idee, an der die Techniker noch arbeiten –, sondern Lebensmittel. Die Industrienationen hoffen auf flüssige Treibstoffe aus Nahrungsmitteln wie Raps, Weizen, Soja oder Palmöl.

Selbst im ohnehin schon dicht besiedelten und stark genutzten bis übernutzten Europa sollen Energiepflanzen wachsen. Weil die Fläche nicht für Nahrungs-, Futtermittel- und Energiepflanzenproduktion reicht, wird zwangsläufig die Einfuhr von nicht in Europa produzierter Biomasse steigen. Ebenso zwangsläufig werden weltweit die Preise für Nahrungsmittel klettern, und die Abhängigkeit vom Erdöl wird steigen, weil die meisten Energiepflanzen viel Kunstdünger brauchen. Und noch etwas wird zwangsläufig passieren: Werden die Pläne zur energetischen Biomassenutzung Realität, beansprucht der Mensch für sich bald die Hälfte all dessen, was auf der Erde wächst – weltweit. Das wird auf Dauer fatale Folgen haben. Je mehr die eine Art für sich verbraucht, desto weniger bleibt für alle anderen – und das zerstört die Ökosysteme.

Diese Entwicklung sehen Wissenschaftler wie Helmut Haberl mit Sorge. Sollen nachwachsende Rohstoffe in nennenswertem Umfang Erdöl ersetzen, braucht der Mensch viel neue landwirtschaftliche Fläche. Neuland gibt es in den sehr trockenen und in den sehr kalten Zonen. Dort lohnt sich der Anbau allerdings nicht. »Die einzige wirklich produktive Klasse von Ökosystemen, in der es noch größere Wildnisgebiete gibt, sind die tropischen Regenwälder«, erklärt Haberl. »Wenn man wirklich in großem Maßstab die Biomasseernte und -nutzung steigern will, muss man in die ungenutzten Gebiete hineingehen. Das sind die Gebiete mit der höchsten Biodiversität, die auch noch für das Klima und den Wasserhaushalt sehr wichtig sind.«

Derzeit dringt der Mensch immer weiter in den Amazonas-Urwald vor. Zuerst mit Forststraßen, um die Bäume zu fällen. Dann kommen die Bauern, pflanzen Soja oder Zuckerrohr an – als Futterpflanzen für die Mastbetriebe in aller Welt und für die Biospritproduktion. Brasilien selbst wird für seinen intensiven Biospriteinsatz gelobt. Und so wird der Regenwald schnell Platz machen für Energiepflanzenplantagen. Doch deren landwirtschaftlicher Erfolg wird nur von kurzer Dauer sein: Verschwindet der Regenwald, verschwindet nicht nur die Artenvielfalt, sondern auch ein wichtiger Wasserspeicher der Tropen.

Der wirtschaftliche Aufschwung des Landes, der mit dem Raubbau am Regenwald verbunden ist, könnte nach hinten losgehen. Da der Amazonas-Urwald sich seine Niederschläge zum großen Teil durch die Verdunstung der Bäume selbst schafft, wird es durch die Abholzung immer trockener. In den vergangenen Jahren häuften sich in dem Gebiet mit den größten Süßwasserreserven der Welt schwere Dürren. Zuflüsse und Seen trockneten aus, mehr als 150 000 Menschen in der dünn besiedelten Gegend waren ohne Trinkwasser. Oft musste das Militär sie aus der Luft versorgen, weil sie von der Außenwelt abgeschnitten waren – mangels Wasser konnten sie ihre Boote nicht mehr benutzen. Je mehr Regenwald gerodet wird, desto öfter werden sich solche Dürren wiederholen. Computersimulationen prognostizieren, dass die Zerstörung des Regenwalds eine katastrophale Dürre auslösen wird. Es sieht so aus, als könnten Kettenreaktionen in der Atmosphäre die Jetströmung verschieben. Das sind schmale Windbänder in Höhen zwischen 9000 und 11 000 Metern, in denen sozusagen immer Orkan herrscht. Sie beeinflussen das Wetter ganzer Kontinente – und es scheint so, als würden sie den Regen aus dem Amazonasgebiet regelrecht abziehen. Der Regenwald würde sich in trockene Savanne verwandeln. In 50 Jahren könnte der größte Urwald der Erde bestenfalls noch ein riesiges Sojafeld oder eine gewaltige Kuhweide sein. Bestenfalls.

Ist der Biosprit das wert? Dem Klima hilft er ohnehin nicht, wenn er aus extra angebauten Energiepflanzen produziert wird – schon aus einem einfachen Grund: »Heute wird die Landwirtschaft mit fossiler Energie angetrieben. Wenn wir also extra Energiepflanzen für die Biospritproduktion anbauen, um den Ausstoß von Kohlendioxid auf den Straßen zu vermeiden, setzen wir nur an anderer Stelle umso mehr frei.«

Wir greifen tief in die Ökosysteme ein, scheinen den ganzen Planeten darauf verwenden zu wollen, um Lebensmittel zu erzeugen. Aber wenn wir überall Getreide anbauen, wird der Verlust an Vielfalt extrem. Ökosysteme brechen umso leichter zusammen, je einfacher sie sind, je weniger Mitglieder sie haben, die notfalls die Rolle des anderen übernehmen können. Die große Frage ist: Schafft es der Mensch, so das befürchtete Massenaussterben auszulösen? Stehen wir wirklich schon am Abgrund?

# KAPITEL 14: NA DANN, TSCHÜSS

*Ob Australien oder Nordamerika, wohin der Mensch in seiner Besiedlungsgeschichte auch kam, es verschwanden Tiere und Pflanzen für immer. Biologen fürchten, dass wir damit die eigenen Lebensgrundlagen vernichten. Wir müssen schnell reagieren und umsteuern.*

Der Mensch machte sich auf, die Welt zu erobern. Vielleicht 60 000 Jahre ist es her, da betrat er Australien. Dort traf er auf höchst beeindruckende Tiere. Die Riesenschlange *Wonambi naracoortensis* kroch durchs Unterholz. Fand sie ein Opfer, umschlang und erwürgte sie es langsam. Ein kaltblütiger Jäger war auch *Megalania prisca*. Die Raubechse, die so groß war wie ein ausgewachsenes Nilkrokodil, hatte einen furchterregenden Schädel mit einem Schlund wie *Tyrannosaurus rex*, denn jeder einzelne seiner Zähne war wie ein Dolch. Auch vor dem leopardengroßen Beutellöwen *Thylacoleo carnifex*, der mit seinen Säbelzähnen große Stücke aus seinem Opfer riss, mussten sich die australischen Ureinwohner, die Aborigines, in Acht nehmen. Aber da lebten auch friedlichere Geschöpfe. Etwa *Procoptodon goliath*, das Große Kurzgesichtige Känguru. Aufgerichtet war es drei Meter hoch. *Procoptodon* fraß Blätter, Zweige und die Rinde der Bäume und Sträucher. Die interessierten auch *Diprotodon optatum* – ein Beuteltier von Nilpferd-Format. Mit seinem dichten Fell sah es aus wie ein riesiger Wombat, und sein Rüssel gab seinem Gesicht etwas Tapirhaftes.

Bis vor etwa 40 000 Jahren streiften Beutellöwen durch Australien. *Thylacoleo carnifex* war der größte von ihnen. Geblieben sind von dem beeindruckenden Tier nur fossile Knochen.

Durchs hohe Gras kroch eine gehörnte Schildkröte, *Ninjemys owni*, groß wie ein Kleinwagen. *Genyornis* lebte dort, ein Zwei-Zentner-Laufvogel mit dem Aussehen eines befederten Sauriers mit kurzen, stämmigen Beinen und so groß wie ein Strauß. Nur, dass sein Reptilienschädel die Ausmaße eines Kinderkopfs hatte. Sie alle gehören zu Australiens verlorenem Reich – denn vor etwa 40 000 Jahren verschwanden sie. Einfach so.

Seit Jahren rätseln die Geologen, warum. War es das Klima? Wurden die großen Tiere Opfer der Eiszeiten? Es gab in Australien zwar keine Gletscher, aber immer, wenn Eis und Schnee die Herrschaft über Eurasien und Nordamerika übernahmen und die Eisströme der Antarktis weit aufs Meer hinaus reichten, wurde es in Australien trocken. Könnte es vor 40 000 Jahren einfach zu trocken geworden sein? Oder spielte vor allem der Mensch eine Rolle?

Dieser Verdacht liegt nahe, denn wo der Mensch seit seinem Auszug aus Afrika auftauchte, passierte überall das Gleiche: Die Tiere verschwanden. Etwa in Nordamerika. Vor rund 11 000 Jahren, als die jüngste Eiszeit zu Ende ging, lebten dort Säbelzahntiger, wollige Nashörner und riesige Faultiere, die aufgerichtet ins erste Stockwerk eines Hauses hätten schauen können. Dann waren sie plötzlich fort. Hat der Mensch etwas damit zu tun, der irgendwann in der Zeit vor 14 000 Jahren mit Pfeil und Speerspitze von Sibirien aus den neuen Kontinent erobert hatte?

Als der Mensch kam, verschwanden in Nord- und Südamerika drei Viertel aller Großtiere. Zufall? In Eurasien waren es zwischen 30 und 50 Prozent und in Australien – 95 Prozent. Zufall? Vor 60 000 Jahren war die Menschheit wohl noch dabei, sich von den Folgen des Toba-Ausbruchs (siehe S. 83 f.) zu erholen – und als die Eiszeit zu Ende ging, waren wir vielleicht fünf oder zehn Millionen. Können so wenige Menschen so viel ausrichten? Andererseits: Kann es wirklich Zufall sein, wenn überall auf der Welt Tierarten, die vier Kalt- und Warmzeiten überlebt hatten, ausgerechnet dann dem Klima zum Opfer fallen, wenn der Mensch ankommt?

## DER BLICK ZURÜCK

Auf keinem Kontinent war der Einschnitt so groß wie in Australien. Dort verlor die Natur mehr als überall sonst auf der Welt. Keines der großen Raubtiere hat überlebt. Auch all die großen Pflanzenfresser gingen verloren, die sich von Blättern und Zweigen ernährt hatten. Von den vielen großen Tieren Australiens hüpfen heute nur noch wenige wie das Rote und das Graue Riesenkänguru durch das Outback. Doch warum verschwanden die anderen?

Vor 96 Millionen Jahren, die Entwicklung der Säugetiere war noch in vollem Gang, trennte sich Australien von dem alten Südkontinent Gondwana ab. Von da an beschritt die Evolution dort eigene Wege. Allmählich entstand die seltsame Welt der Beuteltiere. Zunächst wuchsen auf dem neuen Kontinent tiefe Wälder und Regenwälder, aber er driftete langsam immer weiter nach Norden und wurde trockener. Dann änderte sich das Klima: Der Wechsel von Eis- und Warmzeiten setzte ein, und wann immer die Gletscher vorstießen, regnete es in Australien seltener und die Temperaturen sanken. Der dichte Regenwald zog sich in den Norden Australiens zurück, während sich sonst lichte Wälder, Savannen und weites Grasland ausbreiteten. Die Tierwelt passte sich diesen Veränderungen an: Die Beuteltiere, die klein angefangen hatten, wuchsen in die neuen Nischen und Lebensräume hinein. Es gab viel zu fressen, und in der offenen Landschaft war Größe kein Problem.

Hierher kamen die Menschen vor 60 000 Jahren. Als sie eintrafen, gab es noch viele Seen und Flüsse, und sie wanderten über den ganzen Kontinent. Als Tausende von Kilometern von Australien entfernt das Eis wieder siegte, blieb der Monsun aus. 20, 30 oder 40 Jahre lang fiel kaum Regen. Wüsten dehnten sich aus, Dünen, die Jahrzehntausende an Ort und Stelle verharrt hatten, wurden wieder mobil. Flüsse versiegten, Seen verschwanden – so wie es in den Eiszeiten davor auch schon passiert ist. Neu war das für die großen Tiere also nicht. Und als sie verschwanden, war das Maximum der Eiszeit weit entfernt – und damit auch die kälteste und trockenste Zeit.

Andererseits waren die Aborigines, die vor 60 000 Jahren nach Australien kamen, keine spezialisierten »Großwildjäger«, erklärt Mike Smith, Archäologe am National Museum im australischen Canberra. Wir stehen vor einem Modell eines *Diprotodon optatum*, und das Scheinwerferlicht wirft Reflexe auf das langhaarige Fell des Tiers, das mit seinen Glasaugen ins Publikum schaut. Mehr als anderthalb Millionen Jahre lebte der Riesenwombat, der sich immer in der Nähe von Wasser aufhielt. Dann starb er vor 40 000 Jahren aus. Zuvor haben seine Artgenossen mit Sicherheit viele gute Abendessen für die Menschen abgegeben, denn von diesen Tieren hat man Knochen mit Schnittspuren von Klingen gefunden. Solche Funde sind allerdings eine Ausnahme, denn heute bringen die Aborigines nach der Jagd nur das Fleisch zurück ins Lager, nicht die Knochen. »Es ist durchaus möglich«, sagt Smith, »dass sie es auch damals so gehalten haben. Dann wird man kaum Spuren an einer Lagerstelle sehen.« Die Feuerstellen, die überall sonst auf der Welt viel erzählen, sind in Australien also wenig aussagekräftig.

Anders in Amerika. Dort lässt sich das Verschwinden der Megafauna recht gut mit dem Vorrücken der Ureinwohner von Nord nach Süd in Verbindung bringen: Überall finden sich »Tatorte«, an denen die Werkzeuge der Menschen zusammen mit den Knochen der erbeuteten Tiere liegen, es gibt sogar ein Mammut, in dessen Skelett heute noch die Speerspitze steckt. Die Ureinwohner Amerikas jagten auch das Pferd bis zur Vernichtung. Die Indianer gingen zu Fuß, bis die Spanier sie seit dem 16. Jahrhundert wieder mit dem Reittier versorgten.

In Australien sind die Indizien weniger greifbar. Aber es gibt sie. Inmitten des Kontinents erstreckt sich die Nullarbor-Wüste – Nullarbor, das heißt »kein Baum«, und damit ist diese Landschaft auch genau beschrieben. Die Nullarbor-Wüste ist im Grunde ein gigantischer Kalksteinblock – einer, in dem sich Spalten im Boden befinden, die die vorüberziehenden Tiere erst wahrnahmen, wenn es zu spät war. Einen Sturz in diese Höhle überlebt niemand, und so bedecken denn auch viele, viele Skelette den Höhlenboden, Skelette von Beutellöwen, Riesenwombats, Eulen und Papageien. Allein 23 verschiedene Känguru-Arten lebten in dieser Gegend. Die Analyse der Knochen lieferte den Beweis, dass die Nullarbor-Wüste damals ebenso extrem trocken war wie heute: Seit mehr als einer halben Million Jahre hat sich das Klima dort kaum verändert. Trotzdem sah es dort anders aus: Es muss Bäume gegeben haben. Keinen Urwald, eher eine Art Savanne mit kleinen Bäumen, auf denen Baumkängurus lebten und durch deren Geäst Papageien flatterten. Heute ist daran nicht mehr zu denken. Weil es so viele verschiedene Pflanzenfresser gab, müssen hier auch viele unterschiedliche Pflanzen gewachsen sein, nicht nur ein paar kümmerliche Büsche wie heute. Sonst hätte es nicht genügend Nischen für so viele unterschiedliche Tierarten gegeben.

Nullarbor legt nahe, dass die großen Tiere Australiens perfekt an ein trockenes Klima angepasst waren. Der Klimawandel während der Eiszeiten hat ihnen wohl nichts ausgemacht – und es könnte sehr gut sein, dass der Mensch Schuld an ihrem Verschwinden hat. Aber wie konnten so wenige Leute einen ganzen Kontinent verändern? Immerhin ist ein Kontinent etwas anderes als eine kleine Insel, wo menschliche Einflüsse schnell verheerend wirken können. Dafür gibt es viele Beispiele.

Etwa den Falklandwolf. Er lebte auf den Falklandinseln,

500 Kilometer vor der Küste Argentiniens. Er war so groß wie ein mittelgroßer Hund, hatte ein rotbraun-graues Fell und eine weiße Schwanzspitze. Er jagte Pinguine und Seevögel – und weil er die Menschen nicht kannte, war er leider sehr zutraulich. Deshalb prophezeite Charles Darwin 1833 dem Tier sein baldiges Aussterben. Und so kam es dann auch: Die Jäger erwarteten die Tiere mit einem Stück Fleisch in der einen und dem Messer in der anderen Hand. Der letzte Falklandwolf starb 1876.

Ein weiteres Beispiel ist Neuseeland. Als die Maori hier vor 700 Jahren ankamen, verspeisten sie als Erstes die arglosen Moas, straußartige Riesenvögel von dreieinhalb Metern Höhe. Das Ende der Moas bedeutete zugleich das Todesurteil für die Haastadler, mit mehr als drei Metern Spannweite die größten Raubvögel der Neuzeit, die vor allem von den Moas gelebt hatten. Die Ankunft des Menschen hatte auch den Untergang der anderthalb Meter großen Riesengans *Cnemiornis calcitrans* zur Folge, auch die fehlte dann auf dem Speisezettel der Raubvögel. Wenn wichtige Mitglieder aus der Nahrungskette verschwinden, kann das auch andere mitreißen.

Aber wie war es in Australien? Es gibt mehr als eine Methode, Tiere zum Aussterben zu bringen, nicht nur mit Speer oder Pfeil. Zur traditionellen Lebensweise der Aborigines gehört etwas sehr viel Wirkungsvolleres: Um sich die Jagd zu erleichtern, legten sie Feuer. Das nachwachsende Gras lockte das Wild an, und damit hatten die Jäger leichtes Spiel. Mit dem Feuer veränderten die Aborigines die Vegetation hin zu feuerresistenten Pflanzen wie dem Eukalyptus. Diese Pflanzen brauchen sogar die Brände, ohne die sie nicht keimen können. Die veränderte Vegetation beeinflusste das Klima. Modellrechnungen legen nahe, dass die von Eukalyptus und Gummibaum dominierte Pflanzenwelt den Trend zur Trockenheit verstärkte. Wie das funktioniert, zeigt uns gerade der Amazonas. Holzt der Mensch den Regenwald für seine Felder ab, verdunstet weniger Wasser, und als Folge geht der Regen zurück.

Die Pflanzenvielfalt nahm ab. Mit den Büschen und Bäumen verschwanden die Tiere, die sich von ihnen ernährten, und mit ihnen die Fressfeinde. So überlebte der alles andere als wählerische Emu, während der auf Laub spezialisierte *Genyornis* verschwand. Auch das Kurzgesichtige Känguru ging unter, während die Roten Riesenkängurus heute noch Gras fressen. Die Aborigines griffen also an einer entscheidenden Stelle in das Ökosystem ein – und zwar, als das Klima wieder einmal trockener und instabiler wurde. Die australischen Riesentiere, die bis dahin alle Klimaschwankungen überlebt hatten, starben aus. Diesmal hatte es außer der eiszeitlichen Dürre einen weiteren Stressfaktor gegeben: den Menschen.

## DIE SPITZE DES EISBERGS

Derzeit leben – je nach Schätzung – vier, zehn, 30 oder gar 100 Millionen Arten von Pilzen, Pflanzen und Tieren, und dazu kommen noch die Mikroben. Sie alle sind Teil einer Nahrungskette, die auf den Pflanzen beruht. Sie sorgen mit der Photosynthese dafür, dass die Tiere etwas zu fressen haben. Von diesem komplexen Netzwerk hängen auch wir ab.

Heute verschwinden die Arten schneller, als sie neu entstehen. Auf der Roten Liste werden derzeit 16 900 Tier- und Pflanzenarten als bedroht eingestuft, 1300 mehr als 2007. Und die Tendenz zeigt nach oben. Im Vergleich zu den Millionen geschätzter Arten scheint das wenig – aber erstens kennen wir nur einen Bruchteil dessen, was mit uns den Planeten teilt – und zweitens zerstören wir Vieles, ohne es zu ahnen. Die rund 45 000 von den Biologen für ihre Liste untersuchten Arten sind sozusagen die Stars auf der Bühne, die auffälligen Lebewesen, die wir wahrgenommen haben, die Spitze des Eisbergs.

Es sind die Arten, für die es vernünftige Daten gibt, um fundierte Aussagen treffen zu können. Danach ist etwa die Hälfte aller Krebse, Würmer, Schnecken, Insekten oder Spinnen bedroht, bei den Fröschen, Lurchen oder Salamandern ist es ein Drittel. Bei den Säugetieren ist jede vierte untersuchte Art gefährdet. Dabei sind die Verluste in China, Brasilien, Mexiko und Australien sowie in Afrika südlich der Sahara und in Indien und Südostasien besonders hoch, aber auch in Europa lebt und wächst ständig weniger.

### STÄDTE ALS ARCHE NOAH?

Städte gelten als Inseln der Pflanzenvielfalt, denn der Mensch sorgt dafür, dass es viele unterschiedliche Nischen gibt, von der Mauerritze bis zum gepflegten Garten. Deshalb leben beispielsweise in Frankfurt am Main mehr als 1300 Farne und Blütenpflanzen – das ist sehr viel mehr als im benachbarten Taunus. Allerdings – die Vielfalt ist nur eine scheinbare: Viele dieser Stadtbewohner stammen sozusagen aus ein und derselben Schicht. Wer dort überleben will, muss mit der Wärme gut klarkommen, mit der niedrigeren Luftfeuchtigkeit, den Schadstoffen. Weil sich die Belastungen in den Großstädten dieser Welt gleichen, haben sich auch die Pflanzen angeglichen. Ob Tokio, San Francisco oder Frankfurt – man findet Nachtkerze, Löwenzahn oder Knöterich. Und selbst die Asseln, die in den Städten leben, gleichen sich inzwischen rund um die Erde.

Dabei ist Lebensraumzerstörung wohl der wichtigste Grund fürs Verschwinden: weil wir Plantagen anlegen, Monokulturen, Straßen, Gewerbe- oder Wohngebiete. In Südostasien, Zentralafrika oder Zentral- und Südamerika bringen wir Arten durch die Tropenholzproduktion oder den Anbau von Energiepflanzen zum Aussterben. Auf Platz zwei der Gründe fürs Aussterben steht die Überjagung, gefolgt von der Verdrängung einheimischer durch aggressive fremde Arten, die ihre Lebensräume besetzen – und durch neue Krankheiten: So hat das Ebolavirus schlimme Folgen für die Gorillas, auch die Tasmanischen Teufel könnten durch eine neue Krebserkrankung aussterben.

Besorgniserregend ist, dass das Aussterben inzwischen auch Arten betrifft, die häufig vorkommen, deren Population also stabil schien. Beispiel: die Fischkatze. Früher war sie in Südostasien häufig, jetzt steht sie auf der Roten Liste – weil die Feuchtgebiete trockengelegt werden, auf die die Fischkatze angewiesen ist.

An sich ist Aussterben etwas Normales. Im Lauf von rund vier Milliarden Jahren Evolution sind mehr als 99,9 Prozent aller Lebewesen, die irgendwann auf der Erde existiert haben, auch wieder ausgestorben. Gründe dafür gibt es viele: Arten verschwinden, weil ein neuer Fressfeind mit besseren Zähnen oder Klauen auftaucht; weil der Klimawandel ihre Nahrungsgrundlage zerstört; weil die Lebensräume verloren gehen; weil neue Konkurrenz um die knappen Ressourcen auftaucht. Nur sehr, sehr wenige Tiere und Pflanzen entkommen diesem steten Werden und Vergehen. Am erfolgreichsten ist dabei wohl der Brachiopode *Lingula*, ein muschelähnliches Tier, das seit mehr als 500 Millionen Jahren in den Meeren lebt. Oder der *Nautilus*, auch Perlschiff genannt. Alle anderen fielen dem Lauf der Zeit zum

Opfer. Auch dem Menschen wird es eines Tages so ergehen: Wir liegen derzeit bei rund 160 000 Jahren. Statistisch gesehen, lebt eine durchschnittliche Säugetierart ein bis zwei Millionen Jahre auf dem Planeten. Allerdings haben es in der bisherigen Menschwerdungsgeschichte viele unserer Hominidenverwandten nicht so lange auf dem Planeten ausgehalten. Es können also Wetten abgeschlossen werden, wie lange wir es schaffen. Für die Ewigkeit scheint wohl nur *Lingula* gemacht, der anspruchslose Brachiopode, der da lebt, wo sonst niemand leben mag.

Biologen schätzen, dass heute Tag für Tag mindestens 70 Tierarten verschwinden, weil sich Bedrohung auf Bedrohung addiert: Wir verändern das Klima, wir töten Pflanzen und Tiere direkt oder weil wir ihre Lebensräume besetzen. Da wir die Ressourcen unseres Planeten nach unserem Willen verbrauchen, scheinen die Arten heute 100- bis 1000-mal schneller auszusterben als »normal«, also als das statistische Mittel über die vergangenen 50 Millionen Jahre. Ob derzeit viel Neues entsteht auf einer Erde, auf der der Mensch in alle erdenklichen Nischen vorgedrungen ist und sie für sich erobert hat, ist fraglich. Gefährlich wird es, wenn wir die Nahrungsketten an der Basis zerreißen. Dann geraten wir auf eine sehr abschüssige Bahn – auf die des Massenaussterbens.

## FÜNF MILLIONEN JAHRE WARTEN

Diese Ereignisse reißen tiefe Lücken. Bei ihnen geht es ums Ganze: Ein Massenaussterben bedeutet, dass mehr als die Hälfte aller bekannten Arten verschwinden, dass die Nahrungsnetze reißen, dass nichts mehr Bestand hat.

Der tiefste Einschnitt war der vor 251,5 Millionen Jahren. Damals brachen in Sibirien Flutbasalte aus der Erde. Mehr als eine Million Jahre flossen in gewaltigen Pulsen so gigantische Mengen an Lava, dass man die Erde mit einer 30 Zentimeter mächtigen Lavaschicht hätte überziehen können. Die Natur unternahm sozusagen ein Experiment für uns, denn der Vulkanausbruch pumpte so viel Klimagase in die Luft, dass der Treibhauseffekt die Temperaturen um 3 bis 10 °C nach oben schnellen ließ – also in etwa so viel, wie die Klimamodelle für das nächste Jahrhundert vorhersagen.

Damals kam anscheinend eine Kettenreaktion in Gang: Die Atmosphäre heizte sich stark auf und die Meere erwärmten sich. Die Meeresströme verloren an Fahrt, brachen zusammen. Dadurch versiegte die Sauerstoffzufuhr in die tieferen Wasserschichten, und die Lebewesen erstickten. Gleichzeitig arbeiteten Wind und Wellen das Kohlendioxid aus der Luft ins Ozeanwasser ein und machten es sauer. Wer Kalk für seinen Körper brauchte, bekam Probleme. Auf das Land fiel ätzender Regen, zerstörte Pflanzen und Böden. Es war heiß und trocken. Die Erde verwandelte sich in einen Wüstenplaneten – eine giftige Zeit begann. Die Nahrungsketten rissen. Die Ökosysteme brachen zusammen. 95 Prozent aller bekannten Arten im Meer verschwanden, mehr als 70 Prozent der Landbewohner.

Dafür tauchte etwas auf, was seit Hunderten von Millionen Jahren vergessen schien: Bakterienriffe. Mikroben türmten am Meeresgrund hohe Mauern auf, waberten in den Wogen. Es war niemand da, der sie fraß. Die Krise schien einfach kein Ende zu nehmen. Eine der ungewöhnlichsten Zeiten auf der Erde brach an. Auf dem von jedem höheren Leben unberührten Meeresboden wuchsen sogar riesige Fächer aus Kalkkristallen – das hat es seit Urzeiten, seitdem der erste Wurm durch den Boden gekrochen war, nicht mehr gegeben.

Jetzt herrschten andere Gesetze. Analysen winziger Schalenfragmente in den Meeressedimenten zeigen, dass es nach dem Massensterben zu Beginn der Trias vor 251,5 Millionen Jahren nur ein Hundertstel der Lebensvielfalt gab, die zuvor da war. Dafür tauchten in dieser Phase plötzlich, überall und in ungeheuer großer Zahl eine Handvoll Organismen – drei oder vier Muschelarten, der Brachiopode *Lingula* und eine Minischnecke – auf. Es waren Lebewesen, die nicht an eine Nische gebunden waren, die sich selbst mit den widrigsten Umständen abfinden konnten. Wenn man so will, waren sie die Äquivalente zu den Ratten heute. Zufälligerweise oder mit viel Glück hatten sie überlebt und nutzten nun ihre Chance. Es gab keine Konkurrenz mehr, und sie vermehrten sich explosionsartig – aber nur sie.

Es ist erstaunlich, dass diese Systeme überhaupt noch funktionierten. Denn je einfacher ein Nahrungsnetz »gestrickt« ist, je weniger Teilnehmer es hat, desto empfindlicher ist es. Der Tod hätte durchaus weiter umgehen können. Das Leben auf der Erde stand am Abgrund, und deshalb hat es auch so ungewöhnlich lange gedauert, ehe sich der Planet wieder erholte. Aber irgendwo müssen die Ahnen der heute lebenden Tiere und Pflanzen die schlimme Zeit überlebt haben. Wir finden sie nicht in den Versteinerungen, sie waren also selten, aber sie konnten sich in Rückzugsräumen halten.

Vier, viereinhalb Millionen Jahre lang schien das Leben zu stagnieren, ehe es langsam wieder besser wurde. Das Massenaussterben hatte wie eine Art Filter gewirkt: Die einen kamen durch, die anderen nicht. Von denen, die durchkamen, brauchten einige lange, um sich wieder zu etablieren, andere schafften das sofort. Ihren Sprung in die Zukunft verdankten die Stammväter der neuen Zeit meist dem Glück. Etwa dem Glück, in einer geschützten Bucht zu hocken. Bei der Katastrophe damals könnte das eine Bucht vor Spitzbergen gewesen sein, oder vor Kanada, China oder Indochina. Von dort kamen jedenfalls viele der Überlebenden, die wie Phönix aus der Asche auftauchten, als es wieder besser wurde, und sie von dort aus die Welt erobern sollten. Die Evolution nahm im Verborgenen Fahrt auf. Nach fünf Millionen Jahren war es so, als ob nach der Sintflut die Sonne wieder zwischen den dunklen Regenwolken hervorbricht.

Die Karten wurden neu gemischt: Wer in der Krise zunächst zu den Gewinnern zählte, dem konnte es nun schlecht ergehen. Nun griffen wieder die alten Wettbewerbsgesetze. So haben zwar manche Schnecken das Massenaussterben und die schlimme Zeit danach überlebt, als sich aber die neue Welt etablierte, zählten sie zu den Verlierern. Es waren Krabben, die das Todesurteil über die altertümlichen Schnecken fällten. Die Schnecken hatten so große Schalenöffnungen, dass ihre Feinde sie einfach herausziehen konnten. Bald schon war die letzte von ihnen verspeist. Die Evolution hatte einen neuen Weg eingeschlagen und verdrängte alle, die für die neue Zeit nicht gerüstet waren. So sind beispielsweise die Muscheln, die direkt nach der schlechten Zeit überall zu finden waren, nicht die Ahnen der Muscheln, denen die Zukunft gehörte.

Die Ahnen der neuen Welt haben eines gemeinsam: Nur wenige von ihnen haben überlebt, aber ihr genetisches Potenzial war groß genug, um nach der schlimmen Zeit die Evolution in eine neue Richtung voranzutreiben. Mit jedem

Organismus, der zurückfand oder neu hinzukam, wurden die Ökosysteme wieder komplexer – und damit wuchsen die Chancen für alle. Die meisten der Opportunisten, die zunächst wie die glücklichen Sieger aussahen, hielten in dieser neuen, komplexen Umwelt nicht mehr mit. Sie konnten dem Druck der Veränderungen nicht standhalten, und obwohl sie zunächst jeden Winkel besetzten, mussten sie sich doch zurückziehen – und auf die nächste schlechte Phase warten.

Betrachtet man die Zeiträume, um die es bei einem Massenaussterben geht, ist klar: Wenn ein komplexes Ökosystem erst einmal verschwunden ist, dann ist das vom menschlichen Standpunkt aus für immer. Aber: Wie viel Verlust kann sich unsere Zivilisation, die darauf beruht, dass die Ökosysteme funktionieren, eigentlich leisten?

# KAPITEL 15: WIR SIND STÄDTER

*Es geschah 2007. Irgendwann im Lauf des Jahres gebar eine Frau im Ajegunle-Slum von Lagos ein Kind oder ein junger Mann aus Bralitz in Brandenburg zog nach Berlin – und damit lebte erstmals mehr als die Hälfte der Menschheit in der Stadt. Das 21. Jahrhundert wird das Jahrhundert der Städte.*

Tokio, Bahnhof Shinagawa, morgens um acht Uhr: In kurzen Abständen fahren die Hochgeschwindigkeitszüge der Tokaido-Shinkansen-Linie ein und entlassen Hunderte von Fernpendlern aus den Ballungsräumen Osaka und Nagoya auf die Bahnsteige. Daneben rauschen die Züge der Yamanote-Metrolinie fast im Minutentakt heran. Zehntausende Menschen steigen aus, ein und um. Rund 900 000 Passagiere sind es am Tag. Unter den Tokioter Bahnhöfen rangiert Shinagawa daher nur auf dem sechsten Platz. Doch auch an den am stärksten benutzten Knotenpunkten wie Shibuya oder Tokio gibt es trotz des Andrangs kein Gedränge. Verspätungen kommen praktisch nicht vor, für japanische Zugführer sind sie geradezu ehrenrührig. Die Türen der Waggons öffnen sich immer exakt an den gleichen markierten Stellen, weshalb sich schon auf den Bahnsteigen Schlangen bilden. Schaffner mit weißen Handschuhen sorgen an den Gleisen höflich, aber effizient für Ordnung.

Auch in den Zügen oder in der Bahnhofshalle setzt sich die für europäische Augen unglaubliche Disziplin fort.

Handytelefonate im Waggon sind genauso tabu wie der lautstarke Gebrauch von MP3-Playern, obwohl die notorisch technikverrückten Tokioter stets die neuesten Spielzeuge zur Verfügung haben. Das intensive Tippen auf dem Handy oder PDA ist dafür die übliche Beschäftigung auf dem Weg zur Arbeit – aber das stört den Nachbarn ja auch nicht. Wer erkältet ist, geht mit Mundschutz, um andere nicht anzustecken. Rücksicht und Disziplin scheinen die Grundlagen zu sein, auf denen die 35 Millionen Tokioter überraschend reibungslos durch ihren Großstadtalltag kommen.

Die Hauptstadt Japans ist das Herz des mit Abstand größten Ballungsraums der Erde. Rings um die Bucht von Tokio dehnt sich das Häusermeer heute auf rund 8000 Quadratkilometer aus, und es schließt auch die Millionenstädte Kawasaki und Yokohama sowie zahllose kleinere Kommunen mit ein. Hier lebt ein knappes Viertel der japanischen Bevölkerung, ihr Anteil am Bruttosozialprodukt des Landes aber beträgt rund 40 Prozent.

Tokio hat nicht nur ein Downtown, sondern gleich mehrere. Die Hochhäuser in diesen innerstädtischen Zentren ragen wie Inseln auf: Das administrative Herz der Region, Shinjuku, in dem um die Zwillingstürme der Stadtverwaltung ein ganzer Wald von Wolkenkratzern mit Hotels und Firmenzentralen emporgeschossen ist. Akihabara, das Mekka der Technikfreaks und Geeks dieser Welt, wo sich ein ganzes Hochhausquartier um nichts anderes dreht als die jüngsten Elektronikspielzeuge. Ginza, die sündhaft teure Boutiquenmeile für die Schönen und Reichen, oder das quirlige Shibuya, das Modezentrum für die weniger reiche, aber dafür wagemutigere Kundschaft, das deshalb Trendscouts aus aller Welt anzieht.

Tokio ist der mit Abstand größte Ballungsraum der Erde.
Hier leben 35 Millionen Menschen dicht aufeinander.
Die Stadt hat nicht nur ein Zentrum, vielmehr ragen gleich mehrere Zentren wie Hochhausinseln aus der Megacity heraus.

Jeder einzelne dieser Stadtteile ist eine Welt für sich. Es ist es, als käme man auf einen anderen Planeten – und doch sind sie alle innerhalb von wenigen Minuten mit der Yamanote-Ringbahn erreichbar. Während die Straßen der japanischen Hauptstadt chronisch verstopft sind, läuft das engmaschige Netz aus Fernzügen, S-Bahnen und Metrolinien wie ein gut abgestimmtes Uhrwerk. Allein die Yamanote-Linie befördert ungefähr so viele Passagiere wie der gesamte Berliner Nahverkehr: 3,5 Millionen Menschen pro Tag.

Der Preis dafür, Bewohner der größten Stadt der Welt zu sein, die auch noch als eine der reichsten und fortschrittlichsten gilt, ist freilich hoch. Das Leben selbst ist in einer solchen Metropole weniger glanzvoll, als es die schicken Wolkenkratzer erahnen lassen. Horrende Mieten und Wohnungspreise stellen selbst Tokioter mit gutem Einkommen vor die Wahl, sich entweder mit einer sehr kleinen Unterkunft in der Stadt zu begnügen, oder weit nach draußen zu ziehen und dann jeden Tag lange Strecken als Pendler zurückzulegen.

Tokio ist eine reiche Megastadt, ebenso wie New York oder Seoul. Aber es gibt auch die anderen: Delhi etwa, Mumbai, Manila, Rio – Megastädte, in denen zahllose Menschen in Slums leben. Dharavi etwa ist der größte Slum der 18-Millionen-Stadt Mumbai. Vielleicht eine Million Menschen leben hier in einem ehemaligen Mangrovensumpf, in dem vor 100 Jahren noch Fischer ihre Netze auswarfen. Heute erstreckt sich hier ein graues Wellblechmeer, eingeklemmt zwischen zwei Eisenbahnlinien. Dharavi ist nur einer von 2500 Slums hier, die meisten davon sind eigentlich bewohnte Müllhalden am Stadtrand. Mehr als die Hälfte der »Bürger« Mumbais können sich nichts anderes leisten als eine Unterkunft im Slum – und viele haben noch nicht einmal das. Sie leben auf dem Bürgersteig, besitzen nicht mehr als die Planen, mit denen sie sich zudecken.

Den Bewohnern Dharavis geht es besser: Viele sind Handwerker mit kleinem Einkommen. Sonst könnten sie sich auch die Behausungen nicht leisten. Eine etwa 20 Quadratmeter große Hütte kostet 20 000 Euro. Das ist eine Menge Geld in einer Stadt, in der das Durchschnittseinkommen bei jährlich 540 Euro liegt. Und eine Menge Geld für eine Behausung ohne fließendes Wasser und mit Gemeinschaftstoiletten irgendwo vor der Tür.

Die Handwerker stellen alles Mögliche her: Billigkopien von teuren Handtaschen oder Lederjacken oder frittiertes Gebäck. Der größte Teil des Salzgebäcks, das in Mumbai verkauft wird, stammt aus einer dieser Hütten, und es wird über offenem Feuer hergestellt, in Räumen, deren Wände vom ständigen Rauch schwarz geworden sind. Auch aus den Brennöfen steigt beißender Rauch auf: Töpferwaren ernähren die Familien. 300 bis 400 Millionen Dollar setzen die vielen kleinen Betriebe so pro Jahr um. Das reicht für ein bescheidenes Leben der Besitzer und ihrer Arbeiter. Eine halbe Million Jobs soll an diesen kleinen Betrieben hängen.

Dharavi ist bedroht: Es liegt direkt neben Bandra Kurla, dem feinen Bankendistrikt Mumbais. Dort gibt es Glasfassaden, Bäume wachsen an den Straßen und die Bankangestellten hasten durch die Straßen. In Dharavi dagegen gibt es nur Schlammpfade und stinkende, offene Abwasserkanäle. Weil Land in Indiens Finanzmetropole teuer ist und die Mieten für Büros und Wohnungen zu den höchsten der Welt gehören, weckt der Slum Begehrlichkeiten. Er soll verkauft werden. 2,3 Milliarden US-Dollar will die Stadt für das insgesamt 214 Hektar große Areal haben. Im Sommer 2007 schaltete sie deshalb in 20 Ländern Zeitungsanzeigen. Mehr als hundert interessierte Anleger meldeten sich. Die Hütten sollen verschwinden, die Bewohner kostenlos in einfachen, siebenstöckigen Apartmenthäusern untergebracht werden, in denen jeder Familie eine 20 Quadratmeter große Wohnung gestellt wird. Es soll Schulen und Krankenhäuser geben, Abwasserleitungen und feste Straßen. Der größte Teil des Areals aber wird dann mit edlen Immobilien bebaut.

So elend Dharavi in europäischen Augen aussehen mag, viele seiner Bewohner wehren sich gegen die Modernisierungspläne. Es sind die Handwerker, denen das Land gehört, auf dem ihre Großeltern schon eigenhändig die Hütten gebaut haben. Sie fürchten, mit dem Umzug ihr Einkommen zu verlieren. Dass sie in dem geplanten Gewerbezentrum am Rand des Nobelbezirks wirklich arbeiten dürfen, daran glauben sie nicht. Die oft stinkenden Betriebe passen nicht in die Nachbarschaft feiner Wohnungen und teurer Büros. Den Lederbetrieben wird bereits geraten, wegzuziehen. Aber wie sollen sich ihre Besitzer angesichts der horrenden Preise Mumbais ein neues Grundstück leisten? Und die anderen – werden sie sich in dem Gewerbegebiet halten können? Oder werden sie von zahlungskräftigen Firmen verdrängt werden, sobald alles steht und das öffentliche Interesse an ihrem Schicksal erlahmt?

Es sind die Illegalen, die sich über die Pläne freuen, denen nichts gehört. Sie ziehen gerne in die Apartments mit gekachelten Bädern und Küchen, wenn auch ohne fließendes Wasser, aber mit Platz für ein Dutzend Eimer für die Morgentoilette der Großfamilie. Wenn abends zwölf, 13 Familienmitglieder in der Wohnung schlafen wollen, ist kein Zentimeter mehr frei. Für alle Bewohner Dharavis gibt es ohnehin keinen Platz in den neuen Apartments: Für 57000 Familien plant man – den anderen bleibt nur der Bürgersteig.

## DAS JAHRHUNDERT DER SLUMS?

Es geschah 2007. Irgendwann im Lauf des Jahres gebar eine Frau im Ajegunle-Slum von Lagos ein Kind. Oder ein junger Mann verließ sein Dorf in Brandenburg, um in Berlin sein Glück zu versuchen. Oder eine Bauernfamilie tauschte für ein paar Hilfsarbeiterjobs ihre Hütte gegen ein Matratzenlager in Schanghai – und damit lebte erstmals mehr als die Hälfte der Menschheit in der Stadt.

Gigantische Ballungsräume wie Tokio oder Mumbai sind ein junges Phänomen. In 7000 Jahren Stadtgeschichte sind die Siedlungen immer größer geworden. Vor 100 Jahren war London mit 6,5 Millionen Menschen die viel bestaunte größte Stadt der Welt. 1940 erreichte New York als Erste den Status Megacity, was schlicht nichts anderes bedeutet, als dass dort mehr als zehn Millionen Bürger auf mehr oder weniger engem Raum leben. Wirkliche Riesenstädte gab es 1950 gerade einmal vier und alle lagen in den Industriestaaten. In den 1960er Jahren kam als erster Ballungsraum aus einem Schwellenland Schanghai hinzu. Seitdem hat sich die Entwicklung drastisch beschleunigt und das Bild entscheidend gewandelt. Heute ist Tokio mit 35 Millionen Einwohnern die unangefochtene Spitzenreiterin.

Vor einem halben Jahrhundert versammelte sich erst ein Drittel der Menschheit – oder 732 Millionen Personen – in Städten. Heute sind es 3,4 Milliarden. Damals gab es die meisten Städter in den besser entwickelten Ländern, heute mit großem Abstand in der Dritten Welt. 2004 zählte man 400 Millionenstädte, 2015 werden es wahrscheinlich 550 sein. Dann werden vier Milliarden Menschen in der Stadt leben, 600 Millionen von ihnen in 60 Riesenstädten mit mehr als fünf Millionen Einwohnern. Die Ballungsräume

DIE GRÖSSTEN STÄDTE IM LAUF DER WELTGESCHICHTE

100 n. Chr.: Rom 450 000 Einwohner, Luoyang 429 000, Seleukia am Tigris 250 000, Alexandria 250 000

1900: London 6,5 Millionen, New York 4,2 Millionen, Paris 3,3 Millionen, Berlin 2,7 Millionen

1950: New York 12,5 Millionen, London 8,9 Millionen, Tokio 7 Millionen, Paris 5,9 Millionen

2005: Tokio 35 Millionen, Mexico City 19,4 Millionen, New York 18,7 Millionen, São Paulo 18,3 Millionen der Industriestaaten werden sich dann auf den hinteren Plätzen der Rangliste befinden, denn anders als in Südamerika hat in den bevölkerungsreichen Staaten Asiens und Afrikas die Landflucht erst begonnen. Heute ist Afrika noch der Kontinent, der am wenigsten verstädtert ist – 2030 werden dort jedoch in den Städten mehr Menschen wohnen als in ganz Europa. Schon jetzt wachsen die Städte in den Entwicklungsländern Woche für Woche um eine Million Einwohner – dank der enorm hohen Geburtenrate und der Landflucht. Städte wie die Hauptstadt Bangladeschs, Dhaka, oder wie Karatschi in Pakistan oder Mumbai in Indien werden die traditionellen Metropolen der westlichen Welt überflügeln. Nur Tokio und New York werden sich behaupten können.

Gleichgültig, ob New York, Tokio, Mumbai oder Lagos – Megastädte erzeugen gewaltige Umweltprobleme: Zwar bedecken sie nur zwei Prozent der Landoberfläche überhaupt, aber dafür sind sie gefräßig. Ihre Bewohner verbrauchen drei Viertel aller Ressourcen an Wasser, Nahrungsmittel und Baumaterial, und sie plündern dafür das Umland und spucken gewaltige Wolken an Treibhausgasen, Milliarden Tonnen an Müll und regelrechte Giftströme aus. Städte leben auf Kosten ihrer Umgebung.

In der Ersten Welt leben die Großstädte von ihrer Attraktivität. Wenn sie keine Investoren anlocken, die Arbeitsplätze schaffen, ziehen die gut verdienenden Menschen weg, die Armen und Alten bleiben zurück. Die besten Universitäten, attraktive Wohngebiete, eine funktionierende Infrastruktur, Kindergärten, Schulen, Krankenhäuser, Kinos, Theater, Museen, Einkaufsmeilen, Naherholungsgebiete – das alles sind wichtige Faktoren im Kampf um die besten Köpfe. Städte brauchen den »Glitzerfaktor«, um die Be-

DER APPETIT VON LONDON

Die inzwischen kleine Megastadt London verbraucht im Jahr eine Milliarde Tonnen reines Wasser, 360 000 Tonnen Glas, 2,4 Millionen Tonnen Lebensmittel, 2,1 Millionen Tonnen Plastik, dazu 1,2 Millionen Tonnen Metall, 2,2 Millionen Tonnen Papier, 40 Millionen Tonnen Sauerstoff, 20 Millionen Tonnen Treibstoff, 1,2 Millionen Tonnen Holz, 2 Millionen Tonnen Zement – und 36 Millionen Tonnen Ziegel, Steine, Teer oder Sand fürs Bauen. Auf der anderen Seite gibt London 60 Millionen Tonnen $CO_2$ ans Umland ab, vier Millionen Tonnen Haushaltsabfall, 11,4 Millionen Tonnen Industrieabfälle und Abbruchmaterial, 400 000 Tonnen Schwefeldioxid, 280 000 Tonnen Stickstoffoxide, 7,5 Millionen Tonnen Klärschlamm. (Quelle: *New Scientist*)

gabtesten und Kreativsten aus aller Welt für sich zu gewinnen – und um für die Firmen die beste Adresse zu sein. Wird eine Großstadt und ihr Umland unattraktiv, bieten sie ihren Bürgern keine echten Chancen mehr, büßt sie ihren Glanz ein, fällt zurück, verliert die Zukunft. Deshalb herrscht ein harter Wettbewerb zwischen den modernen Metropolen der westlichen Welt.

Auch in China ließ der Wirtschaftsboom viele Orte innerhalb weniger Jahrzehnte zu Millionenstädten anschwellen. Riesige Wohnkasernen für die Arbeiter schießen ebenso aus dem Boden wie gewaltige Apartmentblocks für die neue Mittelschicht, die der sozialistischen Einheitsminiwohnung entkommen will. Ganze Stadtviertel aus einem Guss werden von Privatinvestoren aus dem Boden gestampft. Die zahlungskräftige Kundschaft drängt in Verkaufsmessen, um sich den Traum vom komfortablen Wohnen in einer der hohen Wohnmaschinen zu erfüllen, die in Europa inzwischen als Sinnbilder problematischen Städtebaus gelten. In China nicht, denn dort ist der Boden sehr teuer, und die Bevölkerungswanderung vom Land in die Stadt hat gerade erst begonnen – man setzt ganz auf die Vertikale, um mit den Massen fertig zu werden. Dank des Wirtschafts- und Baubooms haben die Kommunen auch die nötigen finanziellen Mittel für die Bereitstellung der Infrastruktur zur Verfügung. Autobahnen und Bahnlinien verbinden etwa in Schanghai die Satellitenstädte im Umland mit dem Zentrum und dem neuen Vorzeigebezirk Pudong.

Ganz anders das Bild in den Entwicklungsländern. Dort wären die Bürgermeister der Megastädte froh, wenn der Zuzug versiegen würde. Lagos, Nairobi oder Dhaka ziehen die Leute nicht wegen eines konkreten Jobangebots an, sondern wegen der bloßen Hoffnung, der Hoffnung auf eine bessere Zukunft, wenn nicht für sich selbst, dann wenigstens für die Kinder. Was lockt sie? Für die Menschen in der Stadt wird in den meisten Entwicklungs- und Schwellenländern mehr getan als für die auf dem Land: Schließlich könnten sie sich leichter organisieren und die Machthaber stürzen, wenn die Unzufriedenheit zu groß wird. Auf dem Land ist die medizinische Versorgung meist miserabel, die Böden sind oft ausgelaugt, Dünger und Saatgut teuer, und auf den mageren Weiden grast schon jetzt viel zu viel Vieh. Wie soll sich da etwas ändern? Die Menschen haben Angst vor dem Klimawandel, der Dürren bringen könnte oder katastrophale Regenfälle. Sie bekommen niemals genügend Geld zusammen, um ihre Kinder auf die Schule zu schicken – und was soll ohne Bildung aus ihnen werden?

Auf den Dörfern ist die wirtschaftliche Situation katastrophal. Den Bauern verderben billige Nahrungsmittelimporte aus den Industrienationen die Preise, ohne dass sie ihrerseits in die EU oder die USA exportieren könnten. Beispiel: Tomatenmark. Tomaten wachsen auch in Ghana, und wenn man daraus vor Ort Tomatenmark macht, kostet die Dose umgerechnet 35 Cent. Südeuropäische Konzerne exportieren sie aber für rund 29 Cent nach Ghana. Die Europäer können sich den Kampfpreis leisten, weil die EU den Tomatenproduzenten jährlich mit 380 Millionen Euro unter die Arme greift. Außerdem bekommen die Firmen für einen Teil der Exporte Subventionen, wenn sie den innerhalb des Binnenmarkts nicht verkäuflichen Überschuss anderswo loswerden. Würden die europäischen Steuerzahler nicht viel Geld drauflegen, müsste die Dose Tomatenmark aus Europa 58 Cent kosten – und die Bauern und Fabrikarbeiter in Ghana bräuchten sich um ihre Zukunft keine Sorgen zu machen. Aber so sehen viele für sich das Leben in der Stadt als einzigen Ausweg. Schließlich verdienen die Städter in Asien, Afrika oder Lateinamerika deutlich mehr als die Bauern – obwohl kaum jemand den Sprung in die reguläre Arbeit schafft. Die meisten stranden in den Städten und halten sich irgendwie mit schlecht bezahlten Gelegenheitsjobs über Wasser. Aber wenn sie es schaffen, ihre Kinder in eine Schule zu schicken, dann ist die Zukunft besser als auf dem Land …

Es ist dieser Traum, der dafür gesorgt hat, dass die Bevölkerungszahl in Lagos, der ehemaligen Hauptstadt des ölreichen Nigerias, von 300 000 im Jahr 1950 auf heute 13,5 Millionen angewachsen ist. Städtisch wirkt Lagos in weiten Teilen nicht. Eher wie ein Meer aus Wellblechhütten – und jede dieser Hütten ist in Wirklichkeit ein Mietshaus. Dutzende von kleinen Räumen sind da aneinandergeklebt, und in jedem Raum wohnt eine Großfamilie. Je nachdem, wel-

HEISSES PFLASTER

Städte »saugen« die Sonnenenergie regelrecht auf: Dunkle Dächer und Straßen sorgen dafür, dass sie sich aufheizen, das Baumaterial speichert die Hitze, und die hohen Häuser bremsen den kühlenden Wind. Anders als auf dem Land funktioniert in der Stadt auch die Kühlung über die Verdunstung schlecht, weil die asphaltierten und bebauten Flächen den Regen nicht aufsaugen. Der landet stattdessen sofort in der Kanalisation, und alles ist schnell wieder trocken. Kein Wunder also, dass Städte Wärmeinseln sind. Wie eine Glocke liegt die Hitze über der Stadt, 200 bis 300 Meter hoch reicht sie in die Luft, manchmal sogar 500 Meter. Je größer die Stadt, desto wärmer ist sie im Vergleich zum Umland. In Zeiten des Klimawandels kann die Aufheizung der Städte zu ernsten Gesundheitsproblemen führen. Geschickte Planung schafft etwas Abhilfe: Hell angestrichene Häuser, helle Dächer, eine möglichst niedrige Bebauung, viele Grünflächen oder künstliche Seen helfen, auch wenn sie Wälder und Wiesen nicht ersetzen können.

cher Statistik man Glauben schenkt, ist die Bevölkerungsdichte in Lagos drei- bis fünfmal höher als die in Berlin.

Jahr für Jahr ziehen weitere 600 000 Zuwanderer in die Hafenstadt, die immer noch das ökonomische Herz Nigerias ist. Megastädte wie Lagos stecken in einem Teufelskreis. Die Stadtverwaltungen haben nicht genügend Geld, um die Infrastruktur für Wasser, Abwasser oder Strom aufzubauen. Überall da, wo der Druck am größten ist, wird ein wenig »geflickt«, ein Stück Straße geteert oder ein paar Hundert Meter Wasserleitung verlegt. Aber das lockt nur mehr Zuwanderer an, und schnell ist die Lage wieder so katastrophal wie zuvor. In Mumbai ist so ein gut gemeintes Programm der Weltbank, eine von vielen Staaten betriebene Bank, die unter anderem Entwicklungshilfeprojekte finanziert, gescheitert. In Dharavi wollte sie die sanitären Einrichtungen verbessern – eine Toilette für 20 Bewohner. Geschafft hat man nur eine für 100 Leute – und die waren dann bald auch ruiniert, weil das Geld für die Wartung fehlte. Daran denkt meist niemand, oder niemand weiß, wo das Geld dafür herkommen soll – und deshalb ist es auch so schwer, die Slums dauerhaft zu verbessern. Wenn sich die Verwaltung zu einer Grundsanierung entschließt wie in Dharavi, ist nicht gesagt, dass am Ende wirklich dauerhaft mehr Lebensqualität für alle herauskommt. Wie werden die Apartmenthäuser wohl in zehn Jahren aussehen, wenn die Bewohner keine Jobs mehr haben? Werden dann nicht ganz andere Menschen dort wohnen, weil man die Armen verdrängt hat? Ohne Arbeit wird die Kriminalität steigen – und was passiert dann in einem schicken Stadtteil, in den ausländische Investoren viel Geld gesteckt haben?

## HOFFNUNGSFUNKEN

Aber manchmal passiert ganz von selbst etwas. Die ägyptische Hauptstadt Kairo mit ihren inzwischen mehr als 13 Millionen Einwohnern ist ein Beispiel dafür, wie sich die Menschen ohne oder sogar gegen die Verwaltung selbst helfen. Das Schwemmland des Nildeltas wird Zug um Zug in Siedlungsland umgewandelt, aber es war zuvor in schmale, lange Felder eingeteilt worden – und wenn sich die Stadt ausdehnt, folgen die neuen Strukturen dem alten System. Auf den Äckern entstehen Häuser und Hütten, und die traditionellen Bewässerungskanäle dazwischen verwandeln sich in Straßen. Von Anfang an gibt es ordnende Strukturen, und die machen es später sehr viel einfacher, die fehlende Infrastruktur Stück für Stück nachzurüsten. Entlang der Kanäle werden Leitungen gelegt, Straßen befestigt, Abwasserkanäle gebaut. Und so können sich etliche dieser Slums zu anerkannten Siedlungen mausern, weil die Bewohner selbst viel Mühe und Arbeit hineinstecken. In Lateinamerika, in Brasilien, Kolumbien oder Mexiko konnte man das Wachstum in jenen Slums in den Griff bekommen, wo die Menschen in die Verbesserungen mit einbezogen und aktiviert wurden und wo man ihnen Hilfe zur Selbsthilfe gab. Das jedenfalls ist eine der Erkenntnisse des Programms der Vereinten Nationen für menschliche Siedlungen (HABITAT). Auch in Sri Lanka oder Thailand, wo die Regierungen die Eigeninitiative stark finanziell stützen, wird es besser. Und das muss es auch, damit das 21. Jahrhundert nicht das der Slums wird, in denen die Hoffnungslosigkeit regiert.

# KAPITEL 16: NEUE STRATEGIEN BRAUCHT DIE WELT

*In Malawi herrschte der Hunger. Der Regen war ausgeblieben. In Nigeria herrschte der Hunger. Es hatte sintflutartig geregnet. Wir haben noch nicht gelernt, die Veränderungen im 21. Jahrhundert zu bewältigen. Wir müssen uns an die Welt, die wir uns selbst geschaffen haben, anpassen. Dazu brauchen wir neue Strategien, wir müssen lernen, mit der Natur zu leben.*

»Mein Bruder ist im vergangenen Jahr gestorben, und jetzt lebt seine Familie bei mir«, erzählt Samson und deutet auf Esther. Seine Schwägerin ist jetzt seine dritte Frau. Sie hockt zusammen mit Samsons erster Frau Sarah auf dem Boden, beide teilen sich eine Schüssel Reis. Sie wollen wissen, worüber wir reden, Sätze auf Chichewa fliegen hin und her, Samson übersetzt: »Sie sagt, dass sie drei Kinder hat, drei Mädchen, und dass sie früher mit meinem Bruder unten am See gewohnt hat.«

Am Malawisee wohnte Esther in der Nähe ihrer Mutter, ihrer Familie. Von hier oben aus bedeutet ein Besuch einen Fußmarsch von vier Stunden. Deshalb sieht sie ihre Familie nur noch selten. Wie sie sich dabei fühlt, sagt sie nicht. »Offiziell haben wir nur eine Frau, aber irgendwie werden es mit der Zeit immer mehr«, fährt Samson etwas verlegen fort. Nach kurzem Überlegen erklärt er selbstbewusst: »Es ist unsere Tradition, dass der Bruder die Witwe aufnimmt und für sie und ihre Kinder sorgt.«

Im Norden des südostafrikanischen Staates Malawi ist das Alltag – und nicht nur dort. Gefragt werden Frauen wie Esther nicht. Wenn der Mann stirbt, müssen sie alles zusammenpacken und zum ältesten Bruder ziehen. Ob sie wollen oder nicht. Die meisten kommen nicht auf die Idee, sich zu widersetzen. Wenn es eine versucht, wird sie ausgestoßen und verliert ihre Kinder.

Samsons Frauen sind eine Stunde gelaufen, um ihren Mann zu besuchen. Sie holen die Essensreste aus dem Camp ab und wollen gleich auch noch von der Handpumpe unter dem Mangobaum ein paar Kanister Trinkwasser für das Baby mitnehmen, das Durchfall hat. Das Wasser hier kommt aus einem Bohrloch, es ist gutes Wasser, kühl und sauber. In den Hügeln, wo sie leben, ist noch kein tiefer Brunnen gegraben worden. Ihr Wasser bekommen sie aus zwei schlammigen Löchern, eine halbe Stunde zu Fuß von ihren strohgedeckten Lehmhütten entfernt. Eines davon droht gerade auszutrocknen. Wenn es nicht bald regnet, wird die Situation eng für alle, denn auch das Vieh wird dort getränkt. Jeden Tag füllen Esther und Sarah zusammen mit den älteren Mädchen ein paar Kanister und Eimer – damit müssen alle auskommen.

Samson spricht als Einziger in der Familie etwas Englisch. Das hat ihm auch den Aushilfsjob als Koch im Wissenschaftlercamp eingebracht. Nein, Geld verdient er hier nicht. Was sollte er auch damit anfangen, die Inflation fräße es sofort wieder auf. Sein Lohn sind ein paar Säcke Mais. Die sind viel wertvoller. Was seine Familie nicht selbst braucht, tauscht er ein, denn sein Acker wirft nicht genug ab, um etwas zum Anziehen zu kaufen oder Medikamente zu bezahlen. Der Mais, den er in diesem Jahr angebaut hat, ist verdorrt, weil der Regen ausgeblieben ist. Der Maniok ist auch nicht besonders gut gewachsen.

In Malawi haben in diesem Jahr viele Menschen zu wenig zu essen. Die Ernährungslage ist schwierig, unter anderem, weil sich in den vergangenen 20 Jahren die Zahl der Einwohner auf zwölf Millionen verdoppelt hat. Jede Frau bringt statistisch 6,6 Kinder zur Welt. Auf handgemalten oder billig gedruckten Plakaten wirbt die Regierung deshalb für Familienplanung: Vater, Mutter und vier Kinder

### ZURÜCK IN DIE ZUKUNFT

Vor drei Millionen Jahren war der Kohlendioxidgehalt in der Atmosphäre ganz ohne Hilfe des Menschen höher als heute, und die Welt war um 3 °C wärmer. Das entspricht in etwa dem, was der Weltklimarat IPCC für die Zeit in 50 bis 100 Jahren als am wahrscheinlichsten vorhersagt. Geologisch gesehen, hat sich die Erde seit damals nicht groß verändert, außer dass die Eiszeiten vieles durcheinandergewirbelt haben.

Weil uns diese vergangenen Zeiten verraten, was die Zukunft bringen könnte, haben sich Geologen alle verfügbaren paläontologischen Informationen besorgt, beispielsweise, welche Pflanzen wo wuchsen und welche Ansprüche sie stellten. Mit den Daten haben sie die Computer »gefüttert«, um die Welt von damals wiedererstehen zu lassen. Das Ergebnis: Die Simulation der Erde vor drei Millionen Jahren stimmt sehr gut mit den Modellrechnungen für das 21. Jahrhundert überein. Damals herrschte in Südspanien und Nordafrika sehr viel größere Trockenheit als heute, während es im nördlichen Mittelmeerraum feuchter war, tropischer. Die Sahara war viel kleiner, statt Dünen gab es fruchtbares Land, und auch der Sahel war grün. Außerdem wird den Bits und Bytes zufolge im Norden die Tundra von Bäumen überwachsen werden. Allerdings: Die natürliche Vegetation, die hier simuliert wird, gibt es nicht mehr. Vor drei Millionen Jahren fehlte der Faktor Mensch, der beispielsweise durch Überweidung und Überbevölkerung die günstigen Veränderungen im Sahel zunichtemachen könnte. Außerdem konnten sich die Ökosysteme vor drei Millionen Jahren über lange Zeiträume hinweg entwickeln. Im 21. Jahrhundert aber soll der Wandel sehr schnell ablaufen, und die Frage ist, ob alle Pflanzen und Tiere da mithalten können. Auf der vom Menschen bestimmten Erde wird für viele das Überleben schwierig werden.

halten sich glücklich lächelnd an den Händen. Vier Kinder – schon das ist ein frommer Wunsch, erst recht zwei Kinder pro Familie. Vier Kinder, damit könnte man wenigstens das explosive Bevölkerungswachstum stoppen, wachsen würde die Einwohnerzahl Malawis trotzdem. Dabei sind die Gärten und Felder der Kleinbauern einfach nicht groß genug, um die Familien zu ernähren.

Zur Überbevölkerung gesellt sich der Klimawandel, der die Niederschläge unregelmäßiger macht. Dadurch stehen die Bauern vor einer existenziellen Frage: Wenn der Regen später kommt und schneller wieder geht – wann sollen sie säen? In weiten Teilen Afrikas hängt von dieser Entscheidung der Erfolg der Ernte ab, denn die Regenzeit liefert das Wasser, das die Pflanzen zum Reifen brauchen. Durch den Klimawandel reicht das althergebrachte Wissen nicht mehr. Alles verändert sich …

Allmählich zeichnen sich die Konsequenzen des Großversuchs ab, den der Mensch unternimmt: Was verkraftet die Erde, ehe die Systeme reißen? Vor 5000, 6000 Jahren, als unsere Vorfahren rund ums Mittelmeer die Wälder rodeten, um Felder und Weiden anzulegen, veränderten sie die Landschaft einschneidend – aber ihr Einfluss auf das große System der Erde war noch recht begrenzt. Inzwischen manipulieren wir den Planeten selbst tiefgreifend. Unsere technischen Möglichkeiten hierfür sind ungleich größer als zu Pharaos Zeiten – und wir sind 6,7 Milliarden. Das sind einfach zu viele, um folgenlos gegen die Natur leben zu können.

Machen wir weiter wie bisher, werden sich unter unserem Druck in den kommenden Jahrzehnten die Ökosysteme – gleichgültig, ob wir in Europa leben, in Nordamerika, Afrika oder Indonesien – verschlechtert haben. Gleichzeitig wird die Erde noch dichter bevölkert sein, sie wird wärmer sein, gestresster, weil die Menschheit immer mehr Raum und Ressourcen für sich beansprucht. Schon heute dringen wir in die letzten Wildnisgebiete vor, die noch geblieben sind. Es sind aber nur noch Reste vorhanden, die alte Strategie des Ausweichens in neue Räume funktioniert jetzt nicht mehr. Alles fruchtbare Land ist längst vergeben, es gibt keine großen, guten, »leeren« Räume mehr, die sich die Menschheit erobern kann – und eine zweite Erde haben wir auch nicht in der Tasche. Es ist eng geworden. Eine Weile mag das noch gut gehen, aber auf unserem Planeten hängt alles zusammen – und die Erdgeschichte beweist, dass bestimmte Entwicklungen auf Dauer böse enden können. Schon werden Katastrophenszenarien entworfen, von Klimakriegen und Kriegen ums Wasser, von endlosen Flüchtlingstrecks und vom sechsten Massenaussterben, das bereits begonnen hat.

Die Gefahr, dass es so kommt, ist groß – aber noch können wir umsteuern. Wir werden fürs 21. Jahrhundert neue Ideen und innovative Technologien entwickeln müssen. Zunächst sind Anpassungsstrategien gefragt. Im Senegal, einem Land in der Sahelzone, gab es 2005 die ergiebigsten Regenfälle seit Jahrzehnten. Eigentlich ein Segen, aber die Niederschläge wurden für die Bauern zur Katastrophe, weil sie trockenheitsresistente Pflanzen angebaut hatten, die im Wasser verdarben. Ihr ganzes Wissen ist darauf abgestimmt, mit der Dürre umzugehen. Wenn der Klimawandel ihnen jedoch mehr Regen bringt, müssen sie ebenso Neues lernen wie ihre Berufskollegen in Malawi, die sich noch launischeren Regenzeiten gegenübersehen, oder wie ihre Kollegen in Südspanien, wo es trockener und trockener wird, oder wie die Farmer im Westen der USA, wo die für die Wasserversorgung unentbehrlichen Schneefälle im Winter abnehmen werden. Während in Nord- und Mitteleuropa und Teilen Nordamerikas die Landwirtschaft vom Klimawandel profitieren soll und sich Anbauzonen ausdehnen können, beginnt an anderen Orten der Kampf ums Wasser.

In der Ersten Welt wird dieser Kampf mit Talsperren, Meerwasserentsalzungsanlagen, Brauchwasserrecycling und Hightech-Bewässerungssystemen geführt werden oder mit Treibhäusern. Aber trotzdem wird es in einigen Regionen schwierig werden. Dort könnte dasselbe passieren wie 1935 in der nordamerikanischen Prärie.

Damals war die Weltwirtschaftskrise gerade vorbei, und es hatte seit Jahren kaum geregnet. Das Gras war verdorrt, tiefe Risse durchzogen den Boden. Das Vieh verdurstete. Säen lohnte sich nicht. Dafür fegten Staubstürme übers Land. Wie eine graue Wand wälzten sie sich heran, machten den Tag zur Nacht, nahmen Mensch und Tier den Atem. Wer nicht fliehen konnte, verhängte Türen und Fenster mit nassen Tüchern. Aber der Staub drang in die Häuser, deckte Dörfer meterdick zu, biss in den Lungen, brannte wie Feuer in den Augen. Die Menschen mussten aufgeben und flohen vor dem Hunger. Kalifornien erschien ihnen als Gelobtes Land. Ein endloser Treck von Armen machte sich auf, die auf Brot hofften – aber nur Not fanden. Die Flüchtlinge lebten in Slums, die von Weitem aussahen wie Abfallberge, denn die Verschläge waren aus Müll gebaut, aus Altpapier, Gras, aus schmutzigen Lumpen und flach geklopften Dosen. Büsche dienten als Toiletten, und Fliegen schwirrten laut summend um die menschlichen Fäkalien. Hakenwürmer warteten im Schlamm auf die barfüßigen Kinder mit ihren dicken Hungerbäuchen. Ein Kind verhungerte. Ebenso das nächste. Ein anderes raffte die Schwindsucht dahin. Es wurde niemand alt in den Slums des Sonnenstaats Kalifornien – und so lange ist das noch nicht her. Die Vereinigten Staaten waren auch damals im Vergleich zu den anderen Nationen reich, aber konnten trotzdem den Leuten in den Krisenzonen nicht effizient helfen.

Das wird auch in den kommenden Jahrzehnten nicht einfach werden. Technik wird bei den Anpassungsstrategien an die Welt des 21. Jahrhunderts sehr wichtig sein, aber mehr noch Wissen – und Wissensvermittlung. Das ist vor allem in den armen Ländern gefragt. Beispiel: Afrika. Dort gibt es eigentlich einen strategischen Vorteil, wenn man ihn nutzen lernt. Anders als in Europa lässt sich dort meist Monate im Voraus sagen, ob die Passatwinde viel oder wenig Regen bringen werden. Das Problem ist, die Bauern rechtzeitig mit den Informationen zu versorgen, die in den Computern der Wetterdienste schlummern – und zwar so, dass

In den 1930er Jahren herrschte jahrelang Dürre in den Great Plains der USA. Verheerende Staubstürme fegten übers Land, begruben alles unter sich – so wie diese Farm. Den Menschen blieb nichts anderes übrig als zu fliehen.

die Menschen auch etwas damit anfangen können. Sie müssen in die lokalen Sprachen übersetzt und übers Radio verbreitet werden – Fernsehen gibt es auf dem Land viel zu selten. Das hört sich einfach an, aber in der Praxis funktioniert es nicht richtig – noch nicht.

Unter anderem, weil erst noch einfache Methoden erdacht und verbreitet werden müssen, um Wasser für lange Dürreperioden zu speichern. Im Norden Kenias läuft dazu ein Versuchsprojekt des Umwelt- und Entwicklungshilfeprogramms der Vereinten Nationen UNEP. Im Kadjado-Distrikt hängen gleich mehrere Dörfer von einem Feuchtgebiet ab, das Wasser wie ein Schwamm speichern kann. Wenn die Meteorologen künftig Dürrealarm geben, sollen die Bauern, solange es noch regnet, Wasser sammeln, indem sie die Entwässerungskanäle im Feuchtgebiet verschließen. Das Wasser darf nicht abfließen, sondern soll über die Trockenzeit hinweg langsam genutzt werden. Das erfordert viel Aufklärungs- und Überzeugungsarbeit, denn traditionell machen die Bauern genau das Gegenteil: Sie treiben ihre Tiere in das verlockend grüne Feuchtgebiet und öffnen die Kanäle unkontrolliert. Das gespeicherte Wasser ist schnell verloren, und dann trifft die Dürre die Menschen mit ganzer Wucht. Auch wenn absehbar ist, dass es mehr regnet als normal, kann die Vorbereitung darauf schwierig sein. Es müssten beispielsweise andere Pflanzen gesät werden, und an die kommen die armen Bauern nicht so einfach heran. Neues Saatgut ist teuer. Aber vielleicht finden sich unter den traditionellen Pflanzen, die beispielsweise im Sahel vor den vergangenen Dürrejahrzehnten angebaut wurden, passende Kandidaten für die wechselhafte Welt von morgen.

## VONEINANDER LERNEN

Abends, als aus der Ferne die Trommeln klingen und das Kreuz des Südens über dem alten Mangobaum steht, macht der Ausrufer seine Runde. »Mann, Frau, kommt morgen zur Baustelle für die Schule, es kann beginnen«, übersetzt Samson die Ansage für uns. Das Tal soll seine eigene Schule bekommen, weil die Schule in Karonga viel zu weit entfernt ist. Deshalb haben die Frauen aus der lehmigen Erde am Flüsschen Ziegel geformt und sie in der Sonne backen lassen. Lesen und schreiben sollen die Kinder lernen und rechnen. »Ihnen soll es einmal besser gehen als uns«, wünscht sich Samson. Viele hier sind Analphabeten und werden deshalb nie etwas anderes kennenlernen als das Leben von der Hand in den Mund. Sie bleiben Kleinbauern oder schlagen sich in der Stadt als Tagelöhner durch. »Eine Zukunft ist das nicht«, meint Samsons Ehefrau Sarah. Deshalb werden sie und Esther morgen auch beim Bau helfen – und weil sie Angst vor dem Klimawandel haben. Die Nachricht davon hat selbst die entlegenen Dörfer im Norden Malawis erreicht, wo die Nächte noch dunkel sind, weil es kein elektrisches Licht gibt, und wo die Menschen derzeit nur über ein kleines Transistorradio Neues erfahren oder wenn sie sich auf dem Markt oder am Brunnen treffen und unterhalten.

Wer weiß, was kommt – und da ist Bildung die einzige Chance, oder besser: die einzige Chance der Kinder, die in die Stadt gehen können, Karriere machen, vielleicht sogar studieren. Viele sind davon überzeugt, dass das Leben ihrer Kinder nicht mehr so abgeschieden sein wird wie das eigene. So rückständig die malawische Provinz heute noch erscheint, die Handys dringen doch langsam auch in die Hügel vor, und in Karonga hat ein Internetcafé eröffnet – das ist der »Draht« nach draußen. Das Internet verbindet die Menschen über Bergketten und Kontinente hinweg, wer lesen kann, kann sich informieren, lernen. Man kann plötzlich teilnehmen am Weltgeschehen. »Und vielleicht hilft es uns ja zu erfahren, was die Leute anderswo machen, die ähnliche Probleme haben«, hofft Esther.

Wissenschaftler sehen das im Grunde ähnlich. Um einfache Technologien und Anpassungsmethoden an die sich ändernde Erde zu verbreiten, bauen sie derzeit unter anderem Netzwerke auf, die den Erfahrungsaustausch zwischen den Ländern in Gang bringen sollen. Es muss ja nicht immer Hightech sein. Das in den verschiedenen Kulturen vorhandende Wissen soll überprüft und verbessert werden, denn es nützt nichts, eine Technologie aus dem 21. Jahrhundert auf eine isolierte Gemeinschaft aufzupfropfen. Technologie existiert nicht im luftleeren Raum, sondern muss von den Menschen akzeptiert und an ihre Kultur angepasst werden. Entwicklungshelfer in Nigeria erlebten erstaunt, dass die Bewohner eines Dorfes ihren hochmodernen Brunnen nicht wollten. Solche Brunnen seien nach zwei Jahren defekt, und man habe weder Wissen noch Geld für die Reparatur, erklärten die Ältesten. Nach langem Hin und Her bekamen

GLOBAL HANDELN

Im Oktober 2006 hat der frühere Chefvolkswirt der Weltbank, Nicholas Stern, einen Report vorgelegt, der im Auftrag der britischen Regierung die Folgen der globalen Erwärmung untersucht hat. Er kommt zu dem Schluss, dass der Klimawandel zwar eine Bedrohung des Lebens auf der Erde ist, aber dass wir die schlimmsten Risiken und Auswirkungen mit tragbaren Kosten vermeiden können – falls wir schnell und auf internationaler Ebene handeln. »Wir müssen verhindern, dass die weltweite Durchschnittstemperatur um mehr als 2 bis 3 °C steigt«, erklärt Nicholas Stern. Dafür müsse der Anstieg der Emissionen bis 2020 gestoppt werden und danach Jahr für Jahr um zwei Prozent sinken: Die jährlichen Kosten dafür sollen bei etwa einem Prozent des globalen Bruttoinlandsprodukts liegen, also bei etwa 270 Milliarden Euro. Kritiker halten das zwar für untertrieben und bezweifeln die Berechnungsgrundlagen, aber eines bezweifelt kaum jemand: dass etwas passieren muss. Die Folgen eines ungebremsten Klimawandels sind beunruhigend: Wenn es schlimm wird, kann es zu wirtschaftlichen Verwerfungen kommen, die nur mit einem

Weltkrieg oder einer Weltwirtschaftskrise wie die in den 1930er Jahren zu vergleichen sind. Die Gespenster von Massenarbeitslosigkeit und politischer Destabilisierung stehen im Raum. Dagegen könne gezieltes Handeln die Wirtschaft ankurbeln, weil neue Technologien entwickelt und neue Märkte für kohlendioxidarm erzeugte Produkte entstehen würden. Und: Wenn Energie effizienter eingesetzt werde und beispielsweise Häuser gedämmt würden, um weniger heizen zu müssen, spare das Kosten – und sei gut für die Umwelt. Die Liste der Ideen ist lang. Darauf stehen Autos, die geizig mit Energie umgehen oder mit Wasserstoff fahren, Strom, der aus erneuerbaren Quellen produziert wird, und vielleicht funktionieren die Ideen, das Kohlendioxid aus den Abgasen abzuscheiden und tief in der Erde sicher zu lagern – es wird viel zu forschen geben.

die Leute ihren Willen: ein Ziehbrunnen mit Eimer und einem Deckel gegen die Moskitos. Der funktioniert auch noch ein Jahrzehnt später.

Ein angepasster Wissenstransfer ist wichtig. Beispiel: Regenwasser sammeln. Wäre das 2005 im Senegal passiert, hätte man damit in der Trockenzeit monatelang die Felder bewässern und die Tiere tränken können. Allerdings wäre mit Zisternen und Wasserbecken ein neues Problem entstanden, das mit den Moskitos zusammenhängt, vor denen sich auch die Dorfbewohner in Nigeria fürchten: den Moskitos, die Malaria übertragen. Einfache Wasserspeicher wären für sie ideale Brutplätze. Eine alte Methode aus der Karibik soll da in Afrika helfen. Dort setzen die Leute winzige Fische in die Sammelbecken, die die Moskitolarven fressen. Winzig müssen die Fische sein, damit ihre Fäkalien das Wasser nicht belasten – winzig, aber trotzdem gefräßig.

Vielleicht gibt es ja auch in Afrika Fische, die sich dafür eignen. Weil der Ansatz auf althergebrachtem Wissen beruht, gibt es wenig Akzeptanzprobleme – hoffen jedenfalls die Wissenschaftler.

Es sind nicht nur die Entwicklungsländer, die von diesem globalen Wissenstransfer profitieren. Auch die Industrienationen können viel lernen. Beispiel Montreal. In der kanadischen Stadt gilt ein Viertel der Bewohner als arm, zehn Prozent sogar als sehr arm. Es sind Hunderttausende von Menschen, die mit sehr wenig Geld leben müssen. Um ihre Ernährungslage zu verbessern, wurde ein Projekt importiert, das schon in Singapur und Bogotá erfolgreich gewesen war: Dachgärten. Tomaten oder Bohnen vom eigenen Balkon, Hinterhof oder Flachdach ernähren zwar keine Familie, aber sie sorgen für Vitamine. Inzwischen wächst auf vielen Dächern Montreals Gemüse in vereinfachten Hydrokultursystemen, und die Stadtverwaltung hat die Starthilfe hierfür gegeben.

## GRÜNER LEBENSRAUM STADT

Grün hilft auch dabei, mit einer der großen Herausforderungen für die Städte fertig zu werden. Die sind tagsüber normalerweise ein Grad wärmer als das umgebende Land, nachts sogar sechs Grad. Wenn sich im Lauf dieses Jahrhunderts Sommer wie der von 2003 öfter wiederholen, wird jeder Baum, jeder Grünstreifen, jeder Garten, begrünte Balkon und jeder kleine Park zählen. Ein einziger Baum verdunstet bis zu 400 Liter Wasser täglich und kühlt so die Luft – und Kühlung wird in den Sommern des 21. Jahrhunderts ein großes Thema werden. Das Leben in Hochhausschluchten ist heute schon nur mit Klimaanlagen einigermaßen erträglich – was den Energieverbrauch in die Höhe treibt und damit die Treibhausgasemissionen bei den Kraftwerken. In den heißen Extremsommern der Zukunft könnten Städte für viele ihrer Bewohner tödlich werden. Deshalb sollten, wo immer es geht, die Häuser nur wenige Etagen hoch gebaut werden, damit der Wind die Straßen noch kühlen kann.

Überhaupt: Planer träumen von der »umweltfreundlichen« Stadt. Mit speziellen, unauffälligen Windturbinen oder Solarzellen auf den Dächern, Wärmepumpen in den Gärten, Müllkraftwerken und Müllheizkraftwerken könnten die Bewohner einen Teil ihrer Energie selbst herstellen. Energieeffiziente Häuser mit begrünten Fassaden, Wintergärten und Fensterfronten, die mit der Sonnenwärme heizen, reduzieren den Energiebedarf von vornherein. Im australischen Melbourne ist die Stadtverwaltung in ein Büro-

### DER LANGE WEG VOM ACKER AUF DIE GABEL

Inzwischen liegen für einen durchschnittlichen Städter in den Industrieländern rund 3000 Kilometer zwischen Feld und Gabel: Lastwagen, Schiffe, Flugzeuge sind rund um die Uhr unterwegs, um Nachschub für die Nahrungsmittelregale im Supermarkt heranzuschaffen. Ob Mango oder Fisch, Apfel, Banane oder Bohne – vieles kommt von weit her. Dabei ist nicht immer einfach zu entscheiden, was besser für die Umwelt ist. Allein vom Energieverbrauch her muss die Ökobilanz eines Bioapfels aus Neuseeland nicht unbedingt schlechter sein als die seines Konkurrenten aus Deutschland. Zwar fällt bei dem einen der Schiffsdiesel für die Passage im Containerschiff an, für den anderen aber die Energie für Kühlung und Lagerung – und bis zum Frühjahr wiegt Letzteres schwerer.

gebäude mit hängenden Gärten und künstlichen Wasserfällen zur Luftbefeuchtung gezogen. Windturbinen und Solarzellen stellen bis zu 85 Prozent des benötigten Stroms her, das Regenwasser wird aufgefangen und als Brauchwasser im Gebäude eingesetzt. In der Stadt sollen Arbeitsplätze, Schulen, Geschäfte und Wohnungen wieder zusammenrücken, damit der Verkehr nachlässt und Straßen in Grünanlagen verwandelt werden können. Gewerbe und Industrie müssen dann so hohe Umweltauflagen erfüllen, dass sie kein Problem mehr darstellen.

## EINE GRÜNE REVOLUTION BRAUCHT DIE WELT

Heute schon hungern eine Milliarde Menschen. Das Wasser wird immer knapper, und die Nahrungsmittelpreise steigen – seit dem Jahr 2000 haben sie sich fast verdoppelt. Darunter leidet die Lehrerin in Hiroshima ebenso wie der Landarbeiter auf Sri Lanka oder der Student in Hamburg. Die steigenden Lebensmittelpreise führen schon zu Unruhen: Ein Drittel der Menschheit lebt von weniger als zwei Dollar am Tag, da ist der Brot-, Reis- oder Maispreis überlebenswichtig.

Dass die Lage bei den Lebensmitteln angespannt bleiben wird, prophezeit auch das internationale Forschungsinstitut für Ernährungspolitik International (IFPRI) in Washington, D. C. Angesichts der Endlichkeit der Erdöllagerstätten zeichnet sich heute schon ab, dass die Landwirtschaft umsteuern muss, weil sie viel zu sehr vom Öl abhängt. Bislang hat reichlich Kunstdünger dafür gesorgt, dass die Lebensmittelproduktion schneller gewachsen ist als die Weltbevölkerung. Doch das funktioniert nicht mehr so ohne Weiteres. Auf den Feldern reift Jahr für Jahr 1,1 Prozent mehr

Getreide, aber gleichzeitig steigt die Weltbevölkerung um 1,2 Prozent. Außerdem essen die Menschen in Indien und China, denen es endlich besser geht, mehr Fleisch. Um aber ein Kilogramm Fleisch, Milch oder Eier zu erzeugen, brauchen ein Huhn, ein Schwein oder eine Kuh zwei bis sechs Kilogramm Weizen. Zusammen genommen steigt die Getreidenachfrage jährlich um 1,6 Prozent – und da ist der Nachfragedruck durch die sogenannten Biokraftstoffe noch nicht eingerechnet.

Weil Kunstdünger immer teurer wird, sind Forschungen besonders interessant, um vor allem in Entwicklungs- und Schwellenländern die Abwasserströme der Großstädte zu nutzen. Das soll helfen, Wasser zu sparen und Kunstdünger zu ersetzen. Wenn man die Haushaltsabwässer der Städte von allen Giftstoffen wie Schwermetallen und vor allem Krankheitserregern befreit, bleiben Nährstoffe übrig. Das klingt unappetitlich, aber wenn bald acht oder neun Milliarden Menschen essen wollen, muss man erfinderisch werden. Wahrscheinlich werden sich die Bauern in der EU und Nordamerika angesichts der mit dem Ölpreis steigenden Preise für Kunstdünger irgendwann nach sicheren Alternativen umsehen.

In den Industrieländern laufen bereits Forschungsprogramme, um die Feldfrüchte fit für die Zukunft zu machen. Damit wir nicht in eine Hungerkrise laufen, wird die Agrarforschung ein ganz zentraler Bereich sein müssen, etwa um den Ertrag bei den drei wichtigsten Feldfrüchten Weizen, Reis und Mais zu steigern. Ein weiterer Schwerpunkt wird die Dürre- und Hitzetoleranz sein, denn längst nicht alle Kulturpflanzen sind für das 21. Jahrhundert gleich gut gerüstet. Temperaturempfindliche Pflanzen oder solche, die schlecht mit Dürren zurechtkommen, werden gegen robustere ausgetauscht werden müssen. Vielleicht findet sich unter den Wildformen unserer heutigen Kulturpflanzen eine Wildsorte, die effizienter Photosynthese betreibt und deshalb mehr Ertrag bringt. Nur – um diese und andere uns noch unbekannten genetischen Schätze bergen zu können, dürfen wir die Ökosysteme nicht zerstören, in denen sie gedeihen. Wir sägen sonst den sprichwörtlichen Ast ab, auf dem wir sitzen.

Und der Hunger in Malawi? Vielleicht erfährt Samson eines Tages übers Radio oder von seinem Sohn, der im Internetcafé gewesen ist, von den Forschungsergebnissen, die auf einer Versuchsfarm weiter im Süden des Landes erzielt wurden. Dort pflanzte man Bäume an, die wenig Wasser brauchen, aber den Stickstoff aus der Luft in den Boden bringen können. Außerdem ließ man die Pflanzenreste nach der Ernte im Boden zurück, damit sie sich zu Nährstoffen zersetzen, und deckte den Boden mit Pflanzenresten gegen die Verdunstung ab. Plötzlich wuchsen die Pflanzen besser, und die Ernte war um ein Drittel reicher.

Es gibt viele gute Ideen, wie wir das Kommende bewältigen können. Wir werden jede von ihnen brauchen, jedes bisschen innovative, umweltschonende Technik. Vor allem aber müssen wir aufhören, an das Wunder des unbegrenzten Wachstums zu glauben und daran, dass wir uns die Erde untertan machen können. Die Welt ist endlich – und wir auch.

# EINMAL MOND – UND DIE ERDE BLEIBT

*»Ich glaube, dass dieses Land sich dem Ziel widmen sollte, noch vor Ende dieses Jahrzehnts einen Menschen auf dem Mond landen zu lassen und ihn wieder sicher zur Erde zurückzubringen.«*

Das verkündete US-Präsident John F. Kennedy am 25. Mai 1961 vor dem amerikanischen Kongress. Eineinhalb Monate zuvor hatte die Sowjetunion mit Juri Gagarin den ersten Menschen ins All gebracht. In den USA saß dieser Stachel tief und schmerzte. Wieder war der Feind Erster gewesen. Genau wie 1957, als die Sowjetunion mit *Sputnik* den ersten Satelliten in die Umlaufbahn geschossen hatte und nur einen Monat später mit der Hündin Laika das erste Lebewesen. Die Sowjetunion verschwieg allerdings, dass die kleine Laika angekettet in der miserabel konstruierten Kapsel innerhalb weniger Stunden qualvoll an Stress und Überhitzung gestorben war. Oleg Gazenko, der für Laika verantwortliche Wissenschaftler, wagte erst nach dem Zusammenbruch der Sowjetunion zu erklären: »Je mehr Zeit vergeht, desto mehr bedauere ich es: Wir hätten es nicht tun sollen. Wir haben von dieser Mission nicht genügend gelernt, um den Tod des Hundes verantworten zu können.« Aber das war 1989. 28 Jahre zuvor schien die Sowjetunion in den Augen des Westens auf einem unaufhaltsamen Siegeszug in den Weltraum zu sein.

Am Ende jedoch siegten die USA im Wettlauf zum

Mond. Für das Ziel hatte die Nation ihre Kräfte gebündelt – etwas, das Forscher auch für die Herausforderungen des 21. Jahrhunderts verlangen, allen voran im Kampf gegen den menschengemachten Treibhauseffekt. Allerdings haben sie bei ihrer Forderung weniger die Mondmission vor Augen, sondern ein anderes Megaprogramm der Vereinigten Staaten: das Manhattan-Projekt. Unter diesem Decknamen liefen während des Zweiten Weltkriegs die Arbeiten zum Bau der ersten Atombombe. Es ging darum, schneller zu sein als Hitler-Deutschland, und dafür zogen Politik und Wissenschaft an einem Strang.

Dabei wird dieses Handeln von oben wie beim Manhattan-Projekt kaum taugen, um die Probleme des 21. Jahrhunderts zu lösen. So einfach wird das nicht. Verordnen hilft nicht, alle müssen mitmachen. Bislang haben wir es noch nicht einmal geschafft, den Klimaschutzzielen durch das berühmte Kyoto-Protokoll näher zu kommen. Das 2012 auslaufende Abkommen sieht vor, die jährlichen Treibhausgasemissionen der Industrieländer durchschnittlich um 5,2 Prozent gegenüber 1990 zu reduzieren. Seit 2000 steigt jedoch weltweit der Ausstoß von Treibhausgasen wieder an, und was es in den 1990er Jahren an Minderungen gab, ist vor allem auf den Zusammenbruch der alten Industriestrukturen in der DDR und in Mittel- und Osteuropa zurückzuführen.

Obwohl die drohende Klimakrise inzwischen selbst im einsamsten afrikanischen Dorf ein Begriff ist, werden in Europa, Nordamerika oder Asien riesige Plasmafernseher gekauft, ohne nach deren Energieverbrauch zu fragen. Und das ist nur ein Beispiel. Unser Handeln hat sich noch nicht geändert, denn das fällt jedem von uns schwer, wenn er ehrlich ist.

Weitergekommen sind wir nicht – und dabei dreht sich das Kyoto-Protokoll »nur« um eine unserer Aufgaben: zu verhindern, dass wir durch unser Wirtschaften so viel Klimagase in die Erdatmosphäre pumpen, dass wir einen galoppierenden Treibhauseffekt erleben. Der Klimawandel ist derzeit wie eine Schlange, auf die wir Kaninchen starren – aber er ist nur eine der Aufgaben, die uns in den nächsten Jahren beschäftigen werden. Überbevölkerung, Artensterben, Hunger sowie Mangel an sauberem Wasser, an Schulen, an Wissen – diese Liste ließe sich lange fortsetzen, und wir werden alle diese Hürden nehmen müssen. In unserer dicht besiedelten Welt lassen sich die Probleme nicht mehr losgelöst voneinander angehen. Wenn wir sie einzeln behandeln wollen, ist die Gefahr groß, dass wir Fehler begehen, die wir uns nicht leisten können. Beispiel: Biosprit aus Lebensmitteln. Der erschien den Politikern als Wunderwaffe im Kampf gegen den Treibhauseffekt. Lebensmittel zu Energie – das ist kurzsichtig in einer Welt, in der heute schon in jeder Minute 17 Menschen verhungern und in der vor allem durch den Verlust an Ökosystemen die Grundlage für die Funktionsfähigkeit unseres Planeten schrumpft. Mit Landwirtschaft, Städten und Siedlungen, Fabriken und Kraftwerken, Staudämmen und Windmühlen, Straßen, Eisenbahnen und Flughäfen haben wir schon fast die Hälfte allen Landes verändert. Tag für Tag wird unsere Welt um 70, vielleicht sogar um 300 Arten ärmer. Das ist vielleicht 1000-mal schneller als in »normalen« geologischen Zeiten.

Was wird passieren, wenn wir die Erde wirklich in ein Massenaussterben führen? Wenn nicht mehr »nur« der Eisbär auf seiner schmelzenden Scholle auf den Untergang zuschwimmt, sondern wenn es uns »gelingt«, die Nahrungsketten an der Basis zu zerreißen? Was würde das in der modernen Welt mit sieben, acht oder neun Milliarden Menschen anrichten? Wir sind als Menschheit auf einen »funktionierenden« Planeten angewiesen.

Veränderungen an sich sind im System Erde vollkommen normal. Noch nicht einmal die Kontinente blieben im Lauf der Erdgeschichte da, wo sie einmal waren, sondern sie wandern, wachsen oder zerbrechen. Oder das Klima. Das einzig Konstante an ihm ist seine Veränderlichkeit. Manchmal herrschen die Gletscher, mal ist es an den Polen subtropisch warm. Oder das Aussterben von Arten: Weit mehr als 99 Prozent aller Arten, die jemals auf der Erde gelebt haben, sind auch wieder ausgestorben. Aber meistens ist das Aussterben ein ebenso stetiger Prozess wie das Entstehen von neuen Arten. Und es war immer Platz da, damit sich Neues entfalten konnte – nur jetzt sitzt überall der Mensch, und zwar in einer Zeit, in der es schnell wärmer werden wird und die Ökosysteme von vielen Seiten unter Stress geraten.

Wir müssen uns viel besser an die Erde anpassen, wenn wir mit unserer Zivilisation überleben wollen. Noch handeln wir nicht danach, sondern machen weiter wie zu den Zeiten, als wir von all diesen Zusammenhängen noch nichts ahnten. Europa ist schon lange ein Kunstprodukt. Dort rodeten die Menschen bereits im Mittelalter die »finsteren Wälder«, um daraus Ackerland zu machen. Damals war das Klima günstig und warm, die Ernten fielen reichlich aus, und es wurden immer mehr Menschen satt. Die Europäer konnten es sich leisten, neue Städte zu gründen. Die Waldfläche Deutschlands schrumpfte damals auf weniger als ein Fünftel. Und jetzt geht man in Brasilien denselben Weg.

Im Amazonasgebiet läuft der wohl tiefste Einschnitt in die Natur, der jemals unternommen wurde. Dort befindet sich fast ein Viertel der weltweiten Waldbestände – und sie werden rapide verkleinert. Am Kahlschlag beteiligt ist nicht nur die Holzindustrie. Für die Bauern und Viehzüchter wird es immer reizvoller, sich Waldgebiete anzueignen, so wie es im Mittelalter ihre europäischen Kollegen getan haben, und so treiben auch sie ihre Rinderherden zum Weiden auf das neue Land. Schon heute hält Brasilien ein Fünftel des Weltrindfleischexports. Und auf den neuen Feldern bauen sie Soja für den Export als Futtermittel in die USA oder nach Europa an und eben auch Zuckerrohr für die Biospritproduktion.

Die brasilianische Weltraumbehörde Inpe schätzt aufgrund von Satellitenbildern, dass bereits 18 Prozent des Urwalds verloren sind – und die Zerstörung nimmt Tempo auf. Wenn sich nichts ändert, werden in 20 Jahren 40 Prozent des Regenwalds verschwunden sein, Umweltschützer rechnen sogar mit noch mehr. Die Folgen: Ungezählte Tier- und Pflanzenarten verschwinden. Der Gewinn der heute lebenden Generationen verdirbt die Zukunft der nächsten, denn mit dem Amazonas-Regenwald geht ein wichtiger Wasserspeicher der Tropen verloren. Die Niederschläge im Amazonasbecken werden sinken, und es wird heißer werden in ganz Südamerika.

Solche Entwicklungen können wir heute recht zuverlässig vorhersagen – und deshalb hat sich die Situation auch grundlegend gegenüber der von vor 100 Jahren geändert. Dass damals Volkswirtschaften aufgebaut wurden, ohne über Treibhausgasemissionen nachzudenken, ist keine Entschuldigung dafür, dass wir heute so weitermachen. Damals wusste man nicht, was man anrichtete. Die Vergangenheit taugt nicht als Rechtfertigung für unser Versagen heute, weder in der Ersten, noch in der Dritten Welt. Wohl aber

Der Blick zurück zur Erde – sie ist der einzige Ort im ganzen Universum, auf dem die Menschheit leben kann.

verpflichtet es die Industrienationen dazu, den anderen kräftig zu helfen.

Wir müssen umlernen – wir alle. Und das macht den Sputnik-Schock und seine Folgen interessant. 1961 wollte der damalige US-Präsident John F. Kennedy für die USA die Vormachtstellung im All erringen, schließlich war der Weltraum ein wichtiger Schauplatz im Wettlauf der politischen Systeme. Es hingen nicht nur Prestige daran und technologisches Know-how, sondern auch Raketen für die Kriegsführung. Als Kennedy das kühne Mond-Projekt verkündete, lagen die USA zurück, hatten es gerade einmal geschafft, den Astronauten Alan Shepard mit dem Raumschiff

*Freedom 7* auf einen 187 Kilometer hohen Hopser ins All zu schicken. Während Konkurrent Juri Gagarin innerhalb von 108 Minuten die Erde umrundet hatte, dauerte Shepards Flug nur 15 Minuten und 22 Sekunden. John F. Kennedy erkannte, dass in seinem Land zu viel geistiges Potenzial brach lag. Deshalb antworteten die USA damals mit einer Bildungsoffensive auf die Herausforderung.

In den Schulen wurden besonders die naturwissenschaftlichen Fächer ausgebaut. Mathematik, Physik, Chemie – sie spielten plötzlich eine große Rolle in den Lehrplänen, aber auch den Sprach- und Geschichtswissenschaften wurde mehr Aufmerksamkeit zuteil. Außerdem wurden vor allem die Kinder aus Familien, die bislang wenig mit Bildung anfangen konnten, gefördert: Die »Bildungsreserve« sollte erschlossen werden. Das muss uns auch heute gelingen, denn die Aufgaben der Menschheit sind so groß, dass wir alle Köpfe brauchen. Nur zu hoffen, dass sich in der Masse schon genügend fähige Leute durchsetzen werden, ist in einer eng gewordenen Welt nicht mehr möglich.

Wir brauchen neue Ideen, um eine bessere Zukunft zu schaffen. Der Wettlauf zum Mond, auch der Bau der Atombombe, das waren klar umrissene Aufgaben – einfache Aufgaben im Vergleich zu dem, was in diesem Jahrhundert auf uns wartet. Aber die Menschheit hat schon viele Hindernisse und Krisen überwunden. Wer in den 1950er Jahren des vergangenen Jahrhunderts geboren wurde, hätte wohl nicht damit gerechnet, erwachsen zu werden, zu studieren, seine Kinder großzuziehen, ohne einen Atomkrieg zu erleben. Zu groß schien die Gefahr, zu bewusst war man sich des zerbrechlichen Gleichgewichts der Kräfte. Also warum sollten wir es nicht schaffen, besser und bewusster mit unserer Erde umzugehen? Wir haben nur diese eine.

# GLOSSAR

AEROSOLE sind ein Gemisch aus festen oder flüssigen Schwebeteilchen in der Luft.

ANTIOXIDANTIEN sind Stoffe, die die Reaktion empfindlicher Moleküle mit Sauerstoff und anderen oxidierenden Chemikalien verhindern.

BODENVERFLÜSSIGUNG entsteht, wenn Erdbebenwellen einen nassen und sandigen Untergrund erschüttern. Das erzeugt Druck im Untergrund, und weil sich das Wasser zwischen den Sandkörnern nicht weiter zusammendrücken lässt, pflanzt sich dieser Druck zu allen Seiten hin fort. Im Sand entsteht ein sogenannter Porenwasserüberdruck, wodurch das Korngefüge zusammenbricht und der Untergrund flüssig wird. Dabei werden ganze Bereiche des Untergrunds regelrecht herausgepresst. Im Kleinen lässt sich das im Watt oder am Strand nachvollziehen, dort, wo die Wellen anbranden. Wenn man dort mit dem Fuß auftritt, quillt der nasse Sand um den Fuß herum vor.

CYANOBAKTERIEN sind Bakterien, die Photosynthese betreiben.

FCKW steht für Fluorchlorkohlenwasserstoff. Dabei handelt es sich um eine große Gruppe organischer Verbindungen, die unter anderem als Treibgase oder Kältemittel verwendet worden sind. FCKW sind zwar ungiftig, aber sehr gefährlich, weil sie den Ozonschutzschild der Erdatmosphäre zerstören können.

Der FRUCHTBARE HALBMOND reicht vom Unterlauf des Nils bis an das östliche Mittelmeer, vom Jordan bis nach Anatolien und von da aus hinunter nach Mesopotamien und ins Mündungsgebiet von Euphrat und Tigris. Verlässliche Niederschläge im Winter sorgten in diesem Gebiet dafür, dass sich die Menschen an die Sesshaftigkeit und das Experiment Landwirtschaft wagten.

Als GLEICHGEWICHT DES SCHRECKENS bezeichnete man in den Nachkriegsjahrzehnten die Situation, in der die Nuklearmächte schon allein deshalb vom Einsatz ihrer Bomben abgehalten wurden, weil der potenzielle Gegner sie auch nach dem Erstschlag noch problemlos hätte vernichten können. Frei nach dem Motto: »Wer als Erster schießt, ist als Zweiter tot.«

Die HALBWERTSZEIT eines radioaktiven Elements ist die Zeitspanne, nach der die Hälfte des Ausgangsmaterials zerfallen ist, sich also in ein anderes Element umgewandelt hat.

KLIMAGASE oder TREIBHAUSGASE, das sind gasförmige Stoffe in der Luft, die zum Treibhauseffekt beitragen – sowohl zum natürlichen als auch zum menschengemachten. Dazu gehört vor allem der Wasserdampf, aber auch Kohlendioxid, Methan und Lachgas oder die berüchtigten Ozonkiller wie die FCKW. Bis auf den Wasserdampf, der in größren Mengen vorkommt, stecken sie nur in winzigen Spuren in der Atmosphäre, aber sie haben trotzdem einen gewaltigen Einfluss: Sie absorbieren einen Teil der vom Boden abgegebenen Wärmestrahlung, die ohne sie ins Weltall abfließen würde. Außerdem senden sie selbst wieder Wärmestrahlung aus, die zum Teil auf die Erde gerichtet ist und so die Erdoberfläche zusätzlich zum Sonnenlicht erwärmt. So kommt der natürliche Treibhauseffekt zustande, der die durchschnittliche Temperatur an der Erdoberfläche um etwa 33 °C auf plus 15 °C anhebt. Die Klimagase sind unterschiedlich effektiv. Methan ist ein etwa 25-mal wirksameres Klimagas als Kohlendioxid. Lachgas bringt es fast auf das 300-Fache und einige der Ozonkiller wie FCKW auf das knapp 15 000-Fache. Mit Kohlendioxid, Methan, Lachgas und ein paar anderen Substanzen drehen wir Menschen an der irdischen Klimaanlage.

Unter KOHLENSTOFFKREISLAUF versteht man ein verwobenes System, bei dem durch verschiedene chemische, geologische, physikalische oder biologische Prozesse kohlenstoffhaltige Verbindungen zwischen Steinen, Wasser, Luft und Lebewesen ausgetauscht werden. In der Atmosphäre tritt der Kohlenstoff vor allem in Form von Kohlendioxid auf, aber auch als Methan oder in den menschengemachten FCKW.

Aus der Luft herausgefischt wird der Kohlenstoff auf verschiedenen Wegen. Einer ist die Photosynthese. Sie verwandelt das Kohlendioxid in Kohlenhydrate und setzt dabei Sauerstoff frei. Dieser Prozess läuft in neuen Wäldern besonders effektiv, wenn die Bäume noch schnell wachsen, aber auch im Frühling, wenn die Pflanzen wieder ausschlagen. Ein anderer Weg ist die Verwitterung. Im Regenwasser gelöst, wird das Kohlendioxid zur Kohlensäure und greift dann die Steine an. Letztlich landet das ehemals in der Atmosphäre schwebende Kohlendioxid dann über mehrere Stufen im Meer, wo die Meerestiere ihn dann in Form von Kalk zum Aufbau ihrer Körper nutzen.

Überhaupt sind die Meere gewaltige Kohlenstoffspeicher, vor allem dank Organismen wie Algen und Cyanobakterien. Zu Lebzeiten bauen sie Kohlenstoff in ihre Körper ein, und nach ihrem Tod sinken sie ab. Werden sie nicht gefressen, können sich ihre Körper auf dem Weg nach unten zersetzen und den »gefangenen« Kohlenstoff wieder freigeben. Aber das passiert meist in tieferen

Meeresschichten, in denen keine Tiere und Pflanzen leben, so dass der Austausch zwischen Ozean und Atmosphäre zumindest erst einmal stark verlangsamt wird. Ein Teil der Kadaver übersteht den langen Weg in die Tiefsee und schafft so den Kohlenstoff in ihren Körpern bis zum Meeresgrund, wo sie ihn dann für viele Jahrmillionen deponieren. Aber nicht nur Lebewesen sind an dieser Kohlenstoffpumpe beteiligt. Ein Teil des Kohlendioxids aus der Luft löst sich direkt im Meerwasser, wenn es an der Oberfläche eingearbeitet wird. Je kälter das Wasser ist, desto größer ist die Löslichkeit des $CO_2$. Die Meeresströmungen, die aufgrund von Unterschieden in Temperatur und Salzgehalt die Ozeane »umrühren«, schaffen dieses kalte, dichte und damit schwere Oberflächenwasser mit seinem gelösten Kohlendioxid in die Tiefe.

Kohlenstoff wird aber auch wieder in die Atmosphäre freigesetzt, beispielsweise durch die Atmung von Pflanzen und Tieren oder durch den Zerfall organischer Materie, an der Pilze und Bakterien arbeiten. Sie zerlegen Biomasse wieder in Kohlendioxid oder in Methan, falls kein Sauerstoff da ist. Auch die Vulkane recyceln den Teil des Kohlendioxids, der durch die Plattentektonik in Form von Meeressedimenten in die Erde hineingezogen wurde. Und wir selbst arbeiten durch die Verbrennung von Gas, Kohle oder Öl am Kohlendioxidrecycling, ebenso durch die Landwirtschaft und mit vielen anderen Dingen, die wir Tag für Tag tun, etwa wenn wir Zement für unsere Städte herstellen. Dazu wird Kalkstein stark erhitzt, $CO_2$ wird frei.

Der Kohlenstoffkreislauf reagiert auf Veränderungen wie etwa dem Klimawandel. Wenn sich die Oberflächenwasser der Meere erwärmen, landet das darin gelöste Kohlendioxid wieder in der Luft. Außerdem strömen aus den tiefgefrorenen Böden (Permafrost) in der Arktis und Antarktis und den Hochgebirgen große Mengen an Methan, das darin gespeichert ist. Wenn sich diese Böden erwärmen, nehmen die Bakterien ihre Tätigkeit auf und zersetzen die einst gefrorene Biomasse. Ein anderer Effekt betrifft die Meere: Wenn sie durch das von uns freigesetzte Kohlendioxid sauer werden, wird das dann »ätzende« Wasser selbst den fast schon endgelagerten Kohlenstoff aus den obersten Lagen der Tiefseesedimente wieder herauslösen. Wenn er dann mit den Tiefenströmungen in den Meeren um die Welt fließt, kann er nach ein paar 1000 Jahren wieder an die Oberfläche wallen und uns erneut Ärger in Form des Treibhauseffekts bereiten.

Ohne den Eingriff des Menschen ist der Kohlenstoff erst dann aus dem System Erde für viele, viele Millionen Jahre heraus, wenn er tief im Meeresboden begraben ist, als Kohle oder Öl tief im Untergrund lagert oder als Kalkstein in ein Gebirge eingebaut worden ist. Auch die Böden – vor allem die Waldböden – speichern viel Kohlenstoff in Form von organischem Material. Hier kann es Hunderte oder Tausende von Jahren stabil bleiben, es sei denn, wir zerstören den Wald. Dann kommt es zurück ins Spiel und verstärkt den Treibhauseffekt.

KONVEKTIONSZELLEN (Strömungszellen) sind eine Möglichkeit des Wärmetransports. Sie entstehen, wenn in beweglichen Massen genügend große Temperaturunterschiede auftreten, sei es in der Luft, in Flüssigkeiten oder auch in den durch Hitze und Druck beweglichen Gesteinen des Erdmantels. Werden beispielsweise Luftmassen erwärmt, dehnen sie sich aus, verlieren dabei an Dichte und erhalten so einen Auftrieb gegenüber der Umgebung. Sie beginnen aufzusteigen. Die kühleren Luftmassen sind hingegen dichter und schwerer. Sie sinken ab. Weil das nicht an ein und derselben Stelle geht, bewegt sich die Luft so lange zur Seite, bis sie die Auftriebskraft überwindet und nach unten sinken kann. Wenn sie über den Boden fließt, wird die kühle Luft dann wieder aufgeheizt, und der Kreislauf beginnt erneut: Eine Strömungszelle entsteht.

Die KOSMISCHE STRAHLUNG ist eine äußerst energiereiche Teilchenstrahlung aus dem Weltall. Sie besteht vorwiegend aus positiv geladenen Protonen, aus Heliumkernen und aus negativ geladenen Elektronen. Sie stammen aus vielen Quellen, etwa von der Sonne, aber auch von unbekannten Ereignissen sozusagen am Ende des sichtbaren Universums. Im Durchschnitt treffen auf jeden Quadratmeter der äußeren Erdatmosphäre in jeder Sekunde 1000 Teilchen.

MEERESSTRÖMUNGEN und WÜSTEN können zusammenhängen. Treffen kalte Meeresströmungen auf einen Kontinent, können dort karge Wüsten entstehen. Denn über einer relativ kühlen Kaltwasserströmung sinkt die Temperatur der unteren Luftschichten ab, so dass die Luftfeuchtigkeit kondensiert – Küstennebel bildet sich. Wenn die Luft dann auf das Festland gelangt, enthält sie kaum noch Feuchtigkeit, und es bilden sich deshalb keine Niederschläge. Als Folge sind die Landstriche an der Küste sehr trocken, und im Extremfall entwickeln sich ausgedehnte Wüsten. Zu diesen sogenannten Küsten- oder Nebelwüsten gehören beispielsweise die Atacama in Chile, die durch den Humboldtstrom zustande kommt, und die Namibwüste in Namibia.

Eine MONDATMOSPHÄRE im eigentlichen Sinn besitzt der Mond nicht, sondern nur eine äußerst dünne Hülle aus eingefangenen Teilchen des Sonnenwinds und zu einem ganz geringen Anteil auch aus dem Mondinneren.

MONSUN heißt übersetzt »Jahreszeit«. Der Monsun entsteht, weil sich das Land in den Tropen und Subtropen anders erwärmt als das Meer. Wenn auf der Nordhalbkugel Winter herrscht, bildet sich beispielsweise über den auskühlenden Landmassen in Ostasien ein Kältehoch aus. Die kalte Luft sinkt ab, und es entstehen Luftdruckgebiete, die kühle und trockene Nordostwinde (der Wintermonsun) über Indien und dem Indischen Ozean wehen lassen. Im Sommer entsteht der Sommermonsun, weil sich das Land stark aufheizt und ein ausgeprägtes Hitzetief die Luft aus Südwesten ansaugt. Diese angesaugte Luft strömt dabei so lange über die tropischen Meere, dass sie sich mit Wasserdampf beladen kann. Vor allem im Luftstau vor dem Himalaja kommt es dann zu ungeheuren Niederschlägen, am Tag können mehr als 100 Liter pro Quadratmeter fallen. Am stärksten wirkt der Monsun im Indischen Ozean und in Indien. Die Ausläufer dieses Systems reichen aber nach Süd- und Südostasien, Nordaustralien und bis nach Ostafrika. In schwachen Monsunjahren sind Dürren häufig, die Ernten bleiben aus und die Menschen hungern. Im Gegenzug bedrohen Überschwemmungen das Leben und die Existenz der Menschen bei einem extrem starken Monsun.

Das MONTREALER PROTOKOLL ist ein völkerrechtlicher Vertrag über Stoffe, die zu einem Abbau der Ozonschicht führen können. Darin bekennen sich die Staaten zu ihrer Verpflichtung, »geeignete Maßnahmen zu treffen, um die menschliche Gesundheit und die Umwelt vor schädlichen Auswirkungen zu schützen, die durch menschliche Tätigkeiten, welche die Ozonschicht verändern, wahrscheinlich verändern, verursacht werden oder wahrscheinlich verursacht werden«. So steht es in der Präambel. Die Unterzeichnerstaaten erklären, dass sie die Emission von chlor- und bromhaltigen Chemikalien, die die Ozonschicht zerstören, reduzieren und schließlich vollständig abschaffen wollen. Die Industrienationen verpflichten sich außerdem, den Entwicklungsländern beim Umstieg auf ungefährliche Technologien zu helfen.

EL NIÑO (zu Deutsch »das Christkind«) heißt ein Phänomen, dem peruanische Fischer seinen Namen gaben, weil etwa alle vier

Jahre um die Weihnachtszeit die Fischschwärme ausblieben. Für die Fischer beginnt dann eine bedrohliche Flaute. Außerdem überziehen in solchen El-Niño-Jahren sintflutartige Niederschläge und Orkane das Land.

Wenn El Niño kommt, haben sich die Windströmungen verändert. Normalerweise zirkulieren die Winde zwischen dem stabilen südpazifischen Hochdruckgebiet bei den Osterinseln und einem Tiefdruckgebiet vor der Ostküste Indonesiens und Australiens. So entsteht eine konstante starke Südostströmung der Luft, der Südost-Passat. Der drückt vor der südamerikanischen Westküste das Meer in Richtung Westpazifik. Das schafft Raum für den kalten Humboldtstrom. Sein nährstoffreiches Wasser lässt das Plankton gedeihen und lockt die Fische an. In einem El-Niño-Jahr bricht das Hochdrucksystem zusammen, und zwar im Oktober. Die Passatwinde »schlafen ein«. Vom Druck des Passats entlastet, flutet das im westlichen Pazifik angehäufte warme Wasser in Wellen zurück nach Osten und erreicht in der Weihnachtszeit die Küste von Südamerika. Der Humboldtstrom schwächelt, kann nicht mehr aufsteigen, die Meeresoberfläche erwärmt sich – und die Netze der Fischer bleiben leer.

OZON ist ein Sauerstoffmolekül, das aus drei und nicht aus zwei Atomen Sauerstoff besteht. In der Stratosphäre bildet es die lebenswichtige Ozonschutzschicht, in den bodennahen Luftschichten hingegen ist es ein gefährliches Reizgas und wird dann als Ozonsmog (Sommersmog) bezeichnet. Er tritt bei wärmerem Wetter auf und entsteht aus den Stickoxiden aus dem Verkehr und den Fabriken in Verbindung mit der UV-Strahlung der Sonne. Bodennahes Ozon in hohen Konzentrationen greift die Lungen an, schädigt Pflanzen und Tiere.

Die OZONSCHICHT der Erde entsteht, weil 20 bis 50 Kilometer über dem Boden die energiereiche UV-Strahlung der Sonne auf freie Sauerstoffmoleküle trifft. Die bestehen aus zwei Sauerstoffatomen. Die Strahlung spaltet diese Moleküle in einzelne Atome auf, die sich dann mit einem anderen Sauerstoffmolekül zusammentun. So entsteht Ozon, ein dreiatomiges Sauerstoffmolekül. Diese Reaktion ist jedoch keine Einbahnstraße. Trifft dieselbe UV-Strahlung auf ein Ozonmolekül, ist es mit ihm aus: Es wird in seine Bestandteile zerlegt. Mit der Zeit stellt sich ein Gleichgewicht zwischen Entstehen und Zerstörung ein, und so ist die Erde zu ihrer Ozonschicht gekommen. Gleichgültig, in welche Richtung dieser Prozess läuft: Es wird dabei immer die besonders harte UV-Strahlung absorbiert – dem Sonnenschirm Ozonschicht sei Dank.

Unter PHOTOCHEMIE versteht man chemische Reaktionen, die durch das Licht angeregt werden.

Mit der PHOTOSYNTHESE schaffen es Pflanzen, Algen und auch einige Bakterien, Lichtenergie in chemische Energie umzuwandeln. Dazu benutzen sie lichtabsorbierende Farbstoffe, allen voran das berühmte Chlorophyll. Das Kohlendioxid aus der Luft und Wasser werden in Traubenzucker und Sauerstoff umgewandelt. Diesen Sauerstoff setzt die Pflanze dann frei, und dann können wir ihn atmen. Eine ältere Version der Photosynthese, die von einigen Bakterien betrieben wird, setzt Schwefelwasserstoff statt Wasser ein. Dabei wird kein Sauerstoff frei.

PLATTENTEKTONIK und die ENTSTEHUNG VON GEBIRGEN wie den Alpen hängen zusammen. Die Erdoberfläche besteht aus größeren und kleineren Platten, die sich mit Geschwindigkeiten von einigen Zentimetern pro Jahr gegeneinander verschieben. Wo zwei Platten miteinander kollidieren, falten die Kräfte an den Plattengrenzen die Gesteine zu Gebirgsketten auf. Der Himalaja entstand in der Knautschzone zwischen der Indischen und der Eurasischen Platte, die Alpen durch die Kollision von einem Teil der Afrikanischen Platte mit Eurasien. Hier werden vor allem Krustengesteine aufgestapelt.

Bei den Anden ist die Situation etwas anders: Dort stößt die ozeanische Nasca-Platte gegen die südamerikanische Kontinentalplatte. Die Nasca-Platte sinkt ins Erdinnere ab und schmilzt dabei teilweise und speist so große Vulkane. An diesen sogenannten Subduktionszonen entstehen die Gebirge durch aufgeschüttete Lava, aber auch weil leichtere Gesteinsbereiche aus dem Erdinneren hochgepresst werden.

RUSS ist eine schwarze, pulverförmige Substanz, die fast ausschließlich aus Kohlenstoff besteht. Ruß entsteht als unerwünschtes Produkt bei unvollständigen Verbrennungen zusammen mit Kohlenmonoxid und kann im Tierversuch Krebs auslösen. Laufen Verbrennungen vollständig ab, entsteht Kohlendioxid.

Der SONNENWIND ist ein Strom geladener Teilchen, der von der Sonne ins All strömt.

TETRAETHYLBLEI ist eine giftige Verbindung zwischen organischen Bestandteilen und Blei. Bis Anfang der 1990er Jahre wurde Tetraethylblei dem Benzin zugemischt, um das Klopfen der Motoren zu verhindern.

Der TREIBHAUSEFFEKT bezeichnet den Vorgang, bei dem bestimmte Gase in der Atmosphäre einen Planeten warmhalten – wärmer, als er es nur aufgrund der bei ihm ankommenden Sonnenstrahlung wäre. Ohne diesen Treibhauseffekt wäre es beispielsweise auf der Erde sehr kalt, sie flöge als kosmischer Schneeball um die Sonne. Der Treibhauseffekt funktioniert einfach. Die Energie der Sonne erreicht uns in Form des Sonnenlichts, das auf die Erdoberfläche dringt und von ihr aufgenommen wird. Die Oberfläche erwärmt sich dadurch, strahlt dann selbst Wärme ab wie ein Ofen. Wärme ist nichts anderes als ein besonders langwelliges Licht, Infrarotlicht, das wir Menschen mit bloßem Auge nicht wahrnehmen können. Bestünde die Luft nur aus Stickstoff und Sauerstoff, würde dieses Infrarotlicht einfach ins All entweichen, auf der Erde herrschten ungemütliche minus 18 °C und von uns gäbe es keine Spur. Weil aber in der Atmosphäre Wasserdampf ist, Kohlendioxid, Methan und einige andere Spurengase, können wir hier leben. Diese Gase fangen einen Teil des von der Erde abgestrahlten Infrarotlichts ein und blockieren seine Abstrahlung in den Weltraum. Sie wirken wie ein Filter: Das Sonnenlicht darf passieren, einen Teil der Wärmestrahlung halten sie fest.

Beim MENSCHENGEMACHTEN TREIBHAUSEFFEKT greifen wir in dieses System ein. Im Lauf der Erdgeschichte schwankte der Gehalt an Treibhausgasen in der Luft, und deshalb war es auf der Erde manchmal kühler und sehr oft wärmer. Weil wir gerade unter anderem Erdöl oder Kohle verbrennen, setzen wir dabei sehr viel Kohlendioxid in die Luft frei, das vor Jahrmillionen von Landpflanzen oder vom Plankton aus der Luft geholt worden ist, und verstärken den natürlichen Treibhauseffekt: Die Erde heizt sich auf – und das ist der menschengemachte Treibhauseffekt.

Der VULKANISCHE WINTER steht für die Abkühlung der unteren Erdatmosphäre nach einem großen Vulkanausbruch. Die Eruption schleudert feinste Asche und Schwefelgase hinauf in das zweite »Stockwerk« der Atmosphäre, die Stratosphäre, wo sich die Schwebeteilchen wie ein Schleier um den ganzen Globus verteilen. Dieser Schleier absorbiert einen Teil der Sonnenstrahlen, einen anderen streut er zurück ins All. Die Folge ist, dass sich die Stratosphäre erwärmt, während die Luft am Boden abkühlt.

# QUELLEN DES BUCHS UND BÜCHER ZUM WEITERLESEN

Dieses Buch beruht vor allem auf Interviews mit den Wissenschaftlern, aber es sind auch viele Informationen aus sehr interessanten Büchern und Zeitschriften eingeflossen. Hier eine kleine Auswahl zum Weiterlesen:

Dow, Kirsten/Thomas E. Downing, *The Atlas of Climate Change*, London 2006

Fluter – Magazin der Bundeszentrale für politische Bildung, *Das Megacitys-Heft*, Bonn, September 2007

Jäger, Jill, *Was verträgt die Erde noch?*, Frankfurt a. M. 2007

Koslow, Tony, *The Silent Deep*, Chicago 2007

Mauser, Wolfram, *Wie lange reicht die Ressource Wasser*, Frankfurt a. M. 2007

Le Monde diplomatique, *Atlas der Globalisierung spezial: Klima*, Paris 2007

Le Monde diplomatique, *Die neuen Daten und Fakten zur Lage der Welt*, Paris 2006

Münz, Rainer/Albert Reiterer, *Wie schnell wächst die Zahl der Menschen*, Frankfurt a. M. 2007

Reichholf, Josef H., *Eine kurze Naturgeschichte des letzten Jahrtausends*, Frankfurt a. M. 2007

United Nations Environment Programme, *Global Environment Outlook GEO 4*, Nairobi, UNEP, 2007

United Nations Habitat Programme, *State of the World's Cities 2006/7*, Nairobi, UN-Habitat, 2007

Weisman, Alan, *Die Welt ohne uns*, München 2007

Auch im Internet steckt viel Wissenswertes, etwa bei folgenden Adressen:

www.dsw-online.de – Eine Nichtregierungsorganisation aus Hannover, die Familien- und Aufklärungsprojekte in Afrika und Asien fördert.

www.hamburger-bildungsserver.de – Der Hamburger Bildungsserver bietet Informationen für Lehrende und Lernende und setzt sich mit dem Thema Klimawandel auseinander (www.hamburger-bildungs server.de/index.phtml?site=themen.klima).

www.iucn.org – Auf der Webseite der IUCN, der Internationalen Union zur Bewahrung der Natur, findet man nicht nur die berühmte Rote Liste, sondern auch viele Informationen zu den größten Herausforderungen auf dem Gebiet von Tier- und Pflanzenschutz, aber auch von Umwelt und Entwicklung, denn ohne die Menschen lässt sich die Welt nicht schützen. (Englisch)

www.fluter.de – Das Jugendmagazin der Bundeszentrale für politische Bildung print, online und umsonst. Viele Informationen zu allen möglichen Themen, die wichtig sind und noch wichtiger werden.

espere.mpch-mainz.mpg.de/documents/pdf/Encyclopaediamaster.pdf – Die ESPERE Climate Encyclopaedia zum Herunterladen – alles, was man über Atmosphäre, Klima und die Zusammenhänge wissen will. (Englisch)

www.wwf.de – Die deutsche Seite des World Wild Life Fund for Nature, einer internationalen Naturschutzorganisation. Der WWF will der Umweltzerstörung Einhalt gebieten – damit die Welt lebenswert bleibt.

www.zgf.de – Die Internetseite der Zoologischen Gesellschaft Frankfurt. Sie gibt Einblick in die weltweiten Naturschutzprojekte der ZGF und versucht, den bedrohten Tieren zu helfen. Dabei wird auch die politische Dimension des Artenschutzes deutlich.

# BILDNACHWEIS

Vorsatz, S. 33, 66, 95: Bloomsbury K&J, Berlin

S. 16, 265: NASA

S. 29: Helmut Grosser, Helmholtz-Zentrum Potsdam – Deutsches GeoForschungsZentrum

S. 38, 53, Nachsatz: Peter Palm, Berlin

S. 49: The University of Iowa, Special Collections & University Archives

S. 61: ETH Zürich, Institut für Geodäsie und Photogrammetrie

S. 71: Friedemann Schrenk, Senckenbergische Naturforschende Gesellschaft, Frankfurt

S. 79: UN-HABITAT, Nairobi

S. 98: UNEP/GRID-Arendal Maps and Graphics Library, 2006

S. 103: Stefan Kröpelin, Universität Köln

S. 126, 147, 231: Ullstein Bild, Berlin

S. 138: The Library of Congress (memory.loc.gov), Washington

S. 153, 167: Dagmar Röhrlich, Köln

S. 181, 215: Commons.wikimedia.org

S. 200: IUCN Photo Library, Gland

S. 250: United States Department of Agriculture, Washington

# REGISTER